KB027069

나이트우드

NIGHTWOOD
by Djuna Barnes

Copyright ⓒDjuna Barnes 1936, 1950
Korean translation copyright ⓒMunhakdongne Publishing Corp. 2018
All rights reserved.

Korean translation rights arranged with Faber and Faber Limited through EYA(Eric Yang Agency).

이 책의 한국어판 저작권은 EYA(Eric Yang Agency)를
통해 Faber and Faber Limited와 독점 계약한 (주)문학동네에 있습니다.
저작권법에 의해 한국 내에서 보호를 받는 저작물이므로 무단 전재 및 무단 복제를 금합니다.

이 도서의 국립중앙도서관 출판예정도서목록(CIP)은 서지정보유통지원시스템 홈페이지(http://seoji.nl.go.kr)와
국가자료공동목록시스템(http://www.nl.go.kr/kolisnet)에서 이용하실 수 있습니다.
(CIP제어번호: CIP2018029979)

세계문학전집
167

Djuna Barnes : Nightwood

나이트우드

주나 반스 장편소설

이예원 옮김

문학동네

일러두기

1. 이 책은 셰릴 J. 플럼이 편집한 *Nightwood: The Original Version and Related Drafts* (Djuna Barnes, Dalkey Archive Press, 1995)를 번역 대본으로 삼았다. 이예원이 옮기고, 듀나가 발문을 쓰고, 윤조원이 해설을 썼다.
2. 주석은 모두 원 편집자 또는 옮긴이의 것이다.
3. 원서의 독일어, 프랑스어 등 기타 언어 부분은 이탤릭체로 처리했고, 강조 부분은 고딕체로 처리했다.

차례

페기 구겐하임

그리고 존 페러 홈스에게

고개 숙이라

1880년 초, 하느님에게 선택받았으나 뭇사람에게는 눈엣가시 같은 저 민족의 영속이 과연 권장할 일인지에 대한 근거 있는 의구심에도 아랑곳 않고, 강장한 기백과 군사적인 아름다움을 겸비한 빈 태생의 여성 헤트비히 폴크바인이, 캐노피가 달리고 휘장에는 합스부르크왕가의 갈래 진 나래가 박혔으며 공단 겉감에 폴크바인가家의 문장을 올 굵고 색 바랜 금사로 우뚝 뜬 깃털 침대보가 덮인 휘황한 선홍빛 침대에 몸을 누인 채 마흔다섯 나이에 초산으로 독자를 낳았으니, 이는 의생이 임부의 죽음을 내다본 지 꼭 이레째 되는 날의 일이었다.

아침을 맞아 거리를 깨우는 말들의 발굽소리에 산욕의 벌판은 동요했고, 그 복판에서 산모는 깃발에 경례하는 장군에 버금하는 장려한 몸짓으로 돌아누우며 아이를 펠릭스라 명명하더니 저에게서 떼밀고는 숨을 거두었다. 아이의 부친은 이미 여섯 달 앞서 열병에 목숨을 앗긴 터였다. 기도 폴크바인은 이탈리아계 유대인으로, 살아생전에는 미식가이자 댄디였기에 단춧구멍에 정체 모를 얄팍한 실오리라도 장식 삼아 걸치지 않고는 결코 사람들 앞에 얼굴을 내민 적이 없었다. 그는 작고, 둥실둥실하고, 교만해 보일 정도로 소심했다. 밖으로 불거진 복부는 위로 완만히 돌출하는 곡선을 그리며 조끼와 바지의 단추를 돋우어 그의 몸 정중앙에 임부를 연상케 하는, 과일에서 볼 법한 윤곽을 나타냈는데, 이는 부르고뉴 와인과 휘핑크림, 그리고 맥주를 과다하게 섭취한 데 따른 필연적 결과였다.

가을은 그 어느 때보다도 유난히 인종의 기억이 그를 옭아매는 절기로, 동족의 기억이 사무치는 이 갈망과 공포의 절후를 그는 제 계절이라 일렀다. 그맘때면 공교한 손수건을 굳게 쥔 주먹에 꼭 붙들고 프라터공원을 거니는 그의 모습이 눈에 띄곤 했는데 검고 노란 그 아마포 자투리는 1468년 피에트로 바르보*라는 자가 발포한 법령을 만천하에 호소하는바, 이는 기도의 동족으로 하여금 목에 밧줄을 매고 코르소**를 질주하여 그리스도교 민인에게 유락을 제공하라는 명인 것이다. 이들이 달리는 동안 문벌 좋은 귀녀들은 쉴 줄 모르는 고상한 등골을 하고 앉아 있다가 자리에서 일어나 선홍색 예복을 두른 추기경들이며 몬시뇰들과 하나되어, 부정하고도 복된 민족 특유의 야멸차고도 히스테리에 가까운 방자한 갈채를 보냈다. 교황마저 포복절도하여 천상 고좌를

---

* 1464년 선출된 교황 바오로 2세.

** 로마 포폴로광장과 베네치아광장을 잇는 거리로, 1466년 교황 바오로 2세가 로마 카니발 행사인 야생마 경주를 이곳에서 열며 '비아 델 코르소(경주의 거리)'라 불렸다.

붙든 손을 놓칠 지경이었으니, 이는 금수를 되잡으려 제 천사들을 내치는 사람의 웃음이었다. 이 기억과 그에 붙따르는 손수건은 기도의 속 깊은 곳에 (일부 꽃들이 만발의 절정에 이끌려 제 전형에 도달하고는 속속 낙화해 썩듯) 유대인의 총체적 정체를 빚어냈다. 그는 고열 속에, 무모하게, 저주받은 채 걸었다. 두두룩한 안구 위로 눈꺼풀이 파르르 떨리고, 사 세기가 지나도 그를 피해자로 지목하는 참예參預의 고뇌에 눈동자는 숯덩이가 되었으며, 목에서는 오래전 피아차 몬타나라를 따라 울리던 저 함성이 메아리쳤다. "로바 베키아!"* — 제 겨레의 생존을 가능케 한 그 수모.

쉰아홉 되도록 자식이 없던 기도는 뒤늦게 세상에 나올 아이를 위해 제 심장을 본뜬 심장을 준비하였으니, 이는 제 집념 그대로 이기어 빚은 것이었다. 귀족 문호에의 한없는 배례, 사냥당하며 산 몸이 수축된 근육으로 말미암아 무릎을 꿇고 눈앞에 닥쳤으나 범접하지 못할 것 앞에, 무지막지한 열기 앞에서 그러하듯 주저앉는 몸짓에 다름 아닌 이것이 기도의 형성을 빚어냈고, 그 아들 또한 용인되지 않은 핏줄의 무거운 짐을 짊어질 숙명이었다.

기도는 끝내 자식을 못 본 채 세상을 떴고, 다만 눈감기 전 기독교도인 헤트비히의 허리춤에 들어선 약속의 표징만을 확인했을 뿐이었다. 그는 여느 유대인과 마찬가지로 우연에서건 선택에서건 제 동족과 단절된 채 살았으며, 이는 천생 이방인들로 구성된 세계이니만큼 가상의 민중에 굴복하도록 정신을 강제하는 이들 사이에서 거처해야 함을 의

---

* 넝마주이가 외치던 말로 '헌옷'을 뜻한다.

미했다. 기독교도의 가슴에 기대어 숨을 거두는 유대인은 창 꽂혀 죽는 바이다. 헤트비히가 아무리 오열한들, 그 눈물은 추방자의 육신을 적실 따름이었다. 임종의 찰나에 그녀의 육신은 장벽이 되었고, 기도는 그 벽에 가로막힌 채 근심 속에, 홀로, 죽음을 맞았다. 살아생전에 그는 메울 수 없는 간극을 좁히고자 온 심혈을 기울였는데, 개중 가장 안쓰럽고 헛된 수고는 단연 그의 남작 행세였다. 그는 기어코 십자성호를 답습했고, 문벌 있으나 대가 끊길 가위인 오스트리아 가문의 계보를 모칭하며 놀랍고도 부실하기 이를 데 없는 근거—저와 아무 연고 없는 문장과 존재한 바 없는 조상들을 (그들의 세례명까지 더해) 명부한 족보—를 내세웠다. 검고 노란 손수건을 발견한 헤트비히가 이게 무어냐 물으면 일가 중에 로마에서 한때 번성했던 이들이 있었음을 기억하기 위해 간직하는 증표라고 둘러대는 식이었다.

부인을 사모하여 하나가 되고자 했던 기도는 제 처의 군사적인 걸음을 애써 모방했으나, 같은 걸음나비라도 그가 옮기면 어쭙잖게 겉놀아 웃음을 살 뿐이었다. 또 헤트비히도 그만큼 노력했을 터이나 남편에게서 불경하고도 고립된 무언가를 감지한 이상은 이교도답게 타격에 대처할 수밖에 없었다—반동력으로 그에게 다가서면서. 기도가 하는 말을 곧이곧대로 받아들이면서도 번번이 묻곤 했다. “무슨 일 있어요?”—변함없는 애정의 징표라는 저 끈진 타박. 이 책잡는 목소리가 기도의 일평생을 관통하는 후렴이 되었다. 시달리다 못한 그는 문벌 높은 이 앞에만 서면, 미약한 물줄기가 엄지의 압력에 그 세를 확장하듯 입으로 상대를 떠받들며 온갖 찬사를 내뿜었다. 작위가 낮은 이 앞에서는 지나치게 호방한 웃음을 터뜨렸고, 마치 제 넉살로 상대가 갈망하는 영예를 부여할 수 있으리라 믿는 듯했다. 삐걱거리는 가죽 군화를 신고 군대에 속한 뭇 남성답게 동작마다 반동의 기운을 희미하게 드러내며 몸안에서 밖으로 뿜어내듯 숨쉬어 화약냄새와 말의 살내를 풍기는, 무기력한 와중에도 아직 예정조차 없는 전투에 임할 태세를 갖춘(이런 부류를 헤트비히는 특히나 좋아했다) 기껏해야 장성급쯤 되는 사람 앞에서조차 기도는 보이지 않는 전율로 동요했다. 그리고 헤트비히가 이들과 동일한 몸가짐을 지니고 있음을 알아보았다. 악수할 때의 힘도 그들과 맞먹었는데, 다만 더욱 응축된 형태를 띠도록 작은 주형에 욱여넣어 주조된 탓에 그 축소형이 인형의 집만큼이나 섬뜩했다. 헤트비히의 모자에 꽂힌 날 선 깃털은 전령의 바람에 일렁이듯 엷게 떨리곤 했는데, 과연 그는 자연 앞에 내세워 손색이 없을 여성으로, 엄정하며, 가슴골이 깊고, 쾌활했다. 기도가 두 사람을 바라보며 당장이라도 질책이 떨어지리란 예감에 머리가 혼곤해지는 것은 장성이 아닌 제 처 때문이었다.

헤트비히가 와인에 취기가 올라 춤을 추기 시작하면 무도장은 전술의 장으로 변했다. 구두굽은 훈련된 스타카토 단음으로 바닥을 내리쳤고, 두 어깨 끝은 진급해서 끈목과 수술을 단 듯 당당했으며, 좌우로 움직이는 고개는 불침번을 선 보초의 서늘한 경각심과 단속 도는 이의 불안감을 내비쳤다. 그러나 헤트비히도 딴에는 최선을 다했다. 육중한 기품이라는 것이 존재한다면 그 세련미를 몸소 체현한 이가 곧 헤트비히였다—다만 그 와중에도 시름은 있었다. 본인은 의식 못했을지언정 그가 끈질기게 추적해온 것이 있었으니, 바로 남작 작위에 대한 기도의 보증이었다. 사병이 사령부의 지시를 '믿듯' 그는 남편의 주장을 믿었다. 저에게 주어진 감각력 어딘가가—정작 헤트비히 본인은 이를 하등 중요하게 생각지 않았겠지만—그러한 맹신의 위험을 시사했음에도 말이다. 헤트비히는 불문리에 남작부인이 되었다.

그 시절 빈에는 유대인을 달갑게 보는 장사가 드물었으나 기도는 이런저런 세간을 사고팔거나 옛 거장들의 그림이며 초판본을 신중하게 매입하고 환전업 등을 벌여 용케 구시가지에 헤트비히를 위한 집을 마련했고, 시내 북부에 위치해 프라터공원이 내다보이는 이 웅장하고 암암하며 위압적인 저택은 부부의 구합遘合에 바치는 기막힌 박물관이 되었다.

플러시 천이며 황금빛 소용돌이무늬가 아찔한, 길게 뻗은 로코코양식의 홀마다 새하얀 로마시대 인물상 조각들이 파편화된 모습으로 묘한 인적을 깃들였다. 달리는 자의 한쪽 다리와 가슴께가 잘려나간 부인의 반쯤 돌아간 오싹한 옆얼굴. 앞도 못 보는 눈구멍의 대담한 공동은 시시각각 스치는 그림자로 망울을 얻으니, 그 시선의 향방을 결정하는 것은 오롯이 햇살의 소행이었다. 큰 응접실은 호두나무로 마감했다. 벽난로 위로 메디치가의 방패 문장을 본뜬 근사한 모조품들이 걸리고, 그 곁에는 오스트리아의 국조國鳥가 달렸다.

기린혈로 붉게 물들인 마드리드산 양탄자들, 그 수북한 털 위로 광장한 피아노 세 대가 이리저리 서 있었다(당대 유행하던 왈츠곡을 연주하는 헤트비히의 타건은 남자 못잖게 거침없었고, 제 맥박만큼이나 잰 박자로 끓어올랐다—민첩하고 정중한 주법이 빈 연주자들의 특징이기도 하거니와 리듬에 대한 애정에 폐부를 찔렸다고는 해도 그 요구에는 결투에 임하듯 응하는 태도마저 그들과 판박이였다). 서재에는 진한 핏빛 나무로 짠 턱없이 넓은 책상 한 쌍이 정박해 있었다. 헤트비히는 뭐든 둘씩 셋씩 짝을 맞추는 걸 선호했다. 두 책상의 중앙 아치에는 얄팍한 은제 못대가리가 사자, 곰, 숫양, 비둘기 모양으로 박혔고, 그 한가운데 타오르는 횃불이 박혀 있었다. 이 도안은 기도의 감독하에 완성되었는데, 당시 그는 이 모양을 폴크바인 가문의 문지紋地에서 따왔다고 즉흥적인 주장을 펼쳤으나 결국에는 교황의 찌푸린 눈살 아래 벌써 오래전에 쇠한 가문의 문장에서 온 것임이 드러났다. 공원이 내다보이는 긴 통창들에는(기도는 이 프랑스풍 마감이 근사하다고 생각했다) 튀니지산 우단과 직물로 지은 커튼을 둘렀고, 베니션 블라인드는 오스트리아인들이 유난히 애지중지하는 그 침침한 적색을 띠었다. 긴 탁자의 위쪽부터 둥근 천장까지 이어지는 떡갈나무 벽판들로 짠 벽면에는 기도가 제 아버지 어머니라 공언한 두 인물의 등신대 초상화가 걸려 있었다. 부인 쪽은 반짝이는 교활한 눈매와 도드라진 입을 지닌 호사스러운 피렌체 여성이었다. 잔뜩 부풀려 진주를 박은 옷소매가 원뿔형으로 땋아올린 머리를 빙그르 두르는 빳빳한 레이스의 뾰족한 귀와 맞닿을 정도였다. 두툼하게 층이 진 치맛자락은 켜켜이 그늘을 품은 채 바닥을 뒤덮었고, 후경을 이루는 시원始原의 나무들 사이로 마냥 굽이져 흐르는 뒷자락은 양탄자만큼 두터웠다. 여자는 새를 기다리는 듯한 모습이었다. 한편 신사는 군마에 위태로이 걸터앉아 있었다. 그 짐승에 올라탔다기보다는 그에 내리닥칠 듯한 기세라 할 법했다. 말에 오른 이의 팽팽해진 볼기를 감싼 담황색 가죽 군복과 안장 사이로 이탈리아의 푸른 하늘이 놓여 있었다. 화가는 군마가 호를 그리며 하강하는 순간을 포착했는데, 위로 솟구친 갈기는 사그라드는 물결 같고, 꼬리는 비스듬히 뻗은 빼빼한 뒷다리 사이로 앞쪽을 향했다. 신사는 낭만주의와 종교적 요소가 난해하게 조합된 기이한 차림새로, 왼팔 아늑한 굽이에는 깃털 달린 모자를 정수리가 뒤집힌 모양으로 보듬고 있었다. 가히 마르디 그라*용 의상으로도 손색이 없을 기발한 발상이었다. 사분의 삼 각도로 붙은 남자의 머리는 기도 폴크바인의 두상과 놀라울 정도로 닮아서 유대교의 신비가 빚은 거침없는 콧대에 이목구비는 세월의 흔적이 묻어 온화한 인상을 주었는데, 다만 순결한 푸른빛의 두 안구가 돋운 눈꺼풀만은 예외였으니, 마치 시각이 아닌 여타 감각의 매체가 그 살집 아래 곤두서 있는 듯했다. 무한하고도 객관적인 그 시선은 한시도 동이 뜨는 일 없이 속도를 유지했다. 이러한 유사성은 우연했다. 누구든 이 정황을 조금이라도 들춰보았더라면 이 캔버스들이 배짱 두둑하고 한물간 배우 둘을 그린 모사품임을 알아챌 수 있었을 것이다. 기도는 세간에 잊혀 먼지 쌓인 구석에 있던 이것들을 발견하고는 제 혈통에 대한 알리바이를 확보할 필요가 명확해지자 장만해둔 것이었다.

이 시점에서 펠릭스의 정사正史는 끊기는데, 그로부터 삼십 년 세월이 흐른 뒤에야 그는 이 같은 사실과 초상화 두 점만을 달랑 거머쥐고 세상에 나왔다. 그의 이모가 길게 땋은 머리채를 호박빗으로 빗으며 펠릭스에게 제가 아는 바를 이야기해주었으나, 그녀가 아는 그의 과거사는 여기까지가 다였다. 세상에 태어나 서른이 되도록 무엇이 펠릭스를 형성했는지 알려진 바가 없었으니, 이는 방랑하는 유대인**의 발자

---

* '기름진 화요일'이라는 뜻으로, 사순절 시작 전일 사육제.

취가 아들에게 대물림되는 탓이다. 언제 어디서 그를 맞닥뜨리건, 유대인이란—그가 어느 고장에서 왔는지와는 별개로—그가 거처했다기보다는 게걸스레 집어삼키다시피 한 어느 나라, 그에게 양분을 주었을지언정 영영 상속되지는 못할 어떤 비밀한 땅에서 전래한 느낌을 주기 마련이다. 어디에나 있으나 어디에서도 오지 않은 듯한 이가 유대인이다. 누군가가 펠릭스를 언급할 때면, 셋 이상이 나와 일제히 바로 지난주 각기 다른 세 나라에서 그를 보았다고 장담들을 했다. 세인트패트릭성당 계단을 오르다가 그와 어깨를 스쳤노라고 한 사람이 이야기하면, 다른 이가 템스강에서 배질하는 펠릭스를 봤다 하고, 그러면 세번째 사람이 무슨 소리냐, 막 떠나온 피렌체의 우피치미술관에서 펠릭스가 프리미티프 작품들에 심취해 있는 걸 내 눈으로 똑똑히 보았다고 말하는 식이었다.

펠릭스는 선친이 그리했듯 폴크바인 남작을 자칭했다. 그러나 그가 어떠어떠한 인생을 살아왔고 어찌어찌하여 재산을 이루게 되었는지—엽조에 코 밝은 사냥개처럼 셈에 밝고 또 그만큼 악착스레 목표를 겨냥하고 달리는 인물이 펠릭스이니—일곱 개 국어는 어떻게 섭렵했으며 그 견식을 어디에 써먹었는지는 아는 이가 아무도 없었다. 그의 생김새를 알고 그와 면식이 있는 사람은 많았다. 인기는 딱히 없었지만 선친이 사후에 지인들로부터 확보한 칭송 덕에 본인 또한 세속적으로 대등한 인사를 기대하지는 못할망정 (죽음과 그에 따른 용인으로) 유가족에게 배당된 얕은 고갯짓 정도는 얻을 수 있었다—앞날을 우려한 관

** 십자가형에 처해진 그리스도를 조소한 벌로 최후의 심판이 도래하는 날까지 세계를 떠도는 신세로 전락했다는 중세 전설 속의 인물. 흔히 나이 서른 살로 알려져 있다.

면을 방불케 하는 이 몸짓은 이들과 어울릴 때면 우리 또한 흔히 겪기 마련인 가벼운 묵례로, 반원을 그리는 눈초리가 특징이랄 수 있었다.

펠릭스는 제 아버지보다 허우대가 좋고 키도 컸다. 머리는 이마에서 지나치게 뒤로 물려 자랐다. 다부지고 길쭉한 타원형에, 고되게 우수에 시달린 얼굴이었다. 이목구비 중 유일하게 헤트비히를 닮은 부분은 입이었지만, 제 모친의 입이 부인否認으로 말미암아 관능적이었던 데 비해 아들의 입술은 욕구의 결여로 그렇다고는 해도 치열의 앙상한 뼈대에 지나치게 밀착해 있었다. 입을 제외한 턱과 코와 눈꺼풀은 다소 두툼한 편이었고, 한쪽 눈꺼풀에 착용한 단안경이 시력이 없는 동그란 눈을 햇살 아래 반짝였다.

대개 그가 홀로 걷거나 마차에 탄 모습이 목격되었는데, 어디 거창한 모임에라도 불려가리라 기대하는 양 차림을 갖췄지만 정작 그러한 복장으로 참석하기에 마땅한 행사란 세상 어디에도 없었다. 그는 어떤 순간에도 격식을 거스르지 않는 모습이기를 바라며 절반은 야회복 절반은 평복으로 지어 입고 다녔던 것이다.

그의 과거를 빚어낸 수많은 수욕의 배합이, 혼합된 여러 핏줄기가, 수천 가지 불가능한 상황의 골간이, 펠릭스를 집적체이자 단독자로 만들었다—이름하여, 남부끄러운 자.

이 남부끄러움의 외양은 그가 '구유럽'이라 칭하는 것들, 이를테면 귀족과 화족과 왕족에 대한 집착의 형태를 띠었다. 누군가를 수여된 작위까지 붙여 언급할 때면 그 전후로 반드시 숨을 가다듬었다. 우회적 표현만이 제 유일한 접촉점임을 알기에, 그는 이를 치밀하며 한없이 늘어지게끔 다듬었다. 광신도의 맹위로 저 자신의 결격사유를 추적

했고, 오래전 망각된 여러 황궁들의 골조를 음성으로 되짚었으며(오래 기억되어온 자들만이 세월에 망각되었음을 주장할 수 있기에), 또한 자신의 부주의로 제 부흥의 일부라도 행여 놓칠세라 가량맞은 수다를 부리며 고관들과 후견인들의 이야기에 귀기울였다. 최대한 낮게 절하면, 굴하여 경의를 표하면, 저 막대한 과거가 일말이나마 수선되리라 직감했다.

1920년에 그는 파리에 있었고(한쪽 눈이 먼 탓에 징집에서 제외됐다), 여전히 각반을 차고, 여전히 모닝코트를 걸친 채, 디룽거리는 잽싼 몸짓으로 조아리고 두리번거리며, 찬사를 바쳐 마땅한 적을 찾느라 여념이 없었다. 이름난 길거리, 이름난 카페, 이름난 건물, 이름난 경치. 음식점에서는 '명망가'일 수 있겠다 싶은 사람을 보는 족족 고개를 숙였는데, 다만 알아채기 힘든 묵례였기에 놀랐던 상대방도 단지 바지춤을 고치려는 것이었겠거니 여겼다. 거처를 구할 때도 부르봉왕가 사람이 그곳에 있다가 사형장으로 끌려갔다는 이유로 그 집을 택하는 식이었다. 또 시종과 요리사를 두었는데, 이 역시 하나는 루이 14세를 닮고 다른 하나는 빅토리아여왕을, 단 궁색한 주머니 사정에 맞춰 값싼 소재로 마름질한 여왕을 닮았다는 이유에서였다.

특정한 '인간 희극'*을 탐색하는 이러한 과정중에 펠릭스는 유별한 것과 맞닥뜨리게 되었다. 각종 칙령과 법규와 민담과 이단에 정통하고, 희귀 와인 감정가이자, 그보다 더 귀한 서적 및 민담—성령이 내린 남자들과 천벌이 내린 금수가 등장하는—의 수집가이며, 요새와 교량

* 프랑스 작가 오노레 드 발자크가 당대의 사회와 인간을 다룬 자신의 소설들에 붙인 총서명.

설계도를 꿰고 있고, 온 길가의 온 묘지에서마다 사색에 잠기고, 여러 교회며 성새에 해박했고, 마담 드세비녜, 괴테, 로욜라와 브랑톰의 저서에 막연한 경외로 공명했다. 그중에서도 가장 깊이 흉금을 울린 쪽은 로욜라였으니, 이는 그가 홀로 동떨어진 단독자인 까닭이었다. 예로부터 대대손손 이 도시 저 도시 도피하며 살아온 인종은 모름지기 음담과 패설의 발원인 억척을 축적할 짬을 내는 것은 고사하고, 제 소신이 십자가형에 처해진 뒤로는 세기가 스무 번 바뀐들 전설을 지어내기에 충분한 수준의 망각에도 이르지 못하는 법이다. 오로지 기독교인, 유대인으로 말미암은 구원 아래 영원히 선 기독교인이 스스로를 탓하고 그 깊은 곳으로부터 매력적이며 환상적인 미신들을 길어내줄 때에만, 더딘 걸음으로 끈덕지게 방황하는 유대인은 다시 한번 제 과거의 '수집가'가 될 수 있는 터이다. 그가 겪은 파멸이 수지타산에 맞으려면, 우선 유대인이 '고이'라 일컫는 이교도 아무개가 나서서 그 손실이 다시 '표징'이 될 수 있도록, 그리하여 봉헌하기에 적당한 형태를 띠게끔 다듬어야만 한다. 유대인의 파멸은 하늘의 뜻이지 결코 자신으로부터 기인하지 않으며, 그의 복권은 결코 자신의 몫이 아닌 기독교인의 몫이다. 기독교에서 천벌의 밀거래는 유대인의 역사를 상품으로 만들었다—이 역사를 매개로 그는, 요긴한 순간에 과거의 혈청을 공급받아 다시금 제 피로써 이를 바칠 수 있는 것이다. 이렇듯 유대인은 이 두 조건 모두에 참여하니, 마찬가지로 펠릭스 또한, 제 존재를 가능케 하는 자양분일지언정 결코 생득권일 수는 없는 이 유모의 젖을 취했다.

펠릭스는 일찍이 서커스와 극장의 화려한 진풍경에 넌지시 발을 들였다. 이 두 세계가 그가 느끼는 감정들을, 왕들과 여왕들이 연출하는 보다 드높으며 도달 불가능한 진풍경과 어떻게든 연결 지을 고리를 제공해주었다. 프라하, 빈, 헝가리, 독일, 프랑스와 이탈리아 태생 여배우들 중에서도 유난히 사근사근한 이들과 곡예사들, 그리고 칼로 묘기 부리는 자들 모두, 어느 때고 한 번쯤은 펠릭스에게 자신의 분장실을 내어주었고, 이 날조된 살롱에서 그는 제 심장을 연기해 보였다. 이곳에서만큼은 그는 유능자일 필요도, 이방인일 필요도 없었다. 잠시나마 이들의 눈부시고 비릿한 허위의 일부일 수 있었다.

이 세계에 속한 사람들은 펠릭스와는 전혀 다른 맥락의 욕망을 지니기는 했어도 그와 마찬가지로 저만의 각별한 의도에 따라 각기 작위를 꿰찼다. 나자 공주, 폰 팅크 남작, 프린치페사 스타세라 이 스타세로, 부포 왕과 브로드백 공작부인— 짐승의 삶의 가장 저열한 부위에서 도려낸 야발지고 값싼 고깃점, 이른바 유흥이라 불리는 저 막대한 소요에 소질을 지닌 이들이었다. 이들은 단지 풍류남아들을 현혹하고자, 그리고 저희의 공생활에(그 외의 생활이랄 것도 없었다) 신비함과 수수께끼의 요소를 더하고자 그러한 작위들을 차지했으니, 부적격한 상대에게서 능란한 기예를 발견할 때만큼 사람들이 크게 경탄할 때도 없다는 사실을 그 누구보다 잘 간파했던 것이다. 한편 펠릭스는 저 자신의 소외로부터 이목을 돌리고자 호칭에 집착했다. 이 사실이 펠릭스를 그들과 이어주는 계기가 되었다.

저희가 다루는 짐승들에 비해 남자들은 더 약하게, 여자들은 더 강하게 체취를 풍기는 이들과 어울리면서 펠릭스는 그때껏 박물관에서나 경험했던 평온함을 느꼈다. 그는 소박한 히스테리에 사로잡힌 채 카르나발레역사박물관의 곰삭은 양단과 레이스 천 사이를 거닐었다. 펠릭스는 그 유구하고도 내력이 기록으로 남은 것들의 장려함을 사자가 자기 조련사를 사랑하듯 아꼈다—땀에 찌들고 스팽글로 단장한 수수께끼 같은 인물, 맹수를 굴복시키는 와중에 용케도 짐승 앞에 그와 닮은 얼굴을 돌려 보이고, 그럼으로써, 그 얼굴이 비록 기묘하고 나약할지언정, 사자의 뇌에서 구체적인 분노를 뽑아내고야 마는 자.

나자는 펠릭스에게 선뜻 등을 돌리고 앉았으니, 이는 그의 시선이 롭스*의 그림 속 선들만큼이나 공평할 것을 확신하고 그가 제 등뼈의 팽팽한 역량과 둔부의 조밀하게 팬 홈으로 굽이치듯 곡선을 휘갈기며 이어지는 척추의 만곡을, 자신이 길들인 사자의 보다 노골적인 꼬리질만큼이나 노엽고 아름다운 그 동선을 치밀히 도표화할 것을 안 까닭이었다.

군중이 선언한 결격으로부터 날아올라 무한한 희망을 발판 삼아 다시금 도약하는 서커스의 감정적 소용돌이에 펠릭스의 내면은 갈망과 동요로 술렁였다. 서커스는 손 내밀어 만질 수 없기에 결코 파악할 길 없는 사랑의 대상이었다. 연극 무대와 서커스 링에 오른 저들은 그로서는 결단코 값을 매길 수 없는 위탁물처럼 극적이고 괴기했다. 그들 주위를 그토록 끈질기게 맴돈 것부터가 펠릭스의 천성을 구성하는 무언가가 기독교적으로 변질되고 있다는 근거였다.

마찬가지로 그는 교회에 매료된 자신을 발견하고는 깜짝 놀랐는데, 그나마 이 갈등은 감당하기가 훨씬 수월했으니 교회라는 무대는, 그가

---

* 벨기에 화가로 성과 죽음, 악마주의를 소재로 한 에칭과 석판화를 남겼다.

머지않아 알아차렸듯, 개개의 심장에 국한되어 있었다.

펠릭스에게 '격조 높은 신사'를 알현할 계기를 처음 제공한 이는 브로드백 공작부인(프라우 만)이었다. 당시 베를린에서 지내던 부인의 설명에 따르면, 이 인물은 "자기와 한때 다소 얽혔던" 이였다. 펠릭스로서는 프라우 만이 누군가와 '얽히는' 것을 여간해서 상상조차 할 수 없었는데, 그만큼 부인의 교태는 근육질이 부리는 특정 부위에 집중된 것이었다. 종사하는 분야—공중그네—가 그를 잘 보존해준 듯했다. 어느 면으로는 매력을 더해주기도 했다. 두 다리는 공중을 무대 삼는 이들 특유의 탄탄한 장력을 지녔으며, 손목에는 가로장의 흔적이, 걸음걸이에는 그을린 나무껍질의 기운이 깃들었으니, 마치 가뿐하고 저항력 없는 공기의 특성이 곡예사에게는 되레 극복하기 어려운 골칫거리라도 되는 양, 그는 호리호리하고 아담한 체격임에도 지상에만 발붙인 여자들보다 훨씬 무게 있어 보였다. 얼굴에는 이질적인 환경에서 생식하는 유기체의 긴장된 표정이 서려 있었다. 살갗은 의상의 문양을 흡수한 듯했다—빨간색과 노란색 마름모무늬의 보디스부터 깊게 파인 등과 팔 위아래로 달린 주름장식, 하루에 세 번으로 한정하는 자제력으로 시큼하게 바랜 빛깔과 붉은 타이츠와 목구두까지—그 색감과 문양이 연말연시 사탕에 새겨진 무늬처럼 몸 전체를 휘감고 있을 것만 같았고, 한편 그네를 타는 사타구니의 둔덕은 떡갈나무 재목만큼이나 단단하고 특성 있으며 반들반들했다. 타이츠의 재질은 이제 단순한 피복을 넘어서 그와 하나가 되었다. 야무지게 기운 사타구니 부분이 어느새 살의 일부를 이루어, 그는 인형만큼이나 성적 특질이 전무한 몸이 되었다. 바늘이 인형을 아이의 소유로 만들었다면, 곡예사는 같은 바늘로 인해 어느 남성의 소유도 아니게 되었다.

“오늘 저녁엔 재미 좀 볼 수 있을 거예요.” 프라우 만이 돌아서며 펠릭스에게 말했다. “베를린의 밤도 꽤 근사하잖아요, *안 그래요?* 게다가 이 백작은 한 번은 꼭 만나봐야 할 물건이에요. 저택도 아주 근사한데, 온통 붉고 파란 것이, 백작이 별나게도 파란색을 좋아하거든요. 게다가 오합지중 취향인지라 우리까지 초대받은 건데—” 남작은 발을 가지런히 모았다. “조각상들을 준비했을지도 모르겠네요.”

“조각상들이라니요?” 펠릭스가 물었다.

“살아 있는 조각상들이죠.”* 부인이 말했다. “백작이 워낙 좋아하거든요.” 펠릭스는 모자를 떨어뜨렸고, 모자는 바닥을 몇 바퀴 구르고 나서야 멈췄다.

“백작은 독일인인가요?” 그가 물었다.

“아니, 이탈리아 사람인데 아무려면 어때요, 어느 나라 말이고 다 하는데. 내가 보기에 독일엔 환전하러 들르는 것 같아요—수시로 나타났다가 금세 다시 떠나니 평소와 다를 바 없이 일상은 이어지지만, 다만 좋은 화젯거리가 생기긴 하죠.”

“존함이 뭐라고 했죠?”

“아직 말도 안 했는데요. 오나토리오 알타몬테 백작을 자칭하지만, 보나마나 얼토당토않은 이름일 테죠, 제 입으로는 온 나라가 저와 친족간이라고 하니까—그건 딱 자기 취향이겠네요. 식사도 하고, 샴페인도 마시게 될 거예요.” 부인이 ‘식사’를, 그리고 ‘샴페인’을 발음하

* 당대의 퇴폐파들이 즐기던 여흥으로, 누드모델들이 다양한 신화 속 장면을 모방하며 포즈를 취했다.

는 투는 고기와 음료 각각의 차이를 명확히 구분하는 효과를 불러왔고, 이로써 마치 두 가지 상이한 매개물, 즉 지상과 상공을 이미 평정한 재간이 이제는 기꺼이 앞질러나가 다른 물질들마저 죄다 섭렵할 태세로 보였다.

"즐길 만한 자리려나요?" 펠릭스가 물었다.

"오, 그렇고말고요."

부인은 상체를 기울이더니 갤판을 닦는 화가 못잖게 급하고 숙련된 손놀림으로 분장을 지우기 시작했다. 그러면서 조소하는 눈으로 펠릭스를 바라보며 독일어로 말했다. "*강이 내다보이는 자리인걸요—*"

으리으리한 방 한끝의 탁상 둘레에, 일국의 운명이라도 결정지을 태세로, 의회에라도 모인 양 행세하는 남자 열 명과 젊은 여자 한 명이 무리 지어 서 있었다. 펠릭스와 브로드백 공작부인이 들어섰을 때, 이들은 한 중년 '의학도'의 이야기에 귀기울이고 있었다. 더부룩한 눈썹과 유난히 도드라진 V형 이마 선에 짙은 눈은 지나치게 큼직하고, 서 있는 품새가 육중하나 어딘지 모르게 겸연쩍은 기색이 엿보이는 자였다. 이자는 매슈 오코너 의사로 바버리 연안(샌프란시스코의 퍼시픽 스트리트)* 출신의 아일랜드인인데, 부인과에 흥미를 둔 덕에 지구 반을 건너오기에 이른 것이다. 백작이 아직 등장할 기미를 보이지 않았으므로 의사는 주인 노릇을 자처하며 저에 관한 이야기를 늘어놓고 있었는데, 그도 그럴 것이 의사가 보기에는 자기 자신만큼 재미있는 난

* 샌프란시스코의 홍등가로 노름과 매매춘, 범죄의 온상이었다.

관도 없었다.

"우리 중 누구 하나 자연의 눈에 귀족 아닌 자가 있겠습니까만," 하는 의사의 말에서 펠릭스는 귀족이라는 단어를 알아듣고 반색했으나 뒤따르는 말에 다소 확신을 잃었다. "그럼에도 결국 별 볼 일 없이 끝나고 마는 이야기들을 떠올려보세요! 무슨 말인고 하니, 인간이 기억하는 수만 가지 것들에도 불구하고 (그가 스스로를 기억하지 않는 한) 끝내 잊히고 마는 이야기들, 그것도 단순히 눈에 띄는 직위라든가 칭호가 딸려오지 않았다는 이유로 말입니다—이런 이야기들을 일컬어 우리는 전설이라 하는데, 가난한 사람치곤 제 팔자에서 그 이상을 바라기 힘들단 말입니다. 그리고 그 반대의 경우가," 의사는 팔을 휘저었다. "소위 역사라는 건데, 높고 힘있는 자들에겐 마찬가지로 이만한 운명이 없어요. 전설은 검열당할 일이 없지만, 역사는, 모름지기 등장 배우들 때문에 욕보이기 일쑤지요—유머를 아는 나라는 애초 버린 나라요, 유머 있는 여자는 하나같이 버린 여자이기 마련입니다. 유머*를 철저히 가정사로 유지할 만큼의 분별력을 지닌 민족이라곤 유대인이 유일해요. 기독교인은 그런 조신함을 몰라 온 세상에 유머를 퍼뜨리고 다니지요."

"*네! 옳은 말이고말고요*—" 공작부인이 독일어로 목청 좋게 끼어들었으나, 훼방을 놓으나마나였다. 의사는 한번 청중을 확보했다 하면—그것도 무척이나 단순한 수단, 즉 초기 색슨어의 단음 동사 중에

---

* '유머(humor)'는 '체액'으로도 풀이되는데, 이는 사람 몸에 흐르는 네 가지 체액(담즙질, 우울질, 점액질, 다혈질)이 체질과 기질, 기분과 건강을 관장한다고 믿던 고대·중세 생리학에서 기원한다.

서도 유독 질펀하고 앙칼진 단어들을 목청껏 선언하는 방식으로 이목을 끈 이상(이런 순간 그의 음성은 광기로 내몰린 여자만큼이나 신경질적이며 소유욕이 짙게 배어 있었다)—만류가 불가능했다. 그는 다만 큼직한 두 눈을 공작부인에게로 돌렸고, 그제서야 비로소 부인과 부인의 차림새를 의식한 눈치였는데, 그러자 잊고 있던, 그러나 어딘가 맥이 통하는 것이 떠올랐는지 대소하며 외쳤다. "하늘의 조화도 참 신비하기 그지없지, 마음 한 켠에서 기억 하나를 이렇게 또 끄집어내시다니! 난 지금 시르크 드 파리에서 곰과 맞붙던 검둥이 니카를 생각했지요. 아주 보란듯이 고 서커스 무대를 이리저리 오가며 쭈그려앉는데, 몸엔 실오라기 하나 안 걸쳤지, 살에는 있으나마나 한 천을 둘렀는데 심해에서 낚아올린 대어라도 숨겨놓은 듯 벌떡이고, 머리부터 발끝까지 타락의 아뫼블르망으로, 오만 장식물로 몸을 문신했지 뭡니까! 장미 봉오리와 악마에게 하청받아 새긴 무늬들로 화환을 두른, 아주 그런 장관이 없었어요! 그래봤자 일주일 내리 기모起毛 공장에 세워둔들 보풀 하나 일으킬 밑천도 못 됐을 테지만 (나라고 흑인 남자애들에 대한 평판을 모르는 바 아니니, 이것도 다 겪은 바가 있어 하는 말이에요), 어쨌거나 한껏 늘여보면 Desdemona*라고 새긴 걸 읽을 수 있을 정도였지요(뭐, 들은 바에 의하면 그렇다더군요). 여하간 그래, 니카의 배때기엔 샤르트르대성당의 천사가 새겨져 있고 볼기마다 반은 공공연하고 반은 내밀하게 문구가 새겨져 있었으니, 이건 마법의 책에서 따온 인용구로, 이런 말을 하자니 마뜩지 않지만 그럼에도

* 데스데모나. 셰익스피어의 비극 『오셀로』에서 정조를 의심한 남편 오셀로에게 살해당한 인물.

이 자리에서 감히 말하거늘, 얀선주의 교리를 수긍하는 내용이었답니다. 또 양 무릎을 가로지르는 글귀도 있었는데 맹세컨대 한쪽에는 'I', 그 반대쪽에는 'can'이라고 적혀 있었으니 어디 그 두 단어를 합쳐들 보시죠! 그리고 앞가슴엔 돛에 바람을 가득 머금은 아름다운 범선 밑으로 움켜쥔 두 손이 새겨져 있고, 손목 주위엔 섬세한 레이스무늬가 둘려 있었어요. 이외에도 좌우 가슴에 화살 꽂힌 심장이 하나씩 새겨져 있었는데, 그 한복판에는 각기 다른 머리글자가 적혀 있되 핏방울 수만큼은 양쪽이 동일했지요. 한편 한쪽 옆구리에서부터 겨드랑이까지는 헨리 7세의 아들 아서 튜더 왕세자가 결혼 첫날밤에 고블릿 가득 물을 가져오라고 명하며(과연 물이었을까요?) 내뱉은 단어가 새겨져 있었죠. 시종장으로서는 그런 엄청난 갈증을 일으킨 원인이 너무나도 궁금했던지라 호기심을 참지 못하고 결국 한마디했다가 너무나도 통렬한, 고귀하고 찬란한 대영제국의 위신에는 전혀 걸맞지 않은 단어를 듣고 말았고 이에 경기했다는 사연도 있다마는, 여하간 우리로선 그 뒷이야기까지야 영영 알아낼 길이 없지 않겠어요. 물론," 의사가 골반에 손을 척 얹으며 덧붙였다. "내 이 꼬마 친구 타이니 매캐퍼리*만큼 알아맞히기에 선수라면야 얘기가 달라지겠지만요."

"그럼 다리는 어땠는데요?" 펠릭스가 거북해하며 물었다.

"두 다리는 온통 넝쿨로 수놓여 있었지요." 오코너 의사가 말을 이었다. "위쪽은 함부르크에 있는 로칠트 가문 저택의 갓돌 문양을 모사한 거뭇한 덩굴장미로 장식돼 있었고요. 그리고 뒤쪽에는, 이건 믿거나 말거나 여러분들 자유지만 나라면 쉬이 믿으려 들지 않을 텐데, 초대 수사들의 필적을 닮은 간명한 글귀가 필사돼 있었으니—이를 보고 망측하다는 이도 있고, 고딕풍이라 말하는 이도 있었죠—그 내용으로 말할 것 같으면, 위생관념이 도입되기 전 파리의 개탄할 생활환경, 자연이 무릎 높이까지 제멋대로 비집고 들어오던 꼴을 기록한 글이었죠. 그리고 입에 차마 담지 못할 곳 바로 위로는 새 한 마리가 'Garde tout!' 즉 '빠짐없이 사수하라'고 아로새긴 띠를 부리에 문 채 날고 있었어요. 그래서 내가 어째서 이런 만행을 자행한 것이냐 물었더니 니카가 대꾸하기를, 자긴 아름다움을 사랑하고, 그러하기에 어떻게든 제 주위에 두고 싶다고 하더군요."

"빈을 잘 아시나요?" 펠릭스가 물었다.

"빈은," 의사가 말했다. "평민들이 고된 일과 끝에 고분고분 드는 잠자리이자, 귀인들이 자존감을 걸고 맹렬하게 털고 일어나는 이부자리지요—암, 빈을 알다마다요, 단 너무 친숙한 나머지 그에 얽힌 기억 하나 없을 정도로 속속들이 아는 건 아니에요. 등굣길에 오른 어린 오스트리아 소년들이 기억나는군요. 메추리떼가 따로 없었지요. 쉬는 시간이면 햇살 내리쬐는 자리마다 모여 앉던 모습이며, 발그레한 볼이며,

* Tiny M'Caffery. 반스는 독일어본의 번역가 볼프강 힐데스하이머에게 보낸 편지(1959년 7월 17일)에, "이 단어는 의사가 저 자신과 제 물건을 칭할 때 쓰는 말 (……) '캠핑'용 말 (……) 여러 다른 의미를 지닌다"라고 적었다. 이후에 의사는 제 성기를 타이니 오툴(Tiny O'Toole)이라고도 부르는데(186쪽), 이는 아일랜드 성에 흔히 붙는 'O'(원래는 '누구누구의 자손'이라는 뜻)와 '도구' '연장'을 뜻하며 남자 성기를 완곡하게 이르는 말이기도 한 'tool'을 결합한 것이다(O'Toole은 아일랜드의 대표적인 성씨이기도 하다). 참고로 '캠핑'은 '캠프(camp)', 즉 과장된 교태를 부리는 언행이나 그러한 성향을 드러내는 스타일을 일컫는 말로, 20세기 초중반까지는 이를 남성 동성애자들의 특질로 보는 경향이 지배적이었으나 1960년대 이후로 그 의미가 확장되어 이제는 젠더나 성적 지향과는 별도인 특정한 미학적 스타일, 감수성, 가치를 이른다.

초롱한 눈망울, 촉촉한 장밋빛 입술과 떼를 지어 다니는 유년기 아이들 특유의 몸내, 그리고 머릿속을 햇살처럼 어른거리다가 이내 상실되고 말, 잊히고 말, 일개 증거로 전락하고 말 역사적 사실들. 청춘은 원인이요, 그 결과는 나이랍니다. 하여 목둘레가 두터워지면서 우리는 자료를 축적하게 되지요."

"전 빈의 어린 학생들보다는 우월한 군대며 이름난 위인들을 염두에 두었습니다만." 이리 말하며 펠릭스는 오늘밤은 수포로 돌아갔다는 느낌을 지울 수가 없었으니, 집주인이라는 이는 여태 나타나질 않고 있건만 모인 사람들 중 누구 하나 그 사실을 눈치채지도, 개의치도 않는 듯하고, 그 와중에 자칭 의사라는 이 요변스러운 인물이 밤을 독점하리라는 예감이 든 것이다.

"군대라, 금욕자들의 가족 말이군요!" 의사는 고개를 끄덕였다. "금욕자에겐 유일한 안식처죠."

이십대 후반으로 보이는 젊은 여자가 무리에서 떨어져나와 펠릭스와 의사에게로 다가왔다. 여자는 등뒤의 탁자를 손으로 짚었다. 쑥스러운 모양이었다. "두 분이 지금 하는 말씀은 진심인가요, 아님 그냥 아무 말이나 늘어놓고 있는 건가요?" 그러고는 달아오른 얼굴로 황급히 덧붙였다. "전 서커스 사전 홍보차 온 노라 플러드라고 해요."

의사가 흐뭇한 표정으로 돌아섰다. "아!" 그가 말했다. "노라 씨께서 느릿느릿 기어가는 시간의 저 서늘하고도 무모한 곡조를 의식하신 모양이군요. 제 얘기는 이제 시작입니다." 그러더니 불현듯 손을 펼쳐 허벅지를 내리쳤다. "플러드, 노라라니, 이런 우연이 있나! 아가씨가 이 세상에 나오도록 거들었던 이가 바로 납니다!"

펠릭스는 결딴으로 치닫는 상황이라도 닥친 양, 그리고 이를 자신이 나서서 '어떻게든 수습하기'를 모두가 기대하고 있는 양(잔이 엎질러지고 그 내용물이 식탁 가장자리로 흘러 숙녀의 무릎 위로 방울져 떨어질 차에 누군가 알아서 처리해주기를 바라듯이) 조바심이 나서 "느릿느릿 기어가는 시간"이라는 대목에서 걷잡을 수 없이 웃음을 터뜨리고 말았는데, 이후 이 소동을 기억할 때마다 뒤숭숭한 마음을 떨치지 못하면서도 자신이 왜 그러한 반응을 보였는지 설명할 길을 끝내 찾지 못할 터였다. 하지만 그날 모인 일동은 놀라움에 일제히 침묵하기는커녕 아랑곳 않고 하던 대화를 이어갔으니, 젊은 축에 속하는 사내 두셋은 추문을 쑥덕였고, '공작부인'은 속없는 고성으로 맺집 좋은 한 남자에게 살아 있는 조각상 이야기를 늘어놓았다. 이에 남작은 더 깊은 고뇌에 빠졌다. 두 손을 휘휘 저으며 말했다. "오, 제발! 제발!" 그리고 문득 자신이 웃음과는 거리가 먼, 그보다 훨씬 끔찍한 행동을 하고 있다는 생각이 스쳤으나, 그럼에도 여전히 스스로에게 되뇌었다. '난 웃고 있어, 이건 웃음이야, 웃음, 절대 다른 게 아니라고!' 그는 당혹하여 두 팔을 연신 휘저으며 바닥을 향해 "제발, 제발!" 외쳐댔고, 그런 자신이 남부끄러웠다.

그러다, 역시나 급작스럽게, 자세를 바로잡고 의자 팔걸이에 손을 얹더니, 상체를 숙여 제 맞은편으로 의자를 바싹 당겨 앉는 의사를 빤히 바라보았다. "그래요." 의사는 미소 짓고 있었다. "실망을 피할 길이 없어요! '이 어두운 무덤에'*—오, 지조 없는 이여! 난 약초상도 아니요, 뤼트뵈프**도 아니요, 만병통치약도 없고 돌팔이 또한 아니요—요지인즉, 물구나무서는 덴 소질도 취미도 없단 말이지요. 난 곡예사도, 탁발 수사도 아니고, 톨레도 칼날에 올라 하늘을 향해 엉덩이를 흔들어대는 13세기 살로메 역시 못 돼요—요즘 세상에 어느 소녀가, 그 소녀가 남자고 여자고 간에 그리고 아무리 상사병이 심한들 그런 짓을 하겠느냔 말입니다! 뒤로 멀찍이 이어지는 저 지난날에라도 설마하니 그런 일이 실제로 있었을까 싶거들랑 대영박물관에서 고문서를 뒤적여보든가 클레르몽페랑대성당을 방문하든가 하세요, 나한텐 그게 그거니. 튀니지의 갑부 이슬람교도의 아낙들처럼 맹한 여자들을 불러다가 권태와 몽혼에 빠져 시간을 잊으려 한들 그 역시도 묘약은 못 되지요, 한 방에 한 사내의 만병을 모조리 앗아갈 약이라곤 존재하질 않으니. 남정네들이 진정으로 원하는 바가 뭔지 알아요?" 남작의 굳은 표정을 향해 의사가 이를 드러내고 웃으며 물었다. "둘 중 하나예요. 속여도 될 정도로 멍청한 여자를 만나거나 자신을 속여도 눈감아줄 만큼 깊이 사랑하는 여자를 만나는 것."

"전 여자 생각을 하고 있던 게 아닙니다." 남작은 그렇게 말하고는 자리에서 일어나려고 했다.

"그건 나도 마찬가지예요." 의사가 말했다. "앉으세요." 그는 제 잔을 다시 채웠다. "브랜디 맛이 아주 좋군요."

"아니, 괜찮습니다, 전 술은 안 합니다." 펠릭스가 답했다.

"하게 될 겁니다." 의사가 말했다. "그럼 다른 비유를 들어, 루터파

---

* 이탈리아 시인 주세페 카르파니가 쓴 시 「이 어두운 무덤에(In questa tomba oscura)」의 첫 소절. '이 어두운 무덤에 / 편히 쉬게 해주오 / 내가 아직 살아 있을 적에 / 날 생각했어야지, 오 지조 없는 이여'로 이어진다.

** 13세기 프랑스 음유시인. 그의 작품 「약초상 이야기」에 돌팔이 의사가 화자로 등장한다.

나 프로테스탄트교회가 가톨릭과 어떻게 다른지 생각해봐요. 거짓말까지도 기꺼이 눈감아줄 만치 사랑스러운 여자가 가톨릭이라면, 프로테스탄트는 반대로 당신이 거짓부렁을 지껄이거나 있지도 않은 감정을 시늉만 해도 문제될 게 없을 만치 당신을 사랑하는 여자와 같아요. 루터는, 이런 표현을 불쾌히 여기지 않길 바랍니다만, 저 드러누울 자리마저 들쑤셔놓고 마는 발정난 늙은 숫양이나 다름없었어요. 왜냐, 뭇사람들의 죄악과 도락을 '사면'할 권한을 제 손아귀에서 빼앗기고 말았잖습니까. 사실 그 무렵만 해도 사면은 사제들 밑천의 절반에 다름 아니었으니 비텐베르크의 그 노수사*도 제 딴으로는 그 명맥을 유지할 의도였던 게죠. 한데 사태가 그리되니 길길이 날뛰며 나무에 매달린 원숭이처럼 소란을 피우다가 애초 의도에도 없던 일을 끝내 벌일 수밖에요(어쨌거나 그가 아침마다 앉았다는 식탁 자리에 적힌 글을 보면 그랬으려니 싶어요). 오만무례 과대망상에 붙들려서 말입니다. 그런데 과대망상이라는 게 또 야생적이요 문란한 손님과도 같아서 막상 한번 왔다 하면 시원하고 청량한 음료처럼 단숨에 길게 한잔 비워줘야지만 직성이 풀리거든요. 프로테스탄트교회에서 듣는 설교란 어떤 거죠? 능숙한 말솜씨를 보고 뽑은 자의 말—그러면서도 지나친 달변은 또 아니죠, 아무렴! 그랬다가는 설교대에서 당장에 내쫓기는 겁니다. 종국에는 그 타고난 황금 혀를 정치적인 목적에 사용할지도 모르니까요. 황금 혀란 국운을 들었다 놨다 하는 수준에 이르기 전에는 만족을 모르는 법이니, 교회도 이걸 알 만큼은 현명하니까요.

* 마르틴 루터는 1517년 로마교황청의 면죄부 판매에 항의해 종교개혁의 계기를 마련했고, 1522년 비텐베르크성에서 성경을 독일어로 완역하고 루터교회를 세웠다.

반대로 가톨릭교회로 발길을 돌려 아무때고 미사에 참석해보거든—어떤 광경이 펼쳐지던가요? 이미 당신 피에 흐르고 있는 친숙한 광경이죠. 신부가 제대를 오가며 읊는 이야기도 이미 귀가 닳도록 들은 이야기고요. 제대에 선 자가 추기경이건 레오 10세건, 혹은 시칠리아 태생의 처지가 딱한 한낱 사생자로 제가 기르는 염소떼 사이에서 담대하게 죄짓는* 것만으로는 더이상 제 영혼이 운집하지 않음을 뒤늦게 깨달은 자이자, 하늘이 기지했듯이, 애초에 하느님의 자녀였다 한들—그런 건 하등 중요치 않아요. 왜냐? 신도석에 앉은 동안은 누구나 저마다의 사색에 더해 전설에도 동시에 잠기기 마련이니(이야말로 굴뚝새가 부리를 갖다대는 순간 열매를 잘라주는 형국이죠), 그 둘을 거룩한 성聖 수저로 휘휘 저어 하나로 만들면, 이게 바로 그 귀에 익은 이야기 아니겠어요? 또는 고해소에 들어갈 수도 있을 텐데, 거기서 줄글을 읊듯 낭랑한 목소리로 통회의 기색 없이 (그 수밖에 없다면) 옹이지고 얽힌 영혼의 사정을 밝히면, 이에 고딕풍 메아리가 상호 간에 즉각적으로 화답해오니—작별을 고하는 당신에게 환영의 인사가 돌아오지요.** 그로써 골칫거리가 풀리고 천상의 저 장엄한 손이 가지런히 빗질한 실타래를 도로 내미나니, 모두 용서되었노라!

한 전당은 단단하여 빈틈없기가 하늘이 내린 입놀림에 다름 아닌 반면, 다른 한 전당은 염소 볼기짝만큼이나 보드라우니, 어느 쪽이 됐건 누굴 탓할 수는 없거니와 그렇다고 양쪽을 좋아할 수도 없는 노릇이죠."

---

* 신은 우리 죄를 무한히 용서해주니 대담하게, 두려움 없이 죄를 지으라는 요지를 담은 루터의 주요 교리 중 일부.

** 로마가톨릭교에서 고해성사 이후 보속으로 봉헌하는 성모송(Hail Mary)을 뜻한다.

"잠깐만요!" 펠릭스가 말했다.

"네?" 의사가 물었다.

펠릭스는 앞으로 몸을 기울이며 못마땅한 말투로 동을 달았다. "저는 사형집행인이 때가 됐음을 알리려 어깨에 손을 얹자 독서중이던 군주가 자리에서 일어나 종이 자르는 칼을 책갈피에 꽂고 책을 덮었다는 이야기를 좋아합니다. 군주의 그 제스처를요."

"아." 의사가 말했다. "그건 주어진 순간에 충실한 사람이 아니라 저만의 기적 속에 살고 있는 사람 이야기지요." 그는 잔을 다시 채웠다. "*신의 축복을.*" 그가 독일어로 말했다. "*오늘과 같이 앞으로도 영원히 신께서 그대에게 기쁨을 허락하시기를!*"

"두 분, 설움과 혼돈을 너무 쉽게 말하네요." 노라가 말했다.

"기다려봐요!" 의사가 답했다. "사나이의 설움이란 늘 가파른 길을 오르니 짐이 되는 것이 사실이다만, 그 짐을 계속 간직하기 또한 어려운 법이에요. 난 의료인으로서, 사내들이 제 심장과 영혼을 어느 주머니에 간직해 다니는지 잘 알아요. 마찬가지로 그 주머니들이 간과 콩팥과 생식기가 부대끼는 가운데 어찌어찌 좀도둑질당하는지도 알지요. 순수한 설움이란 없어요. 왜? 그건 폐와 허파, 빼대와 위장과 담즙과 한 침대를 쓰는 잠동무니까! 결국 혼돈뿐이니, 그건 우리 노라 말이 지당해요. 혼돈과 무찔린 불안이 있을 따름이고—그 점에서 우리 모두 하나지요. 힌두 고행자라면야 옷 없이도 살 수 있고, 절름발이라면 무릎 사이로 바람을 더 느낄 테지만, 그렇대도 혼돈이에요. 신에게 간택받은 자들이 오죽하면 벽에 붙어 걸을까.

전쟁이라면 나도 겪어봤답니다. 떨어지는 포탄에 피가 마르는 작은 마을이었는데, 그 굉음이 언제 날벼락처럼 내리쳐 정곡으로 꽂힐지 모르니 다시는 영영 떠올리지도 못하게 될 이 세상의 장엄함을 부랴부랴 헤아리지 않고는 통 배길 수가 없더군요. 난 지하 저장고로 냅뛰었어요—이미 브르타뉴 출신 노파 하나가 소 한 마리를 끌고 와 있었고, 그 뒤로 더블린에서 온 이가 소 꽁무니에 대고 '하느님께 영광을!' 하고 중얼대고 있었지요(정작 조물주께 감사 올릴 사람은 소를 정면에서 마주한 나였을 텐데 말예요). 고작해야 찻쟁반만한 구멍이었는데, 겁에 질린 그 딱한 짐승이 사지를 떠는 걸 보며 난 짐승의 비극이란 인간의 비극보다 두 다리만큼 더 처참하다는 걸 단박에 깨달았어요. 조용히 똥을 떨구는 암소 뒤꽁무니에서 켈트족 그이가 가냘픈 음성으로 '주님께 영광!'을 연발해대는 통에, 난 속으로 생각했지요. '이만 날이 밝았으면 좋겠군, 내 얼굴이 어떤 낯짝들과 얽힌 건지 좀 보게.' 그런데 그때 번뜩 섬광이 비쳐 놀란 암소가 고개를 뒤로 꺾으며 제 두 뿔을 한 쌍의 초승달처럼 양어깨에 드리웠는데, 크고 검은 그 두 눈망울에 눈물이 그렁그렁했어요.

난 나 자신은 물론이거니와 아일랜드 놈과 그 노파마저 싸잡아 욕하며 짐승을 달랬죠. 벌써부터 제 삶을 굽어보고 있는 듯 보이질 뭡니까, 총잡이가 조준을 맞추듯, 총열을 겨누듯이 말이죠. 팔을 뻗어 고 가여운 암소 년을 만져보니 라호르에서 쏟아져내려오는 물줄기처럼 가죽이 출렁대고 도망가고 싶은지 내 손 아래서 몸부림치는데 그런들 한자리에 붙박여 선 채였지요. 그걸 보면서 난 그 누구도 계산하지 못한 방향이며 속도라는 게 있겠구나 생각했어요. 그 소만 해도, 믿거나 말거나 우리 인간은 듣도 보도 못한 어디론가 이미 전속력으로 도망친 게 분명했건만, 그럼에도 아직 그 자리에 뻔히 서 있었으니까요."

의사가 병을 들었다. "감사하지만, 독주는 안 합니다." 펠릭스가 말했다.

"들게 될 겁니다." 의사가 말했다.

"늘 마음에 걸리던 게 하나 있어요." 의사는 계속해서 말을 이었다. "다름 아닌 단두대 말입니다. 세간에 따르면 사형집행인이 칼을 직접 조달해야 한다더군요, 신랑이 면도칼을 손수 구비해야 하듯이요. 그것만으로도 심장이 오그라들기 십상이지, 설령 아직 목 하나 훑치기 전이라 해도요. 하룻밤은 불 '미슈'*를 거닐며 눈요기를 하던 중 단춧구멍에 붉은 카네이션을 꽂은 이를 봤어요. 살갑게 말을 건넨답시고 카네이션은 왜 꽂은 거냐고 물었죠. 그러자 그이 왈, '목 베는 이의 특권이죠'—하기에 나는 그만 의회에서 후린 압지처럼 물컹하니 힘을 잃었어요. '예전에는 이걸 이에 물고 형을 집행했답니다' 하고 그이가 덧붙이는데 그 말에 배알이 거북이처럼 홱 뒤집혔으니, 카르멘처럼 입에 꽃을 피운 채 가죽숫돌에 칼날을 가는 그이의 모습이 눈앞에 아른댔거든. 교회 안에서조차 장갑을 못 벗게 되어 있다는 유일한 인간인 사형집행인이 말입니다! 오죽하면 스스로들 칼을 휘둘러 제 명줄을 끊겠어요. 쓱싹이는 칼날의 리듬이 마침내는 제 목에까지 닿고야 마는 것이죠. 그이가 바싹 다가오더니 내 목을 가르는 시늉을 하며 '그렇게 숱도 많고 머리가 굵직한 경우엔 애를 좀 먹죠'라고 내뱉는데, 그 순간에 내가 이 평생 지병의 심장병을 얻지 않았겠어요. 당장에 1프랑을 내려놓

* 불바르 생미셸. 파리 센강 좌안의 주요 대로를 일컫는 약칭.

고 바람아 날 살려라 내뺐지요. 등에 난 털까지 쭈뼛 섰는데, 앤여왕의 주름진 목깃도 그보다 높이 솟지는 않았을 겁니다! 한참 냅뛰다 제정신을 차려보니, 어느새 난 클뤼니미술관 한복판에서 고문대를 붙들고 있더군요."

불현듯 방안이 고요해졌다. 백작이 문간에 서 있었다. 그는 양손을 문틀에 얹은 채 발 디딘 자리에서 앞뒤로 몸을 흔들며 큰 키로 구부정히 방안을 굽어보았는데, 앞서 현관에서부터 시작한 이야기가 정점에 이르러 쏟아져나오던 이탈리아어는 그가 자신의 다리를 내려치는 순간 갑작스레 반토막이 난 터였다. 그는 방 한가운데로 나아갔다. 한 손에는 엄지와 검지로 넓은 검정 끈이 달린 둥근 돋보기 알의 정중앙을 쥐고 있었다. 반대편 손이 의자에서 탁자로, 손님에게서 손님에게로 그를 이끌었다. 승마복 차림의 어린 여자가 그 뒤를 따랐다. 식기장 앞에 도달한 그는 섬뜩하도록 재바른 동작으로 돌아섰다.

"다들 나가시오!" 그가 동행한 여자의 어깨에 손을 얹은 채 나직하게 말했다. "나가시오, 나가요!" 진심임이 분명했다. 그는 가볍게 묵례해 보였다.

거리로 나서자 '공작부인'의 싸늘하게 식은 발목 주위로 레이스 옷단이 휘감겼다. "그래, 소감이 어때요?" 부인이 돌아서며 펠릭스에게 물었다.

"거참!" 펠릭스가 말했다. "저게 무슨 경우라죠? 대체 왜?"

의사는 불도그 장식이 달린 지팡이를 흔들어 지나던 마차를 잡아 세웠다. "이런 상황을 바로잡는 데는 술집이 최고지요."

"이름하여," 부인이 장갑을 끼며 말했다. "귀하신 분과의 짧디짧은 알현이라는 거죠. 아무리 짧아도 알현은 알현이니까요!"

다 같이 어둑해진 길을 오르며 펠릭스는 얼굴이 붉게 달아오르는 것을 느꼈다. "백작이 맞긴 해요?" 그가 물었다.

"*맙소사!*" 부인이 독일어로 외쳤다. "나는 내가 자칭하는 대로인가요? 당신은 어떻고요? 의사 선생은요?" 그러고는 펠릭스의 무릎에 손을 올렸다. "맞아요, 틀려요?"

의사는 담뱃불을 붙이는 중이었다. 남작은 불빛 속에서 그가 소리 없이 웃는 것을 보았다. "금세 좌절될 기대 때문에 우릴 내쫓은 것뿐이에요." 그는 마차를 잡으려고 길모퉁이에 줄지어 선 사람들을 향해 창 너머로 장갑을 흔들어 보였다.

"그게 무슨 말씀이죠?" 남작이 속삭이듯 물었다.

"오나토리오 알타몬테 백작께옵서—그 이름이 머지않아 베키오 다리의 난간을 넘어 아르노 강물에 빠지기를 기원하나니—생애 마지막이 될지 모를 발기를 놓칠까 두려웠던 것이지요."

이어 그는 독일어로 〈하룻밤만〉을 부르기 시작했다.

프라우 만이 마차 창문에 얼굴을 바짝 붙인 채 말했다. "눈이 와요." 그 말에 펠릭스는 코트 깃을 세웠다.

"이제 어디로 가나?" 그가 그새 활기를 되찾은 부인에게 물었다.

"하인리히네 가게로 가죠, 눈 내리는 날엔 꼭 가거든요. 이런 날엔 술도 독하게 내오고, 뭣보다 주인장이 우리 단골이에요. 공연을 놓치는 적이 없죠."

"좋아요." 의사가 창을 두드리려고 손을 올렸다.

"그런데 당신의 그 하인리히네는 어디죠?"

"운터덴린덴을 따라 쭉 내려가세요." 부인이 말했다. "근처에서 다시 알려줄게요."

펠릭스가 입을 뗐다. "실례지만 전 여기서 내리겠습니다." 마차에서 내린 그는 눈발에 맞서 발길을 옮겼다.

아늑한 단골 카페에 자리를 잡고 나서, 의사는 목도리를 풀며 말문을 열었다. "펠릭스 남작은 어딘가 모자란 듯하면서도 온전한 구석이 있군요—허리 위로 저주받았달까. 그러니 허리 아래로 저주받았던 바스케트 양이 생각나는데, 다리가 아예 없는 게 중세에나 어울릴 무슨 참혹한 학대라도 받은 모습이었더랬지요. 바퀴 달린 나무판자 하나를 끌고 피레네산맥을 헤치고 다녔고요. 그나마 성한 부위만큼은 아름다웠다만 천박할 정도로 전형적인 미모였달까, 개인적으로가 아니라 인종적으로 놀란 표정을 타고난 그런 얼굴이었지요. 난 그이가 가지지 못한 것에 대한 보상으로 선물을 주고 싶었는데, 그 아가씨 한다는 소리가 '진주가 좋겠어요—진주는 어디에도 잘 어울리니까요!'라지 뭡니까! 상상이 돼요? 몸의 절반이 여전히 조물주의 쾨주머니에 남아 있거늘! 모자란 게 있다고 제가 가진 것의 가치도 못 알아보는 그런 여자가 아닌 것만은 분명했죠. 여하간 하루는," 의사가 장갑을 돌돌 말아 내리며 말을 계속했다. "지나가던 뱃사람 하나가 그이를 보고 사랑에 빠진 거예요. 마침 그이가 비탈을 오르고 있었는데, 햇살이 등판을 환히 밝히며 구부정한 목덜미에 안장을 얹고 곱슬거리는 머리칼을 반짝반짝 빛내는 것이 고대 스칸디나비아 선박의 이물 장식이었으나 버림받고 만 조각상만큼이나 아름답고 처량해 보였던 거죠. 그래 선원이 넝큼, 판자고 뭐고 통째로 낚아채 데려가서는 제 뜻을 보여줬다는 거

아닙니까. 그러다 슬슬 지겨워지자 사나이 도리를 다한답시고 마을에서 5마일쯤 떨어진 곳에 나무판자와 같이 내려줬으니, 어쩌겠어요, 혼자 바퀴 움켜쥐고 눈물 쏟으며 길을 갈밖에. 그런데 그 모습이 어찌도 처참하던지, 왜냐, 눈물이란 모름지기 발치로 떨어지는 게 익숙한 풍경이니까요. 아 참말로, 소나무 판때기가 턱밑에 들어올지언정 기필코 눈물지을 이유를 찾아내고 마는 것이 여자이거늘. 마담, 내 장담하거니와, 설령 그릇 위에 심장만 덩그러니 놓인 모양새로 이 세상에 나온다 한들 그 위에서마저 '사랑'을 부르짖으며 잘린 개구리 다리처럼 펄떡일 것이 무릇 여자랍니다."

"*훌륭해요!*" 프라우 만이 소리쳤다. "훌륭해요, 맙소사!"

"아직 안 끝났어요." 의사가 장갑을 무릎 위에 놓으며 말했다. "언젠가 저 남작을 다시 만날 일이 있지 싶은데, 그때 미치광이 비텔스바흐* 이야기를 해줄 생각이에요. 그러면 스카프에 동여매인 부엉이만큼이나 당혹해할 테지요."

"아." 프라우 만이 외쳤다. "그런 이야기라면 좋아할 게 분명해요. 남작이 작위를 얼마나 밝히는데요."

"하기야, 잘못된 태도는 아니지." 오코너 의사가 말했다. "위대함을 생각하는 건, 설령 그게 사방팔방 막무가내인 위대함이라 해도, 네모반듯 깔끔히 포장된 하찮음을 생각하는 것보다는 월등히 나으니까요. 그리고 루트비히는 다른 방면으로도 그랬지만 죽음에 대해서도 도가 터 있었거든. 죽음이란 수프 그릇에 엄지손가락을 담갔다 빼는 것과

* 바이에른왕국의 국왕 루트비히 2세.

같은 것 아니겠어요. 으레 빈자리를 남길 것 같지만 그렇지 않지. 그럼 루트비히의 경우는 어땠느냐? 세상 만물을 다 가졌대도 여자와 레이스 목깃을 취한 적 없다는 이유로 박약하다는 말을 들어야 했는데—글쎄, 레이스 목깃에 대해서만큼은 장담 못한다는 게 내 개인적 의견이지만요—사실인즉슨 조피*와 혼사가 거의 성사될 뻔했단 말이지요. 다만 어느 시의 장이라는 작자가 먼저 머리를 비집고 들어갔다는 이야기를 전해듣고는(뮌헨의 어느 모자상엔가 가면 그 두상을 본뜬 모형이 아직껏 남아 있답니다) 결국 조피의 가슴을(대리석 가슴 말이에요) 레지덴츠 슐로스 창밖으로 내던졌고, 그게 오데온스플라츠에서 엎어지면 닿을 거리에 있는 궁궐 마당에 가 박혔다죠—한데 그 침실 창문은 또 어찌나 예쁘던지! 천장이 온통 빔을 먹인 노란 실크로 뒤덮였는데 그 한가운데 불룩하니 혹 하나가 붙어 태양이 빛살을 뻗치듯 그로부터 실크가 사방에 방사되는 겁니다—그렇게 '어서 와요, 내 귀여운 비둘기!' 하고 반기는 셈이었지요. 하여간, 그렇게 궁궐 마당에 고꾸라져서는 산산조각 박살이 나고 말았는데(흉상 말이에요), 떨어지면서 창밖으로 엔간히 쟁쟁한 소리를 냈다는 걸 보면 이렇게 말하고 싶었던 모양이지요. '이젠 누군가 의도를 갖고 내게 접근하는 일도 없을 테지!'—그러고는 순식간에 다른 모습으로 변해 푸른 잔디 위를 뒹굴었지요. 하여 난 종종, 이 왕이란 작자는 대체 어떤 근성을 타고났기에 겨울 정원에 앉아—누구 하나 곁에 두지 않은 채—음악을 듣고, 로엔그린처럼 차려입고서 인공호에 백조 배를 띄워 물놀이를 했던 건지 생각해보곤

---

* 바이에른 공주 조피 샤를로테.

해요. 그게 그리 미친 짓인가요? 자기만의 전용 극장을 원하는 것도 광기라면 나보다 더 정신 나간 사람도 찾아보기 쉽지 않을 건데. 비명을 내지르는 것만으로 이 세상을 싹 비울 수 있다면 난 몸이 산산이 부서질 때까지 비명을 지를 테요. 한데 결국 그가 죽기 바쁘게 정원을 헐어버리지 않았던가요? 왜? 분수의 푸른 물이 새어들어 무도회장을 적시기 시작했거든요—물 얘기가 나와 말인데," 고개를 돌리며 의사가 덧붙였다—"대체 우리가 주문한 술은 언제 나오려나? 하여간 그래서 난 루트비히가 사용하던 방들을 훨훨 날듯이 돌아다녀봤는데," 그는 말을 이었다. "괴괴하게 죽어 있기가 과거나 다름없더군요. 플라츠에서는 비둘기들이 전날 주워먹은 귀리로 교회와 인도와 숙녀들의 주일 모자를 하얗게 채색하고 있고요. 지나는 방마다 푸른색 플러시 천과 눈부신 소용돌이꼴 장식이 아주 차고 넘치니, 눈먼 사람은 일평생을 허비하고도 고안해낼까 말까 한 화려함 아녔겠어요. 침방에 가보니 왕이 씻을 때 쓰는 사기가 놓여 있고—잉크스탠드는 심지어 못으로 고정돼 있었는데, 큼지막하고 펑퍼짐한 게 멋대로 뻗어나가는 논다니 손이 따로 없다 싶더군요. 그리고 침대는 단 위에 올라 있으니, 사후로 사용된 적이 없다는 이유로 아주 예술작품 취급을 하고 있었지요. 침대 앞 전면에 나무 난간을 둘러 민중의 접근을 막았고요(역사에 달걀 껍데기를 흘리며 돌아다니는 게 민중의 기쁨이다보니). 그 정도 난간은 나도 단번에 넘을 수 있었을 텐데, 마땅한 이유만 있었더라면 말입니다. 그래, 난 그 자리에 서서 루트비히가 바그너를 궁전으로 불렀을 때 어떤 심정이었을지 상상해봤지요—바그너가 숨죽인 채 계단을 오르는 모습이 선하지 않나요? 피가 세차게 뛰는 가운데, 오페라 대본을 옆구리에

끼고서 말이죠. 그런데 그때 하필 내 시선이 어디 가 손뼉 맞대듯 철썩 꽂혔겠어요? 쪽매 마루 깊이 새겨진 십자가였죠. 미치광이 왕이 두고두고 스스로에게 상기시키고자 새긴 거랍니다. 어느 날인가 자리를 망각한 채 제 자연에 손을 댔고, 그에 묵주가 바닥으로 떨어져 눈물을 흘렸던 자리였음을 기억하기 위해서 말입니다. 하여 왕은 그 자리에 십자가를 상감케 했고, 이후 중체에 손을 대고픈 충동을 느낄 때마다 발을 뻗어 그 징표를 덮고는 본데있는 비텔스바흐 가문의 자손답게 손을 자제토록 해주십사 기도를 올렸다죠. 그런데 하느님, 이게 정신 나간 이의 행동이라고요? 내가 뮌헨의 신실한 아낙들에게 왕이 미쳤다고 생각한 이유가 뭔지 물어보니 아낙들이 답하길, 왕이 '한참을 울더니 그 후로 그렇게 됐다'더군요. 그들은 왕을 아주 많이 사랑했는데, 내게 '하인들에게 매를 들었어요'라고도 말했어요. 왜 아니겠어요. 아낙들은 또 말했죠. '오밤중에 썰매를 불러내 야단을 떨며 산에 올랐어요.' 그리고 '왕은 온갖 특권을 누리기 마련이지만, 그걸 남용해선 안 돼요'라고도요. '사랑이나 다를 바 없군요' 하고 내가 말했지요. '도처에 넘쳐나건만 도통 쓰이는 적이 없으니'라고요. 루트비히도 그와 비슷한 결론을 내렸던 건지 모르지요. 급기야 식사마저 바닥에 난 문으로 올려보내라고 지시하기에 이르러, 혼자 앉아 슈페츨러와 슈니첼*이나 먹었다니까. 그렇다고 그걸 미친 짓거리라 불러야 할까요? 내 평생 외로움이라 불렀거늘." 의사는 식탁에 팔꿈치를 올린 채 한숨을 지었다. 두 손은 어슷이 포개져 있었다. "그래, 결국은 슈타른베르크의 물 이불을

* 각각 독일식 면요리와 커틀릿.

뒤집어쓰기에 이르렀어요." 의사는 말을 이었다. "그후로는 내키는 대로 할 수 있었고요. 배를 훌렁 내밀건 뒤꽁무니부터 내밀건 가타부타 할 사람 하나 없었는데, 그것도 잠시뿐, 곧 사람들 손에 머리끄덩이째 끌려나와 결국 정자세로 누인 채 벽을 보고 말았지만요. 그 벽을 무덤이라고도 부르지요. 참 요상하고도 끔찍한 사실은, 내키는 대로 하기 위해서는 그에 앞서 지붕엘 오르거나, 밧줄을 매달거나, 물속으로 들어가거나, 총성이 잦아들기를 기다릴 수밖에 없는 사람이 그리도 많다는 거예요. 궁전에는 안락한 플러시 의자며 기둥이 놓인 웅장한 빈방들과 왕의 집무실과 무도회장(기차가 영영 들어설 일 없는 으리으리한 종착역처럼 생겼지요)을 하염없이 오가는 안내원이 한 명 있으니, 이 자는 아직도 왕을 기억하고 있는지라 1마르크 한 닢 손에 쥐여주면 제가 왕의 수발을 들던 종자였노라고 이야기를 털어놓곤 하는데—그러면 이 사람이 그 말뜻을 알고서 이러는 건가 싶어 곁눈질로 안내원을 살피게 되지요—또 알고 있다면 그때의 일을 정말 기억하는지 보려고요. 어쨌거나 그자 말이, 왕이 어찌나 장신이었던지 6피트 3인치인 자기조차 그의 목에 타이를 매려면 까치발을 딛고 서야 했대요. 그 말을 듣다가 난 나도 모르게 까치발을 디뎌 허리를 펴고는, 그 더없이 웅대한 방 한가운데서 이렇게 속삭였지요. '그리도 컸나요?' 그러자 그 말이 메아리가 되어 쩌렁쩌렁 내달리듯 궁궐의 방이란 방마다 울려퍼졌어요. 달리면 달릴수록 더 광분하는 우람한 황소처럼 말이죠. 그 장대한 위엄을 목도한 지 워낙 오래된 공간인지라 그만큼 허기가 져 있었는지, 메아리가 좀체 잦아들 줄을 모르더군요. 내가 넋을 놓고 그 자리에 서자 내 두 눈에 점점 두려운 빛이 드리우는 걸 보고 안내원이 '아

그럼, 굉장하셨죠!' 하고 대답했는데, 정작 내 말뜻을 간파하고 그리 답한 건지, 왕의 인격에 대한 질문으로 오해한 건지 어찌 알겠어요? 난 그의 주의를 돌릴 심산으로 나직하게 속삭였어요. '그런데 말입니다, 선생님, 변소는 어디께 있을까요? 이거 원, 요강은커녕 대접이나 하물며 찻잎 단지조차 눈 씻고 봐도 찾아볼 수가 없으니 말이죠.'

'*오스트리아 역사부터 공부하시죠.*' 그가 경멸이 가득한 눈으로 날 보며 독일어로 답하더군요. 왕의 고귀하고 내밀한 용변 업무에 대해서는 끝내 알아낼 길이 없겠구나, 하고 난 속으로 생각했어요. 그러고는 물었지요. '그나저나 도자기 난로는 죄 타일 벽면에 붙박여 있던데, 어째서 바깥에서 땔감을 먹이게 돼 있는 거죠? 그러니까 복도에서 방으로 말입니다.' 국왕의 눈길이 미치지 않는 곳에서 부삽 움직여가며 비밀스레 재를 쳐내느라 바빴을 뒤셀도르프의 젊은 처자들이라니—"

"이 얘기는 펠릭스에게 꼭 들려줘야겠는데요. 혹시나 잊었을지도 모르니까요." '공작부인'이 한마디 곁들였다. "아님 애초 몰랐거나—"

"그게 그거지요." 의사가 히죽거렸다.

프라우 만이 말했다. "불쌍한 그이의 힘을 북돋아줄 거예요."

"각설하고," 의사가 한 잔씩을 더 주문하며 말했다. "비텔스바흐왕가 얘기는 관둡시다. 아 하느님, 내 과거를 돌이켜볼 때면 말이에요, 우리 식솔 중 타고난 가인 아닌 이가 없었는데, 모친만 해도 봄날의 들불처럼 붉은 머리칼이 사방에 흐드러졌죠(80년대 초반 얘깁니다. 처녀가 찬사와 이목을 한몸에 받고 갈 데까지 갔다는 말이 뉴버그식 랍스터 요리를 먹은 일쯤을 의미하던 시절 말이에요). 어머니는 수돗물 빼곤 없는 게 없이 다 올린 테이블 상판만한 모자를 머리에 얹은 채 가슴은 풀 먹인 아마포 코르셋으로 질끈 조이셨고, 그 옆자리엔 부친이 타고 계셨지요(롤러코스터를 타다가 찍힌 장면이에요). 부친은 왜, 그 당시 그 실없는 노란 재킷 있잖아요, 그걸 걸치고 머리엔 황갈색 중산모를 귓바퀴가 보이게 눌러썼는데, 어딘가 성치 않았는지 약간 사시였어요—뭐, 바람이 불어 그랬을 수도 있고, 우리 모친에게 장소의 제약상 당장은 해소하기 어려운 흑심을 품어 그랬을지도 모르지요." 프라우만은 술잔을 집어들어 한쪽 눈을 감고 들여다보더니 "사진첩이라면 나도 있어요"라고 훈훈한 목소리로 말했다. "그런데 사진 속 사람마다 다 군인처럼 보이지 뭐예요—이미 이 세상 사람들이 아닌데도요."

"*가만!*" 의사가 말했다. "그러고 보니, 언젠가 대궐 같은 우리 저택(당시엔 스페인식 맨션이라 불렀지요) 다락을 뒤적거리다가, 풀을 어찌나 빳빳이 먹였는지 저 혼자 설 수도 있겠다 싶은 닳고 닳은 실크 드레스를 한아름 발견한 적이 있어요—그대로 줄지어 전장에 행군해 나갈 수도 있었을 거예요. 낡은 재질이었어도 원체 기백이 넘치다보니 옷만 달랑 걸어나가더라도 적군에게 즉각 총살되고 남을 정도였는데, 해서 난 그때 윤회에 대한 내 유일한 인상을 얻었죠. 폐물 새장에 다름 아닌 그 버팀테들이 바닥을 딛고 선 꼴만 봐도, 이것들이 몇 번을 살았는지는 몰라도 이전 생애와 그전 생애와 그 전전 생애, 천지가 두 쪽 나던 그때부터 지금껏 독실한 가톨릭 신자로 살아왔으며 어떤 상황에서건 사랑 앞에 움츠러든 적 없었으리라는 걸 한눈에 알 수 있었거든요. 사랑 얘기가 나왔으니 말인데," 그가 이어 말했다. "나도 여느 사람 못잖게 자연을 사랑해요. 소리 없이 쑥쑥 자라나다가 소진되어 시들어 죽어가면서도 한마디하지 않는 것들, 그래서 내가 푸성귀를 먹는 것 아니겠어요—그리고 기왕 말이 나왔으니 늦은 밤 과도한 음주의 압박을 덜어주고자 꼬맹이 타이니를 바지에서 꺼냈던 일을 언급하지 않을 수가 없겠군요. 녀석을 꺼내 쥐는데 거뭇한 두 손이 나타나, 숨기운을 송두리째 앗아갈 기세로 녀석을 덥석 쥐어 주물러대기 시작하지 뭐예요. 그러더니 이번에는 난데없이 또다른 손, 훨씬 불쾌한 손, 그러니까 법의 손이 내 어깨를 그러쥐더니 날 감방에 집어 처넣더군요, 그것도 마리 앙투아네트가 감금됐던 바로 그 옥방에 말예요. 난 생각했지요. '까짓것, 왕후도 거쳐간 변소 구덩이라는데 내가 질질 짤 것 있나.' 또 생각했어요. '왕후가 마지막으로 성체를 모셨던 그릇, 지금 노트르담성당에 보란듯이 진열해놓은 그 그릇을 만에 하나 내 앞에 내오거든, 난 그 즉시 치욕으로 죽을지 몰라!' 아, 모독당한 우리 두 왕비들의 신세라니. 하물며 그이는 모독을 두 번 당하지 않았습니까? 그 무렵만 해도 출산을 앞둔 왕후는 소위 왕의 침실이라는, 별별 어중이떠중이가 복작거리는 곳 한복판에서 분만을 해야 한다는 게 당대의 불문율이었잖아요? 아주 떼를 이뤘지요, 행운이 든 왕비를 곁눈질로라도 보겠다고 밀고 당기며, 귀부인이 아니라 상금 걸린 시합이라도 구경하는 양 탯줄마저 밟아가며. 난 '그나마 그 신세는 면했잖아' 하고 붙들려 끌려가면서도 스스로를 위로했는데, 그 생각의 끈을 더듬다보니 다시 서러움이 북받쳐 눈물 흘려가며 내 애물단지 꼬까울새*에게 한바탕 퍼붓고 말았답니다, 사위가 깜깜하고 온 잡념이 박쥐처럼 날아다니는 통에.

그리고 어느새 칠흑처럼 검고 악몽 같던 저 블랙 머라이어**에서 하

---

* robin. 유럽 울새를 의미하나 여기서는 성기를 지칭하는 애칭으로 썼다.

** Maria. 죄수 호송차를 뜻하는 19세기 미국 비속어로, 당시 통용되던 발음대로 표기한다.

차할 때가 되었는지 날 프로퀴뢰르, 그러니까 검사 앞에 데려갈 경사가 나타나 손을 내밀었는데, 물론 쇠고랑을 채우겠다는 뜻이었지만 내가 영문을 알 리가 있어야죠. 그래 갈피를 못 잡고 내민 손을 덥석 쥐었더니만 그 경사가 영혼이 꺼질 듯 한숨을 내쉬고는 '하늘도 참!' 하며 내 손을 맞잡더군요. 그렇게 난 그이와 나란히 걷게 되었는데, 그게 참 묘하다 싶은 게 갑자기 어미가 생긴 기분이지 뭐예요. 따지자면 쭉정이처럼 까불려 내려온 어머니인 셈이지만 그래도 어미는 어미니까—독차지할 어미가 있는 게 내 평생소원이었거든요! 그이가 날 옥방에 가두고는 빵을 던져줬는데 이건 원, 나무를 깎아 만들었나 싶을 정돈데, 그이는 고작 '마실 물이 필요하거들랑 알아서 지려 마시든가!' 쏘아대고는 다음날 아침 법정에 설 때까지 날 내팽개치고 마니, 당황할 대로 당황한 난 오가는 발길을 피해 머리를 누일 구석이나 찾아 두리번거릴 수밖에요. 그렇게 다음날 아침이 밝자마자 몹시 재촉당하며 발을 옮겼지요—바지춤을 부랴부랴 움켜쥔 채였으니, 혹여나 밤중에 목숨을 끊을 게 염려되었는지 놈들이 멜빵을 잘라버렸거든요. 그러니 상상해봐요, 눈발은 흩날리지, 수치심에 떨며 허리춤 붙들고 질질 발길을 옮기는 내내 심장은 미어지지, 신발은 이짝저짝이 헐거워 한 발씩 끌며 걸어야지—목이라도 매달까 싶어 신발끈까지 뽑아갔거든요—내리깐 눈으론 좌우로 눈치를 살펴야지—그 와중에도 눈물은 멈추질 않으니 창피해 얼굴을 들 수가 있어야지요(친구가 눈물나게도 간절했건만 막상 또 아는 이와 맞닥뜨릴까 어찌나 불안하던지). 하느님 맙소사, 사랑보다도 못한 것 때문에 고 꼴이 되다니! 우연한 사달이지 나랑은 아무 상관이 없었다고, 그런데 그런 누명을 쓰게 된 거예요. 이 세상에 지속되는 건 없다는 게 내 생각이에요, 특히나 사랑이라면. 그런데 여기 드디어 내가 영영 못 잊을 상황이 벌어졌지 뭐예요! 오 하느님! 난 안절부절 미어지는 심정으로 가슴 깊숙이서부터 피눈물을 흘리며 기다란 금발 곱슬이 프랑스제 구두굽에 닿아 밟힐 만치 고개를 숙였어요! 나, 다람쥐만도 못한 얼굴, 견과류나 씹고 있어야 어울릴 이 몰골로 말입니다! 조물주께서 나를(소프라노 가수가 되어 갈리아의 초기 양식으로 설계된 어느 정원에서 카덴차를 부르는 게 소원인 나를) 어찌나 추하게 빚어내셨는지 새삼 상기할 때면 그 불공정함에 꺼이꺼이 울고도 남을밖에요! 그래 그러다가 고개를 들어보니 저 위, 판사 머리 너머 노트르담 드라 본 가르드*께서 날 내려다보고 있지 뭐예요. 난 그 자리에서 당장 바짓자락 그러쥐고 속삭이듯 기도를 올리기 시작했어요. '다정한 당신, 날 이번 일에서 구해만 주면 내 맹세코 그대 밑에 말뚝 박고 삼십 일 내리 묵주기도를 올리지요!' 기도치곤 엉뚱하다 싶겠지만 난 일개 범부인지라 이이들과도 대화를 해야 한다고 믿는 주의거든요. 저기 하늘 위에 앉은 이들이 우리 친구가 아니라면, 대관절 뭐란 말이죠? 그러니 그이라고 내가 그런 말투를 못 쓸 이유가 뭐 있겠어요?"

프라우 만은 고개를 끄덕였다. 한마디 거들고 싶었으나 글렀다는 걸 알았다.

"하여 난 말했어요. '원치도 않았으면 어찌 날 세상에 낳은 건가요.'" 의사가 말을 이었다. "'우리가 궁지에 내몰린 이런 때 도와줄 생

* Notre Dame de la Bonne Garde. 프랑스어로 '우리 수호자 성모님'.

각조차 없었다면 말예요!' 그렇게 참담한 심정에 짓눌려 난간을 부여잡은 채, 애덤의 눈 밖에 난 소*처럼 무거운 가슴으로 골골거렸죠. 그런데 노트르담 드라 본 가르드가 그런 내 모습을 보고 천상의 윙크를 보냈던 건지, 판사가 결국 날 풀어주지 뭡니까! 그래 난 판사를 지나치면서 속삭였죠, '감사합니다, 그리고 진심으로 사랑합니다, *내 마음 다하여!*' 그러자 그가 연필로 압지를 찔러대며 목소리를 낮춰 프랑스어로 나지막이 대답하더군요, '*여자의 마음이렷다!*' 그에 난 '*네!*' 하고 나긋나긋이 응수했으니, 어쩌면 친구가 하나 생긴 것이었는지도 모르죠."

의사는 치아를 앙다문 채 씩 웃었다. 프라우 만은 담배에 불을 붙이려 했으나 휘청이는 손에 성냥이 비슬비슬 흔들렸다.

"사상이 참 독특하신가봐요?" 그가 말했다.

"그래요." 의사가 대답했다. "난 이 세상이 참으로 끔찍하다고 생각해요—이 극단, 인생이라 불리지만 실은 맹목적인 무모함에 다름 아닌 어둠 속 서툰 도약이 말이죠. 난 생각했어요. 대관절 그 많던 새와 꽃들은 어디로 간 걸까? 아무튼 우린 거기에 조르륵 줄지어 선 비잔틴풍 변소들처럼 똑바르게 앉아 있었고, 난 입술에 두 손을 댄 채 '비극이여' 외치고, '공포여' 외치고, '폭력일세!' 외쳤지요. 침묵이 부디 내 입가에 깃들길—그런데 그러는 내 자태가 어찌나 그리스인답고, 그 손짓 몸짓은 또 얼마나 극적이었을지 보세요! 그 순간 나는, 비참함에 젖다못해 카르타고에서 온 대리석 조각만큼이나 세세한 부분이 죄 베인 꼴이었지요.

---

* 멍에를 씌운 소 두 마리 중에서 사람으로부터 먼 쪽의 소를 가리켜, '전혀 모르는 사람' 혹은 '무관심의 대상'을 뜻한다.

스스로를 망각한 것도 죄라고 굳이 사람을 벌줘야 한다면—이미 그 사실만으로도 정작 당사자는 죽을 맛일 테지만, 굳이 그래야만 한다면," 그가 생각에 잠긴 듯 말을 이었다. "왜 차라리 날 어두울 때, 아무도 보는 사람 없을 때 집으로 찾아와 속바지를 벗기고 두들겨 패지 않는가 몰라요. 그 편이 종족의 자긍심을 위해서도 더 나을 텐데." 프라우 만은 살짝 취기가 오른데다 웅웅 이어지는 의사의 다변에 졸음이 왔다. "이 음악소리 좀 들어봐요." 그가 말했다.

"뭐하러요." 의사가 대꾸했다. "이미 음악 중의 음악, 내 친구의 손가락 아래 고요히 울려퍼지던 알베니즈의 〈코르도바〉를 들은 바 있거늘. 땅거미가 지고 달빛이 내리쬐도록 연주는 그칠 줄을 몰랐고, 귀가 수평이 되도록 고개를 젖힌 채 연주하던 내 친구는 어깨 너머로 날 보며 이리 말했지요. '저 장엄한 프란체스코회 수사들과 코르도바의 온 수도승들이 눈에 선하지 않나! 휘황한 스페인식 장식 빗을 머리에 꽂고 피아차에 앉은 모습이 그려지지 않나!' 그래서 난 이렇게 응수했죠, '아무렴, 한데 당장 이 순간 창틀에서는 왕뱀 두 마리가 교미중이라고밖에는 볼 수 없는 모양새로 서로를 집어삼키고 있는걸.' 그러자 친구는 비명 가까운 소리를 내지르더니만 두 손으로 제 눈을 가렸고, 그래서 난 '이제 연주해보게' 하고 말했어요."

어느새 고개를 꾸벅이고 있는 프라우 만을 보고, 의사는 가뿐히 자리에서 일어나 까치발로 소리 없이 가게 입구로 향했다. 그러곤 어설픈 독일어로 웨이터에게 "계산은 숙녀분이 할 거요" 하고는, 문을 열고, 밤의 한가운데로 조용히 걸어나갔다.

밤 짐승

의사는 생쉴피스성당 근처, 길모퉁이 하나 돌아 있는 뤼 세르방도니에 살았다. 구부정하며 왜소한 몸가짐으로 아예 플라스 생쉴피스와 그 일대의 붙박이가 되었다. 카페 드라 메리 뒤 시지엠* 주인장에게는 거의 아들뻘이었다. 다소 작은 축이고 전차선로가 다방으로 뻗어 있는 이 광장, 한 면은 성당 건물에 한 면은 치안재판소에 면한 이 네모진 공간이 의사에게는 근거지이자 '시내'로 통했다. 이곳에서 필요를 충족할 물자를 못 구하면, 광장으로 흘러드는 여러 골목길에서 찾을 수 있었다. 하여 그가 예컨대 검은 브로드 커튼이 달리고 영구차 사진들이 표구되어 걸린 접견실에서 장례 절차와 관련한 자잘한 주문을 넣는

* 파리 6구 플라스 생쉴피스 모퉁이에 있는 카페.

모습이 눈에 띄는가 하면, 제의와 꽃초를 나란히 진열해놓은 가게에서 상본과 아기 예수상을 사는 모습을 볼 수 있는 식이었다. 메리 뒤 뤽상부르, 즉 6구청에서 엽궐련 한 타를 주고도 원대로 일이 풀리지 않자 악을 쓰며 덤벼댄 판사만 해도 최소 한 명 이상이었다.

푸아르 생제르맹*이 한창이라 모조 성곽들이 광장에 진을 칠 때면, 그는 판지를 잇대어 세운 가판대들 사이를 처량하게 홀로 거닐었다. 혹은 미사 참례차 성당 건물 좌측을 잰걸음으로 내려오는 모습이 눈에 띄기도 했는데, 성당에 다다라서는 성수반과 그 후은이 오로지 저만의 차지인 양, 또한 영혼의 고통을 넘어 물리적 질통에 이른 자인 양 설레발놓으며 고단한 하녀들과 근방 상인들을 제치고는 한 마리 새처럼 부산스레 성수에 멱을 감았다.

간혹 야심한 시각에는, 의사가 카페 드라 메리 뒤 시지엠에 들어서려던 맡에 고개를 쳐들어 밤하늘에 솟은 성당의 두 탑을 올려다보는 것이 목격됐다. 아름답지는 않으나 듬직한 그 구조물을 바라보며 굵고 뜨거운 손가락으로 제 목 언저리를 훑다가도, 문득 뒤로 뻗어 옷깃까지 타고 내려오는 머리칼이 손끝에 닿으면 익숙한 촉감일 텐데도 화들짝 놀라곤 했다. 그리고 작은 체구로 뻗대고 서서는 물 자락이 분수대를 타고 내려와 이응고 수반을 넘어 너덜대는 누더기 밑단을 유려히 펼치는 모습을 지켜보거나, 간혹 멀어지는 남성의 어둑한 뒷모습에 대고 "자태도 곱지!" 하고 외치는 것이었다.

베를린에서의 첫 만남 이후 불과 몇 주 만에 펠릭스가 파리에 나타

---

* 12세기 무렵 시작된 연례행사로 특히 희곡, 인형극, 줄타기 곡예, 곡마, 오페라 등을 선보이는 잔치 극장이 성행했다.

났을 때에도, 의사는 그를 이곳 카페 드라 메리 뒤 시지엠에 데려왔다. 펠릭스는 내심, 의사가 내로라할 허풍선이임에는 의심의 여지가 없으나 다만 알아두면 유익한 허풍선이라고 생각했다. 그가 날조해내는 허언들은 망각되긴 했으되 여전히 위엄을 지닌 어떤 원대한 설계의 골조와 같아서, 마치 그가 홀로 살아남아 특정한 삶의 양태를 혼자서 지탱하고 있는 심복인 양 여겨졌다. 처신에서도 씨가 마른 귀족 가문을 섬기던 노복을 환기시켰으니, 일거수일투족에서 제 작고한 상전이 살아생전 선뵀던 몸짓의 그림자가, 비록 퇴락한 형태로나마 내비쳤다. 하물며 의사가 가장 즐겨 하는 몸짓—코털 뽑기—마저, 사색에 잠겨 수염을 만지작대던 습관의 '저속화된' 형태처럼 보였다.

혼돈에 빠진 이들과 겸허한 이들의 타산 없는 봉헌이 아니었더라면 성당 제단도 한낱 속 빈 양식에 머물렀을 터요, 여인의 코르사주는 조신한 꽃봉오리들 틈으로 장미 한 송이를 찔러넣는 연인의 손짓에 홀연 호전성과 비통함을 띠기 마련이다—이 연인으로서는 마지막 포옹의 허락과 동시에 뒤따르는 철회라는 난폭함에 맞닥뜨려 조금 전까지만 해도 선드러지고 호화롭던 가슴 동산이었으나 순식간에 무한소로 소실되고 만 그 과녁을 겨누고자 제 배알서 시간을 질질 끄집어내야 하는 까닭인데(사랑하는 이는 두 가지 시간을 아는바, 그 첫째가 제게 허락된 시간이고 그 둘째는 자신이 확보해야 하는 시간이기에)—이와 마찬가지로 펠릭스는 상상력 앞에 제가 세운 제단에 놓인 꽃 중 가장 감복할 만한 꽃은 지하 세계 속인들의 꽃이며, 개중 가장 붉은 꽃은 의사의 장미임을 깨닫고 악연했다.

긴 침묵이 흐르는 사이 의사는 샹베리 프레즈를, 남작은 커피를 주문해 들이켰고, 그런 뒤에야 의사는 유대인과 아일랜드인은, 하나는 상승세를 타고 하나는 내림세를 타는 와중에 간혹 삽을 앞세운 채 한 땅덩이에서 맞닥뜨리기 마련이라며 말문을 뗐다.

"아일랜드인이 비록 바다 밑바닥에 널린 고래 똥—실례지만—만큼이나 미천할지언정—미안합니다—그래도 상상력 하나는 풍부할뿐더러 창의적인 불운을 지어내는 데도 뒤지지 않으니, 이는 악마의 손에 내리침을 당하고 천사들 품에서 도로 일으켜진 까닭이지요. 미제리코르디오소, 자비로울지어다! 날 구원하소서, 마더 메리여, 옆 사람 따위 구원받든 말든! 그렇다면 유대인은, 유대인 중에서도 으뜸가는 이란 어떠하느냐? 끽해야 오지랖 넓은 참견꾼밖에 못 된단 말이지요—아 미안, 장갑이 축축하군요—대개 특출하며 탁월한 참견꾼이기야 하지만, 어쨌든 참견꾼임에는 변함이 없지요." 의사는 윗몸을 살짝 숙여 보였다. "그래, 유대인들은 참견하고 우리는 뻥을 친다, 이게 둘 간의 차이, 아주 고매한 차이죠. 우리가 예컨대 누군가를 일컬어 예쁘다고 한다면, 글쎄 십중팔구 그 사람은 엔간한 추남 뒤꽁무니만도 못생겼을 겁니다. 다만 우린 우리가 내뱉은 거짓으로 말미암아 정작 그를 기운 뻗치게 만들어주는바, 이것이 바로 돌팔이의 힘꼴이요, 그 위대한 강인함이라! 어느 때고 뭐든 집어삼킬 각오가 돼 있으니, 그러한 태도가 결국에는 신비주의자를 낳는 것이고, 더 나아가서는," 그가 덧붙였다. "위대한 의사를 낳는 것이에요. 의학에 관해 무엇 하나 진정으로 아는 이들이라곤 간호사들이 유일하거든요. 그런데 간호사들은 절대 비밀을 누설하는 법이 없지요, 그랬다가는 귀싸대기를 얻어맞을 테니까. 하지만 위대한 의사라는 작자, 이자는 신성한 백치요 현명한 인간에 다름 아니라는 겁니다. 한쪽 눈, 그러니까 공부에 썼던 쪽 눈을 지그시 감은 채 몸 곳곳의 동맥을 손으로 짚고는 이리 말하지요. '이 도로를 놓으신 하느님께서 나 또한 이 길에 서는 것을 허락하셨도다.' 환자에겐 안됐지만, 사실이랍니다. 이러한 방도로 의사는 놀라운 치유법들을 맞닥뜨리게 되는데, 간간이 그 길 위에서 똘똘이 녀석을 발견하고는 침착함을 잃을 때도 있지요." 의사는 샹베리 한 잔을 더 주문하며 남작에게 무얼 마시겠느냐고 물었고, 당장은 필요치 않다는 답변이 돌아오자 "자기 개인의 질환을 치료받아야 하는 이는 세상 어디에도 없어요. 그보다는 저 안에 깃든 보편적인 병폐를 살피는 게 급선무지"라고 덧붙였다.

남작은 그 말이 도그마처럼 들린다고 했다.

의사는 그를 똑바로 보았다. "그래요? 글쎄, 그러다 똘똘이 녀석과 마주치면 그 친구에게 밀려 길을 내어줘야 함을 깨닫기 마련이죠."

"마찬가지로 난 압니다." 그가 이어 말했다. "잔과 잔을 섞으면 물의 성질이 달라지고, 한 사람이 흘린 눈물을 다른 사람 눈에 짜넣으면 그 눈이 멀고 만다는 걸. 우리가 환희에 차 두드리는 가슴은 애통함에 두드리는 가슴과 같은 가슴일 수 없으며, 한 입가에 깃든 미소가 다른 이의 입술에서는 상심밖에 되지 않음을 말이죠. 일어라, 영원한 강물이여, 여기 슬픔이 밀려오누나! 인간이 딛고 선 발판치고 홍정 아닌 것 없지요. 그러라지! 난 웃으며 퍼시픽 스트리트로 나왔고 떠날 때도 웃으며 떠날 것이니, 비렁뱅이에겐 웃음이 곧 맞돈이거든. 난 비렁뱅이랑 부랑자들이 좋아요." 그가 덧붙였다. "그이들은 불운을 개인과 엮질 않거든. 그에 비해 나는—나로 말할 것 같으면, 팔할하고도 거지반은 성가신 잡놈에 활에 낀 송진 같은 존재로 오인받지요. 담즙을 엉겨붙게 만들고 소위 심장, 또는 히스 다발*이라고도 불리는 중앙의 혈액을 응고케 하는 납 같은 존재로 말입니다. 바라건대, 내 확장근이 터지고 질경膣鏡이 녹슬기 전에는, 내 검지가 공포로 곱아들기 전에는 결단코 내 임자를 지목하는 일이 없기를!"

의사는 제 두 손(뒷발로 걷는 개처럼 그가 노상 앞에 쳐들고 다니는)에 정신이 팔린 눈치더니, 예의 반짝이는 빛으로 우수에 찬 큼직한 두 눈을 들어 보이며 말했다. "난 왜 음악소리만 들리면 결혼을 앞둔 새색시가 된 듯 착각에 빠지는 걸까요?"

"신경쇠약이네요." 펠릭스가 말했다.

의사는 고개를 저었다. "아니, 그건 아니에요. 난 그 정도로 사람들을 높이 사지 않거든요—여담이지만 모든 신경쇠약의 근원이 거기에 있지요."

"조급증이군요."

의사는 끄덕였다. "아일랜드 사람은 영원의 도래를 참고 기다릴 뚝심이 부족해서 그날이 하루빨리 당도하게끔 허설을 둘러대고, 대신 하느님의 솜씨에 힘입어 제 균형을 유지한답니다. 하느님과 아버지의 수완에 기대서요."

"1685년에는 말이죠," 남작이 건조한 농담조로 말했다. "터키인들이 빈에 커피를 처음 소개했는데, 그날 이후로 빈은 여자처럼 한 가지만을 생각하는 조급증에 걸렸대요. 제 마음에 드는 걸 발견한 거죠. 선

* 포유류의 심근 수축을 돕는 심근 섬유(세포 다발). 방실속, 방실 다발이라고도 부른다.

생님도 잘 아시다시피 소小피트*는 바보같이 차를 선사했다가 동맹 제의를 거절당한 바 있잖습니까. 그만큼 오스트리아와 차는 영 어우러질 수가 없는 조합이죠. 도시마다 그에 어울리는 특정하고도 특별한 음료가 있는 법이니까요. 그리고 하느님과 아버지로 말할 것 같으면—오스트리아에서는 황제가 둘 다로 통했죠." 의사가 눈을 들었다. 호텔 레카미에르의 샤쇠르, 즉 급사가 (의사와 지나치게 안면이 익은 이였다) 그들을 향해 달음박질쳐오고 있었다.

"에!" 어느 시각에고 만반의 대비가 돼 있는 의사가 말했다. "이번엔 또 뭔가?" 사내는 붉고 검은 줄무늬 조끼와 나불대는 꼬질꼬질한 앞치마 차림으로 의사 앞에 서서는 프랑스 남부 사투리로, 29호실에 묵고 있는 숙녀분이 의식을 잃었는데 어떡해도 깨울 수가 없다고 설명했다.

의사는 한숨지으며 천천히 몸을 일으켰다. "계산하세요." 그가 펠릭스에게 말했다. "그러고서 날 따라와요." 의사의 수법 중 예사롭다고 할 만한 것이 없기에 펠릭스는 초대에 그리 놀라지 않았지만, 어쨌거나 그가 시킨 대로 했다.

호텔(파리 시내의 거의 어느 모퉁이에서나 볼 법한 중급 여관으로 좋다 나쁘다 할 것 없이 전형적이다못해 매일 밤 다른 동네로 들어 옮겨놓은들 겉도는 기색 하나 없을 그런 곳이었다)의 이층 복도에 이르자 열린 방문이 보이고, 그 틈으로 붉은 양탄자가 깔린 바닥과 방 저편에 광장이 내다보이는 좁다란 창 둘이 엿보였다.

---

* 윌리엄 피트. 영국 정치가로 1793년에 이르러 결국 오스트리아와의 동맹 협상을 성사시킨다.

혼잡하게 늘어선 화분과 이국적인 야자수며 산꽃이 침대를 둘러싸고, 그 위로 새들이 지저귀는 소리가 어렴풋이 들려오는 가운데—다만 노래만 들리고 새가 보이지는 않았으니 어쩌면 까맣게 잊힌 채(납골단지에 천을 씌우듯 밤이 내리면 살뜰한 주부들이 새장 위에 드리우기 마련인) 흔하디흔한 방음 덮개도 없이 남겨진 것인지도 몰랐는데—젊은 여자가, 의식이 되살아나려는 위험한 조짐에 막 고개를 돌렸는지 몸을 받쳐주던 쿠션 더미 밖으로 절반쯤 내던져진 모양새로, 부스스한 모습을 하고, 침대 위에 무겁게 누워 있었다. 흰 플란넬 바짓자락에 감긴 두 다리는 춤사위로 벌어 있었는데, 붙들린 걸음치고는 래커 발린 두툼한 구두가 지나치게 활기차 보였다. 기다랗고 아름다운 두 손은 얼굴 양옆에 놓여 있었다.

여자의 몸이 내쉬는 숨 향기는 흙의 살점이라 할 팡이무리의 성질을 품고 있어 생포된 습기의 눅눅한 내음을 피우는 한편 가량없이 가물었으며, 거기 호박유의 향훈이 서렸으니 이는 곧 심해의 내밀한 우환이기에, 마치 그가 모든 것을 포괄하는 무모한 잠 속으로 난입한 인상을 주었다. 살갗은 식물의 결을 닮았으며 그 아래로 너르고 스밈이 많아 잠에 닳고 닳은 골격이 감지된바, 잠이 곧 표면 아래서 그를 낚는 부식인 듯했다. 머리 주변으로는 인광 물질이 수역 가두리를 비추듯 광휘가 돌았으니—마치 조잡한 빛을 발하며 드문드문 그 몸을 관통해 쇠잔하는 것이 곧 그의 삶인 듯—이는 선천적인 잠결의 산책자, 즉 두 세계—어린아이와 무법자가 교차하는—를 살아가는 이의 고단한 구조였다.

두아니에* 루소가 그린 화폭처럼 여자는 응접실 안에 붙잡힌 정글

한복판에 누운 듯한 모습이었고(응접실의 네 벽은 이미 달아난 터였다), 식육 꽃들 사이에 배식처럼 내던져진 듯 보였다. 이제 이 무대장치, 반절은 귀족이요 반절은 기획자인 보이지 않는 동퇴르, 곧 조련사가 마련한 이 무대 위로 이 야생을 통속적으로 만들어줄 소야곡 선율이 목관악단의 연주로 막 들려올 일만 남은 듯했다.

펠릭스는 세심한 배려에서 야자수들 뒤로 몸을 숨겼다. 의사는 전문가의 통명스러움으로, 그리고 법과 맞닥뜨릴 사태에 대한 끊임없는 두려움 때문에도(그는 사실 무면허 의사였기에) 한층 더 높아진 음성으로 말했다. "손목이라도 내갈겨봐요, 빌어먹을. 물주전자는 대관절 어디 처박혔지!"

물주전자를 찾아낸 의사는 여자의 얼굴에 기운차고도 정겨이 한줌 퍼부었다.

속눈썹에서 방울져 흘러내린 물이 입가를 타고 침대를 적시는 사이 미세한 전율이 여자의 살갗을 구겼다. 깊은 충격을 받은 어느 심원한 영역으로부터 각성의 경련이 북받쳐오르더니, 두 눈이 열렸다. 여자는 당장 침대에서 몸을 일으키려 했다. 그러고는 "난 멀쩡했다고요" 하더니 완멸의 자세로 도로 픽 쓰러졌다.

이중의 혼란 속에서 펠릭스는 이제 의사가 침대맡 머릿병풍 뒤에 몸을 반쯤 숨긴 채 '말문을 막는 자'라고도 불리는 마술사가 선보일 법한 동작을 차례로 행하는 것을 목격했는데, 이는 기적에 앞서 관객을 준비시키는 단계에서 숨길 것 하나 없는 양 가장해야 하는 이가 연기해

* '세관원'이라는 뜻으로, 파리 세관에 근무했던 화가 앙리 루소의 별명.

보이는 특유의 몸놀림으로, 그 유일한 목적은 등과 팔꿈치를 일련의 '정직한' 몸짓대로 놀리는 와중에 제 사기극의 가장 염치없는 요소를 준비하는 데 있었다.

이러한 연기가 목적하는 바가 환자의 머리맡 탁자에 놓인 병에서 향수 몇 방울을 가로채기 위한 것임을 펠릭스는 눈으로 확인했다. 또 수염 거뭇한 턱에 퍼프로 분을 바르고, 입술에 루주로 선을 긋고, 윗입술로 아랫입술을 지그시 눌러 돌연한 윤색이 마치 자연이 베푼 효과인 양 보이도록 하는 것을 보았다. 그리고 이제 마술로 짠 직물이 통째로 부식하기 시작한 듯, 더이상 제어되지 않는 술수와 수법이 원래의 단순한 형태로 되돌아가고 있는 듯, 의사는 저를 목격한 사람이 여전히 없는 줄 알고 손을 뻗어 탁자 위 100프랑짜리 지폐를 덮었다.

펠릭스는 긴장감으로 복부가 조여왔다. 공중 곡예사가 안전망이 보장하는 기교를 펼치다 말고 매듭 풀린 광란의 소용돌이를 그리며 사경으로 곤두박질치는 광경을 본 기분으로, 그는 의사의 손이 내려가 지폐를 집더니 고성소에 다름 아닌 그의 호주머니 안으로 자취를 감추는 것을 보았다. 그는 의사를 향한 제 호감이 계속되리라는 걸 알았으나, 그러려면 이러한 일련의 영혼의 술렁임을 딛고 배겨내야 하리라는 것 또한 알았다. 이 내적 동요는 진주조개 속 분비물의 순환과 유사하니, 이때 이물의 가려움을 덮고자 조개가 진주를 형성하듯 그는 의사의 허물을 숨겨야 할 터였다. 용납이라는 이러한 속박(이를 통해서만이 우리는 사랑해야 하는 것을 사랑할 수 있는 것으로 만들 수 있으므로)이 애초 스스로의 의지와 전혀 무관하게 초래된 것일지언정, 기어이 자신을 구성하는 요소가 되고 말 것을 알았다.

펠릭스는 똬리를 튼 이 새로운 근심에 골몰하며 돌아섰다. 여자가 몸을 일으키는 중이었다. 여자는 의사를 알아봤다. 어디선가 본 적 있는 얼굴이었다. 하지만 아무리 십 년을 거래하고 지낸 가게래도, 가게가 곧 그 주인의 정체성 일부를 형성하고 있는 까닭에 막상 길거리에 서나 극장 입석 자리인 프로므누아르에서 그 주인장과 마주칠 때 그가 낯익은 이유를 기억해내지 못하듯이, 여자는 제 상궤를 벗어난 의사의 자리를 파악하느라고 애를 썼다.

"카페 드라 메리 뒤 시지엠요." 환자를 깨우는 데 한몫할 기회를 잡고자 의사가 말했다.

여자는 말을 들은 즉시 그가 누군지 알아챘으나 웃지 않았다. 다만 눈을 감았는데, 그 신비하고도 강렬한 푸른빛을 골똘히 지켜보던 펠릭스에게는 세월을 초월한 두 눈이 감긴 눈꺼풀 뒤로도 여전히 선연한 듯했다—제약 없이 뻗어나가는 그 긴 시야는 사람과 눈을 마주하고자 굳이 초점을 길들이지 않은 야생 짐승의 홍채를 닮아 있었다.

영구히 배치된 한 폭의 '그림'으로 스스로를 관객 앞에 드러내는 여성이란, 관조하는 마음에 가장 위험한 존재가 아닐 수 없다. 간혹 우리는 사람이 되어가는 중에 있는, 짐승에 다름 아닌 여자를 만난다. 그 모든 몸짓은 망각된 경험의 상像 하나로 환원되니, 이는 인종적 기억에 드리운 저 영원한 혼례의 신기루인바, 면사포와 등자꽃 화관을 쓴 채 줄기둥처럼 늘어선 나무 사이를 내려오며 공포에 달통한 경제성으로 발굽 하나만을 치켜들고는, 신화가 되고 말 몸임에도 전전긍긍 땅을 딛는 일런드영양의 환영만큼이나 지속될 리 만무한 희열이다. 일각수란 사람도 아니요 갈취당한 짐승도 아니다. 다만 먹잇감에 제 가슴을 들이대는 인간 허기일 뿐.

이러한 여자는 감염된 자, 즉 과거의 보균자로—그 앞에 서면 우리는 악골과 두골이 아려와 — 당장이라도 그를 집어삼킬 수 있을 것만 같은 기분에 사로잡힌다. 이자가 집어삼켜진 죽음의 회귀와 다름없는 자이기에, 그리고 그렇게 해야만 우리는 우리 선조의 입술을 물들였던 선혈에 얼굴을 가까이 가져갈 수 있기에.

이 엇비슷한 기분이 펠릭스를 엄습했으나, 그는 애초에 방종이 불가능한 인종적 특성을 타고난바 다만 박물관에 진열된 선수상船首像을 바라볼 때와 같은 감상에 빠졌다. 이제는 물살을 가르는 이물 위에 올라 있지 않고 가만히 정지해 있는 선수상일 뿐임에도 여전히 바람을 거스르는 듯 보이는 느낌으로, 마치 이 여자가 한데 수렴하는 갈라진 운명의 두 반쪽으로 이루어진 양 잠결에 얼굴을 가누어 시간의 흐름 속에 있는 저 자신과 마주하는 것 같았고, 이는 호수에 비친 상과 그 반영이 단지 머뭇대는 시간으로 말미암아 서로 분리되어 보이는 것과 같은 이치였다. 여자의 목소리에는 마냥 지체할 줄 아는 선천적인 방종함의 복을 타고난 이의 고혹한 음이 서려 있었는데, 이는 배우가 제 대사를 전달함에 있어 가벼운 돈놀이를 펼치기 마련인 것과 같아서, 관객과 마주하는 그 수익의 순간이 닥칠 때까지 어휘를 아껴두고 느릿느릿한 저음으로 '방백'을 읊조리는 이의 목소리를 연상케 했다 — 하여 여자는 이제 그 음성으로, 이후 어느 시점엔가 두 사람을 다시 '마중'할 수 있을 때 내놓을 본론에 대비한 즉흥적인 몇 마디를 신중히 내놓았다. 이 말은 다만 두 사람을 서둘러 내쫓기 위한 돌림길에 불과했다. 제가 '회복할 기력이 생기거든' 다시 찾아와달라고 그는 부탁했다.

의사가 샤쇠르를 꼬집으며 여자의 이름을 묻자, "로빈 보트 양"이라는 답변이 돌아왔다.

거리로 내려가는 길에, 의사는 '자기 전에 막잔 한잔' 해야겠다며 카페로 발길을 되돌렸다. 그는 짧게 뜸을 두더니 남작에게 여자와 결혼에 대해 생각해본 적 있느냐고 물었다. 앞선 일이 펠릭스에게는 예사롭지 않은 경험이었음을 알기에, 그는 앞에 놓인 탁자의 대리석 상판에 시선을 고정시켰다.

남작은 생각한 적 있노라고 털어놓으며, '영화로운 과거'에 대해 저와 심정을 공유할 아들을 보게 되기를 바란다고 했다. 그러자 의사가 무심함을 가장하며, 그렇다면 그 아이의 모친으로는 어느 나라 태생을 고르겠느냐고 물었다.

"미국인이죠." 남작이 단박에 답했다. "미국 사람과는 못할 것이 없으니까요."

의사가 웃었다. 그는 무른 주먹으로 탁자를 내리쳤다—이로써 확인이 되었다. "숙명과 뒤엉킴." 그가 선언했다. "그 놀음이 또 시작됐군요—쇠똥구리가 비탈 위로 제 짐을 굴리듯—아, 그 고된 등반이란! 귀족이라, 그래, 좋다 이겁니다, 그런데 그게 뭐기에?" 남작이 대꾸하려 들자, 의사가 손을 들어올렸다. "기다려봐요! 압니다—다수가 하도 그럴싸하게, 또 오래도록 거짓을 말해온 덕에 급기야 불멸에 이른 그 소수 말이지요. 그래, 아들을 봐야겠다고요." 그는 숨을 돌렸다. "왕이란 농민의 연기자입니다, 추문에 휩싸이다못해 끝내 누구라도 그 앞에 고개 숙이고 말 수밖에 없는 배우 말이지요—물론 고상한 의미에서의 추문이지만요. 그러면 어째서 그 앞에 고개 숙여야 하느냐? 집안의 질서를 깡그리 무시해도 되는 유일한 개로 지목됐기 때문이지요. 하물며 신을 모독하고 서까래를 더럽혀도 모두 용인될 정도로 높으신 분들이거늘! 하지만 평민은—평민은 경우가 다르죠—교회에 길들여지고, 나라에 길들여졌으니—그래서 마시고 기도하고 오줌 누기를 한자리에서 다 해결하지 않던가요. 사람은 누구나, 위인이 아닌 이상은, 순종하는 심장을 지녔어요. 평민은 제 교회를 사랑하고 또 알아볼 줄 아는데, 개가 제 녀석이 처음 길들여진 곳이 어딘지 알고 본능적으로 그리로 되돌아가는 거랑 같아요. 하나 그보다 엄숙한 승인을 받는 자리에서는, 즉 왕과 차르와 황제와 같이 구만리장천에 용변을 보는 것이 용납되는 이들 앞에선—오로지 고개를 숙이는 것이 평민이에요." 남작은 저속한 언행을 접하면 늘 곤혹스럽기만 했는데 의사에 한해서만큼은 그조차 불쾌하지 않았다. 의사가 내뱉는 온갖 농지거리와 악담 아래 숨은 진중함과 우수를 감지할 수 있었기에, 그는 진지하게 이에 응수했다. "과거를 공경하는 것만이 미래마저 품을 유일한 몸짓이지요."

"그래서, 아들이다?"

"그런 연유에서요. 근대의 아이란 붙들 것이 남아 있지 않은 세대, 아니 정확히 말하자면 붙들 방도가 전무한 세대죠. 우린 이제 마지막 남은 근육 하나로 삶에 들붙어 있어요—심장 하나로."

"귀족계급의 마지막 남은 근육은 광기예요—그 점을 명심해요." 의사는 몸을 바짝 기울였다. "귀족 가문의 막둥이는 간혹 백치로 태어나지요. 그건 일종의 경의의 표현이랄까—누구나 오를 때는 오르더라도—언젠가는 내려오기 마련이니까."

남작은 단안경을 내리고 무장해제된 눈으로 앞을 똑바로 봤다. "꼭 그러리란 법은 없어요." 그가 말하더니 이렇게 덧붙였다. "하지만 당신은 미국인이니, 애초에 믿지를 않잖아요."

"하!" 의사가 폭소했다. "바로 미국인이기 때문에 난 뭐든 다 믿는 걸요. 그러니 주의하는 게 좋을 겁니다! 왕의 침소에서 반드시 찾아볼 수 있는 물품 중 하나가, 적어도 박물관에 소장되기 직전까지는요, 눈밖에 난 애물이 싸지르는 용변임을 명심해요." 그는 잔을 들었다. "로빈 보트를 위해 건배하지요." 그가 말했다. "고작해야 스무 살 남짓일 겁니다."

요란한 굉음과 함께 철문이 카페 드라 메리 뒤 시지엠의 창으로 내려왔다.

이튿날, 펠릭스는 부르봉왕가의 일대기를 다룬 책 두 권을 들고 호텔 레카미에르를 찾았다. 보트 양은 외출중이었다. 이후 연 나흘에 걸쳐 펠릭스는 오후마다 호텔로 걸음했고, 그때마다 보트 양은 막 나가셨다는 이야기를 들었다. 그리고 닷새째 되는 날, 뤼 보나파르트의 모퉁이를 돌다가 드디어 그와 마주쳤다.

주변을 에워싼 화초들도, 우수에 찬 붉은 우단 의자들과 커튼도, 어렴풋한 야상곡조의 새소리도—무대배경은 간데없었지만, 그럼에도 보트 양은 동물적인 '태곳적' 기운을 변함없이 내뿜었다. 펠릭스가 말을 걸자, 그는 마침 뤽상부르공원으로 향하던 길이었다며 함께 산책하자고 했다. 그들은 헐벗어 썰렁한 정원들을 거닐었고, 펠릭스는 행복했다. 보트 양과는 말이 통하는 듯했으며 무슨 얘기든 할 수 있을 것 같았다. 정작 보트 양은 말이 거의 없었지만. 펠릭스는 자기가 크레디

리오네에서 보직을 맡고 있으며, 매주 2500프랑을 번다고 말했다. 일곱 개 국어에 능통한 덕에 은행에 유용한 인물이라고, 소액이지만 투기로 벌어 모아놓은 돈도 있다고 덧붙였다.

그는 살짝 뒤처져 걸었다. 보트 양은 머리를 다소 앞세우고 모로 몸을 놀렸는데, 느리고 어설프지만 여전히 고아하게, 밤지기의 넉넉한 보폭으로 걸음을 옮겼다. 모자를 쓰지 않은 엷은 빛깔 머리에, 앞이마에서 짧고 납작하게 자라 세심하게 구부러진 눈썹에 닿을락 말락 대롱이는 곱슬이 이마를 더욱 좁아 보이게 하여 르네상스풍 극장의 아기천사 같은 인상을 주었으며, 옆에서 보면 눈알이 동그랗게 두드러지고 관자놀이는 낮고 각진 모습이었다. 품위 있되 쇠잔해가는, 정원에 놓인 낡은 동상 같았다. 긴 세월 갖은 일기의 변화를 견뎌오며 그 풍파를 상징하기에 이른, 사람 손이 빚은 작품이라기보다는 외려 바람과 빗발과 사철의 운집이 빚어낸 작품이자, 비록 인간의 형상으로 만들어졌을지언정 파멸을 암시하는 전조였다. 그렇기에 펠릭스는 이 여인의 존재가 고통스러웠지만, 동시에 이를 행복으로 느꼈다. 그를 생각하기란, 그를 심중에 그려보기란 극도의 의지력을 요하는 행위였으나, 다만 헤어진 뒤에 그를 다시 떠올리는 것은 세부와 무관한 아름다움, 그 총체적 인상만을 되새기는 것만큼이나 쉬웠다. 웃음을 지을 때면 그는 입으로만 미소를 지었는데, 다소 씁쓸한 기운이 서리는 것이 불치의 병에 걸릴 숙명을 타고난, 다만 아직 그 병마가 닥치지는 않은 이의 얼굴이었다.

여러 나날에 걸쳐 그들은 미술관과 박물관을 두루 돌았고, 이 자체로 펠릭스는 헤아릴 수 없이 기뻤으나 한편으론 로빈의 취향이 종종 탁월함의 감상에서 비껴가 조잡함과 저속함마저 그와 대등한 진실된 감정으로 아우르는 것을 보고 놀랐다. 물건을 만질 때면 두 손이 두 눈의 역할을 대신하는 것 같았다. 그는 생각했다. '이 여자는 눈먼 자의 촉각을 지닌 게야. 손으로 보는 게 더 많다보니 마음에서 잊어버리는 것 또한 더 많은 게 맹인이지.' 내민 손끝에서 로빈의 손가락은, 어둠에 가려진 얼굴을 발견한 듯이 머뭇거리고 떨렸다. 그런 끝에 마침내 손이 내려앉으면, 굳게 오므린 손바닥이 마치 오열하는 입을 틀어막은 듯했다. 그러고는 그리 손을 둔 채 돌아서는 것이었다. 이런 순간이면 펠릭스는 형용 못할 불안에 젖었다. 로빈의 두 손에 스민 관능이 두려웠다.

로빈의 옷차림은 그로서는 어느 시기라고 딱 짚어 말하지 못할 시대의 것이었다. 과거 그의 모친이 두르던 것과 유사한 깃털 장식이 얼굴 쪽으로 납작하게 꺾여 있었다. 치마는 골반에 바짝 붙어 아래로 갈수록 널찍이 퍼지는 모양인데, 다른 여자들의 치마에 비해 폭이 넓고 길이도 길었으며 무거운 실크 소재가 입은 이에게 새로이 고풍스러운 기운을 부여했다. 어느 날인가 그는 그 숨은 이유를 알게 되었다. 센강과 맞닿은 어느 고가구 가게에서 자그마한 태피스트리의 가격을 따져보다가 뒷방 문에 달린 거울에 제 모습을 비춰보는 로빈의 모습을 목격하게 되었는데, 거울에 비친 묵직한 양단 옷이, 세월의 흔적으로 곳곳이 때가 지거나 터져 있기는 해도 그 부피가 어찌나 방대한지 옷을 새로이 짓고도 남을 정도로 소재가 넉넉했던 것이다.

그는 로빈에 대한 제 사랑이 엄밀히 말해 선택이 아님을 깨달았다. 도리어 그것은 그의 생의 무게로부터 축적된 하나의 막대한 집괴인 셈이었다. 그는 수고로운 불요의 고역일지라도 제 운명을 손수 다지리라 작정했었다. 그런데 로빈을 만나고는 애쓰지 않아도 그 운명이 그의 앞에 다가와준 듯했다. 뜻하지 않은 열의로 불시에 청혼했을 때에도 로빈이 제 인생에 거절 의지란 전무한 듯 선선히 수락해서 펠릭스는 적잖이 놀랐다.

그는 로빈을 맨 먼저 빈으로 데려갔다. 그리고 스스로를 안심시키고자 역사적 건축물들을 두루 구경시켰다. 이 정원 저 궁전 돌아보다보면 홀연 로빈의 마음이 제 마음처럼 동하는 순간이 오리라고 스스로에게 되뇌며. 하지만 정작 저부터가 관광객에 불과한 듯했다. 로빈에게 전쟁 이전의 빈은 어떠했으며 자기가 태어나기 전에는 또 어떠했는지를 설명하려 했지만, 온통 뒤죽박죽 혼탁한 기억뿐이라 그나마 잘 안다고 자부할 수 있는 여기저기서 주워 읽은 내용을 그저 되풀이하기만 했다. 체계적인 불안 속에 그는 로빈에게 도시를 보여주었다. 그는 말했다. "이제 당신은 바로닌, 남작부인이에요." 한 손으로 맥주잔의 굵직한 손잡이를 감싸쥔 채 속 거북한 슈니첼과 슈페츨러를 먹는 로빈에게 그는 독일어로 이야기해댔다. "*삶은 영원하니, 그 아름다움 또한 거기서 비롯되는 법이지요.*"

맑고 쨍한 태양이 가지치기한 산울타리와 조각상들 위로 밝고 따사롭게 쏟아지는 가운데, 그들은 황궁* 앞을 거닐었다. 그는 로빈과 카메트가르텐에 들러 이야기를 이었고, 이어 글로리에테로 접어들어서는, 로빈이 이유를 물어도 이 벤치 저 벤치로 옮겨 앉았다. 퍼뜩 정신이 든

---

* 합스부르크왕가의 여름 별궁인 쇤브룬궁전.

그는 자기가 음악당의 오케스트라석을 오가듯 허둥지둥 자리를 바꾸고 있었음을 깨달았으니, 저부터가 무엇 하나 놓칠세라 기를 쓴 꼴이었다. 이제 막상 정원 끝에 다다르고서야, 그는 자기가 나무 한 그루, 동상 하나하나를 새로운 각도에서 보겠다고 얼마나 마음 졸였는지를 깨달았다.

호텔로 돌아가자 로빈은 창가에 무겁게 늘어진 우단 천들을 걷어 젖히고 빈 전역에서 바람막이 삼아 창턱에 두는 기다란 받침대를 옆으로 내치더니, 밤공기가 찬데도 창문을 열었다. 펠릭스는 프란츠 요제프 황제, 그리고 카를 1세의 행방 이야기로 말문을 텄다. 그리고 이야기가 계속될수록, 자신이 염치없이 재창조해내는 위인들, 장군들과 정치가들과 황제들의 하중에 짓눌렸다. 가슴이 묵직한 게, 이들 각각의 의복과 운명을 모두 합한 무게를 홀로 떠받들고 있는 기분이었다. 사실과 공상을 한차례 장황히 풀어놓고 문득 고개를 들어보니, 로빈은 두 다리를 뻗고 양각무늬 의자 등받이에 머리를 젖힌 채 잠들어 있었다. 의자 옆으로 한쪽 팔을 늘어뜨렸는데, 그 끝에 달린 손이 몸의 다른 부위보다 연륜 있고 현명해 보였다. 그 모습을 보며, 그는 로빈을 제 바람대로 빚기에는 자기 힘이 부족하리라는 걸 깨달았다. 그가 내세울 수 있는 논거 이상의 것, 모종의 강력한 정신적 편향으로 인해 이제 세속적 조건에서 면제된 이들과의 교류가, 저 구체제에 속한 누군가, 예컨대 과거 궁중을 드나들던 노부인, 자기 자신을 생각할 때나 다른 이들의 존재를 기억하는 귀부인과의 교류가 필요할 터였다.

그리하여 열흘째 되는 날, 펠릭스는 방향을 돌려 파리로 복귀했다. 이후 몇 달간 그는 로빈이 기독교적 성향을 지녔다는 사실에 제 믿음을 걸고, 로빈이 수수께끼와도 같은 존재라는 발견에 제 희망을 걸었다. 저 부유하는 태도에 행여 위대함이 숨어 있을지도 모른다며 스스로를 타일렀다. 제 갖은 노력에도, 그는 로빈의 이목을 아직 역사에 없는 무엇인가에 진즉 앗긴 기분을 떨칠 수가 없었다. 언제나 로빈은 배경을 알 수 없는 무대에 울리는 핏속 약탈의 메아리에 귀기울이고 있는 듯 보였고, 그를 내밀히 알게 됐을 때 펠릭스가 정분의 유일한 토대로 삼을 수 있었던 것도 이뿐이었다. 이는 적잖이 처량한 광경이었으니, 부친이 겪은 비극을 자식이 되풀이하고 있었던 것이다. 그의 부친이 재단사의 머릿속에 아무렇게나 떠오른 생각을 반영한 듯이 닥치는 대로 걸친 차림을 하고 제 처와 보조를 나란히 하려 했던 것과 마찬가지로, 펠릭스도 그 헛된 시도에서 벗어나지 못한 채, 단안경을 꽉 쥐고서 로빈과 나란히 걸으며 말을 걸고, 이것 혹은 저것으로 로빈의 주목을 끌고자 안간힘을 써가며 스스로를 망치고 제 마음의 평안을 말살하다시피 했다. 이것은 로빈을 위해 자신이 정해놓은 운명을 로빈 본인이 숙지하게끔 하려는 수고에서 비롯된 결과로, 그 운명인즉슨 과거를 알아보고 공경할 아들들을 낳는 것이었다. 그러한 사랑 없이는, 자기가 파악한 대로의 과거란 이 세상에서 소멸하고 말 터였다. 로빈이 제 말에 귀기울이지 않자 울화가 치밀었지만 침착한 말씨로 말했다. "난 당신을 기만하고 있소!" 그러고서야 자기가 뜻한 바가 뭔지, 그리고 로빈이 어째서 제 말을 듣지 못하는지 의아해했다.

'아이.' 그는 생각했다. '그래, 아이!' 그러고서 스스로에게 물었다. '어째서 여태 소식이 없는 거지?' 한창 셈을 따지던 중에 느닷없이 덮친 생각이었다. 그는 초조한 심정에 집으로 황망히 발길을 재촉했는데, 그런 모습은 마치 군인들이 시가행진에 나선 소리를 듣고도 허락을 구할 이가 주변에 없어 곧장 달려나가지 못하고 제자리걸음과 뜀박질만 재차 반복하는 어린 소년을 닮아 있었다. 그런 어정쩡한 걸음으로 서둘러 귀가해 로빈과 얼굴을 맞대자마자 그의 입에서 더듬더듬 튀어나온 말이라곤 고작, "아이가 왜 안 생기지?" 그리고 독일어로 덧붙인 "*아이는 어딨는 거지? 어째서? 어째서?*"뿐이었다.

로빈은 잉태할 아이를 위해 제 유일한 권력, 즉 강경증에 비기는 고집스러운 침착함으로 심신을 준비했고, 아이가 들어서기도 전에 자신이 임신했다고 믿게 되었다. 그러더니 제 안의 상실된 어떤 영역을 희한하게도 의식하고는 집밖을 나다니기 시작해, 초야를 거닐거나 이 도시 저 도시를 향해 홀로 골똘히 기차에 몸을 실었다. 한번은 사흘이 지나도록 돌아오지 않아 펠릭스를 기겁해 제정신이 아니게 만들었다가, 밤늦게 집으로 돌아와서는 베를린까지 절반쯤 다녀왔노라고 말하기도 했다.

그러다 난데없이 가톨릭 서약을 했다. 로빈은 소리 없이 교회로 걸어들어갔다. 그로 인해 신의 은혜를 간청하는 이들의 기도가 끊긴 것도, 명상에 잠긴 이가 방해받은 것도 아니었다. 그러나 회중은 곧 구원을 향한 불가해한 갈망, 충족되지 않는 해괴한 무언가가 드리운 그림자라도 감지한 듯이 그를 의식하고 일제히 시선을 돌렸다. 로빈은 살며시 앞으로 나아가 꿇어앉았다. 소년의 몸을 지닌, 키가 큰 소녀의 모습이었다.

여러 교회에서 그의 모습이 목도됐다. 생쥘리앵르포브르, 생제르맹데프레교회에서, 생트클로틸드에서. 심지어는 신도석이 없는 러시아

정교회의 차가운 타일 바닥에 혼자 무릎 꿇기도 했는데, 길 잃은 모습으로 눈길을 끄는 그의 벌어진 어깨는 이웃보다 높았으며 큼직한 두 발은 수도승의 발 못잖게 세속적이었다.

뤼 픽퓌스로 발이 샌 로빈은 라도라시옹 페르페튀엘 수녀원 뜰에 이르렀다. 거기서 수녀들과 이야기를 나누었는데, 수녀들은 로빈이 하느님의 자비를 영영 구하지도 받지도 못할 사람임을 가늠하고는 마음속으로 가호를 빌며 장미 덤불에서 딴 잔가지를 건넸다. 장 발장이 갈퀴를 보관했던 곳과 수녀원 숙사의 영특한 숙녀들이 이불잇을 누비러 오는 자리를 보여주자, 로빈은 가지를 든 채 라파예트의 무덤을 내려다보며 사람의 숨결이 닿지 않는 저만의 사색에 잠겨 미소 지었다. 묵주를 돌리는 수녀를 언제고 볼 수 있는 소예배당에 꿇어앉아, 로빈은 제게 닥친 긴박한 요구에 마음을 모아보려고 애쓰다가도 어느새 제 키를 걱정하고 있는 자신을 발견했다. 아직도 크고 있는 걸까?

로빈은 자기 아들이 태어나 속하고 헌신하게 될 위신과 소임을 생각해보고자 했다. 그는 프란츠 요제프 황제를 떠올렸다. 육중한 육신과 정확성을 요구받은 바 없기에 둔탁해진 이성이 로빈 내면에서 차지하는 무게는 일면 상응했다. 그의 생각은 이어 여인들, 자신이 여인들과 연관 지어 생각하게 된 여인들에게로 나아갔다. 기묘하게도 이들 모두 역사적 인물들로, 루이즈 드라발리에르, 러시아의 예카테리나, 마담 드맹트농, 카트린 드메디시스, 그리고 문학작품이 낳은 두 인물, 안나 카레니나와 캐서린 히스클리프였다. 그에 더해 이제 오스트리아라는 이 여인이 있었다. 로빈은 기도를 올렸는데, 이 기도가 해괴하여 그 어디에도 영벌과 용서, 찬양과 책망이 들어설 여지가 없었다—흥정할 생각을 못하는 자는 구원받을 수도, 저주받을 수도 없는 법. 저 자신을 받들어 바칠 줄 모르고 그저 제 이야기만 할 따름이니, 이러한 일념은 그 자체로 난관이었다.

로빈은 앳된 얼굴과 둥근 턱을 기도대에 얹고 시선을 고정한 채 웃음을 터뜨렸는데 이 웃음은 무언가 숨은 잠재력으로부터, 지중에 매장되어 상실된 일종의 유머로부터 기인한 듯했고, 그 충동이 잦아들자 혼미한 듯 앞으로 한층 몸을 수그렸으니 이는 의식을 차렸으되 아직 노곤함에 휘청대는 잠든 이의 몸짓이었다.

그날 저녁 펠릭스가 집에 돌아와보니 로빈은 의자에 앉아 한 손으로 뺨을 괴고 다른 팔은 옆으로 내던진 채 졸고 있었다. 뻗친 손 아래 책 한 권이 바닥에 뉘여 있었다. 사드 후작의 회고록으로, 밑줄 친 글귀가 있었다. "*그리하여 포로 된 동안, 헌신적인 사랑만이 제공할 수 있는 수천 가지 편익을 그에게 제공하였다.*" 불현듯 그의 마음에 의문이 떠올랐다. '뭐가 잘못된 거지?'

로빈은 잠에서 깼지만 움직이지 않았다. 펠릭스는 의자로 다가가 팔을 붙들어 제 쪽으로 그를 일으켰다. 로빈이 손을 들어 펠릭스의 가슴을 밀쳤다. 겁에 질린 표정이었고, 입을 열었지만 아무 소리도 나지 않았다. 펠릭스는 뒤로 물러서며 무슨 말인가 하려 했으나, 그들은 끝내 아무 말도 나누지 않은 채 서로에게서 비켜섰다.

그날 밤 산통이 로빈을 덮쳤다. 그는 큰 소리로 욕설을 내뱉기 시작했고, 이에 완전히 무방비 상태였던 펠릭스는 더없이 한심한 몸짓으로 그를 수발하려 들었다.

"지옥에나 떨어져!" 로빈이 여성했다. 펠릭스에게서 구부정하게 몸을 돌리고는 느릿느릿 움직여 의자를 하나씩 지나는 그는 취해 있었다—머리칼이 눈가에서 휘청였다.

궁정과 절망을 아우르는 소란과 아우성 속에서, 로빈은 해산했다. 분만과 분노라는 이중 신산에 몸서리치고 뱃사람처럼 욕을 토해내며, 핏물 진 가운을 걸친 몸을 팔꿈치를 괴고 일으키더니, 무언가 잃어버린 사람처럼 침대 위를 두리번거렸다. "빌어먹을, 아 빌어먹을!" 갓 시작된 참사 한복판에 걸어든 아이처럼 연거푸 외쳐댔다.

침상에서 일어난 지 일주일 만에 그는 스스로를 잃었으니, 마치 돌이킬 수 없는 일을 저지른 듯 갈피를 잡지 못했고, 이 행위로 말미암아 난생처음 주의가 붙들린 듯했다.

어느 날 밤인가, 펠릭스는 기척 없이 귀가했다가 로빈이 바닥 한가운데에 서서 아이를 내던질 태세로 두 팔을 치켜든 모습을 발견했는데, 그러다가 로빈은 부드럽게 팔을 내렸다.

아이는 작았고, 사내아이였으며, 슬픔이 많았다. 신경이 마비된 듯 몸을 실룩이며 지나치게 잠을 많이 잤고 자발적으로 움직이는 일도 거의 없이, 그저 보챌 뿐이었다.

로빈은 다시 방랑을 시작했다. 주기적으로 여행에 나섰다가 몇 시간 혹은 며칠이 지난 뒤에 무심히 돌아오는 식이었다. 사람들은 그가 말을 걸어오면, 아직은 시작조차 없는 파국과 얼굴을 마주한 양 곤혹스러워했다.

펠릭스는 날이 밝을 때마다 새로이 설움이 솟았지만, 나머지 시간은 모른 척 눈감고 지냈다. 로빈은 거의 집에 없었고, 그로선 그 행방을 어떻게 물어야 할지조차 몰랐다. 가끔은 카페에 들어섰다가 발길을 돌려 슬며시 밖으로 나갈 때도 있었다. 로빈이 바 앞에 서 있는 걸 보았기 때문이었는데 — 그가 목격한 로빈은 간혹 웃는 얼굴을 하고 있기도 했지만 대개는 말없이 잔 너머로 고개를 숙인 채 조용히 머리칼을 휘청일 따름이었다. 그리고 그 주변에 온갖 어중이떠중이들이 붙어 있었다.

하룻밤은 세시가 다 되어 돌아왔다가, 컴컴한 집에서 로빈이 창을 등진 채 커튼을 몸에 두르고서 목 근육이 불거질 만치 턱을 한껏 내밀고서 있는 것을 발견했다. 펠릭스가 다가서자 로빈은 분개하며 소리쳤다. "난 아이를 원치 않았어!" 그러고는 손을 들어 그의 얼굴을 갈겼다.

그는 물러섰다. 떨어진 단안경을 집으러 몸을 휘청이며, 뒤로 숨을 물렸다. 애써 태연한 척, 일 초가 오롯이 지나기를 기다렸다. "원치 않았다." 그가 말했다. 뒤엉킨 장식 끈을 풀려는 양 그는 고개를 숙였다. "내가 그걸 이뤄주지 못한 셈이군."

"애 같은 것, 비밀로 해두면 안 되나?" 로빈이 말했다. "왜 알려야 해요?"

펠릭스는 붙박여 선 채로 로빈에게서 몸을 돌렸다. "이제 어떡하면 좋겠어요?"

로빈은 이를 드러냈지만 그건 미소가 아니었다. "내가 나갈게요." 그러면서 망토를 추슬렀다. 언제나 바닥에 질질 끌고 다니는 물건이었다. 그러곤 마치 이제서야 방을 처음으로 의식한 사람처럼, 주변을 한 바퀴 빙 둘러보았다.

그뒤로 서너 달간 동네 사람들이 로빈의 소식을 물었으나 부질없었다. 행방을 아는 이는 아무도 없었다. 동네에 다시 나타났을 때, 그 곁에는 노라 플러드가 있었다. 그동안 어디 있었는지 로빈은 일체 설명하지 않았고, 자초지종을 밝힐 능력 혹은 의사가 없어 보였다. 의사가 말했다. "미국일 테지. 노라가 거기 살거든. 내 손으로 세상에 내놨는데 그 정도도 모를까."

밤지기

미국 전역에서 가장 기이한 '살롱'은 단연 노라네였다. 노라는 검불 덤불 엉킨 푸새와 잡풀 한가운데 도사린 집에 살았다. 그의 수중에 들어오기 전에는 이백 년간 한 가문 소유였던 곳이었다. 사유지에는 묘지가 딸렸으며, 수십 권씩 줄지어 썩어가는 수많은 기도서를 품은 채 무너져가는 예배당도 있었는데, 이는 오십여 년 앞서 일었던 관면과 사죄의 파랑 속에 세워진 유물이었다.

'빈자들'의 살롱인 이곳에서는 시인들과 급진주의자들, 거지들, 예술가들, 사랑에 빠진 이들, 가톨릭교도들과 프로테스탄트들과 브라만들, 흑마술과 의술에 손댄 이들 모두가 큰 불을 지핀 벽난로 앞 떡갈나무 탁자에 둘러앉아 방론하는 모습을 볼 수 있었고, 그 틈에서 노라가 사냥개의 머리에 손을 얹고 귀를 기울이고 있노라면 난롯불이 벽 높이 주인과 개의 그림자를 던지곤 했다. 소란스레 목청을 돋우는 일당 틈에서 노라만이 유독 두드러졌다. 야성적이고도 교양 있는, 균형을 이룬 성정이 고삐 채운 말을 닮은 머리에 온정을 깃들였다. 품이 넉넉하고 키는 장신이며, 살결은 비록 앳된 아이 살결이었지만, 아직 인생 초입임에도 풍상에 씻겨 제 얼굴이 급기야 띠게 될 문양이, 저 나뭇결의 짜임새가 바야흐로 출현하는 것이 그 켜로부터 엿보였다. 이는 발현중인 그 내면의 나무이자 문서화되지 않은 시간의 기록이었다.

그는 한눈에도 영락없는 서부 사람이었다. 노라를 보며 외인들은 황마차가 등장하는 옛이야기들을 기억했고, 물가로 내려가는 가축과, 창가에 머리꼭지를 내밀고서 겁에 질린 채 타 인종이 매복해 있을 어둠을 시선 닿는 데까지 내다보는 아이들과, 점차 우람해져 지나간 자리마다 무거운 치맛단으로 들판을 납작 눌러놓는 여인들, 조물주에 대한 생각이 심중을 어찌나 묵직이 차지하는지 그의 이름으로 단 이레 만에 온 세상을 밟아 뭉개고도 남을 아낙들을 떠올렸다.

누구라도 이 기찬 회동에 동석하게 되면, 제 눈앞에서 초기 미국사가 재연되고 있다는 착각에 빠지기 마련이었다. 북 치는 소년, 섬터 요새, 링컨, 부스, 이 모두가 어쩐지 연상되었고, 휘그당과 토리당의 기운이 감지됐으며, 장식 깃발과 거기 박힌 가로줄이며 별들이 벌통에 운집하는 벌떼처럼 파란 바탕 위로 느리되 오차 없이 개체를 더해가며 펄럭였다. 보스턴 차 사건과 카빈총과 소년의 절박한 외침이 떠오르는가 하면, 오랜 세월 무덤 속에 직립해 있었으나 바야흐로 관습을 떨치고 일어나 지상에 내디딘 청교도들의 두 발이 눈앞에 아른거리고, 말굽에 징을 박듯 심장 깊숙이 파고드는 기도 소리가 귓가에 맴돌았다. 그리고 이 모두의 와중에, 노라가 있었다.

노라는 천생 초기 기독교인이었다. 곧 말씀을 믿었다. '세상의 고난'에는 빈틈이 있어서, 단독자는 이 틈새로 계속적으로 그리고 영구히 몰락하기 마련이다. 종적을 지울 제 사적 권리마저 박탈당한 채 가시적인 공간을 추락하니, 마치 사생활이란 하염없이 손에서 멀어지는 것이며, 이를 되찾으려는 지속적인 노력이 그 무한한 후퇴와 더불어 육체를 영원히 하강토록 만드는 정확한 연유라도 되는 듯이, 그 몸은 끝내 한자리에, 그리고 공공연한 시선 앞에 항시 놓인 채로 몰락하는 것이다. 노라가 바로 이러한 단독자였다. 단 균형을 이룬 성정에도 모종의 착란이 내재하여, 제 몰락에 면역이 된 경우였다.

노라는 만민을 사랑하는 이들의 공통된 얼굴을 지녔다—비판이 부재한 사랑은 곧 배반으로 이어진다는 사실을 깨치는 순간 표독하게 변할 얼굴이었다. 노라는 뭇사람을 위해 손수 제 주머니를 털었다. 스스로 경각심을 일깨울 줄 몰랐기에, 수시로 소스라치며 돌아섰다가 어느새 조금 더 궁핍해진 제 모습을 발견하는 식이었다. 세상 모든 방랑객이 그를 통해 잇속을 차렸으니, 이는 그가 영원히 돈에 매도될 수 있는 까닭이었다. 저를 배반할 돈을 제 주머니에 지참하고 다니는 사람이 곧 노라였다.

만물을 사랑하는 이는 만물의 괄시를 받기 마련으로, 이는 가장 심오한 의미에서 특정 도시를 진정으로 사랑하는 이들일수록 그 도시의 수치, 즉 데트라케*가 되고 알거지가 되는 것과 매한가지다. 이들이 지

* 프랑스어로 몸 또는 마음이 망가진, 정신이상자, 미치광이 등을 뜻한다.

닌 미덕은 공유되지 않고 낙오되기 일쑤, 그 까닭인즉슨 뒤이어 발전한 인간 삶의 가장 기초적인 형태이기 때문이니, 이는 오늘은 사라진 필요들의 흔적을 인체에서 찾아볼 수 있는 것과 같은 원리이다. 이 현상이 끝내 노라의 가택까지 덮쳐 그 집의 손님들과, 자연이 부리는 여러 조화에 무른 백랍처럼 속수무책이던 노라의 저 황폐해진 정원에서 제 현존을 알렸다.

오페라극장이건 연극 공연장이건 다른 어디에서건 무릎에 공연 프로그램을 얹어놓고 혼자 외따로 앉은 노라와 마주칠 때면, 크고 돌출한 그 맑은 두 눈에서 대상보다는 대상의 움직임을 보여주는 정제된 금속의 거울 아닌 시선을 발견하기 마련이었다. 총의 겉면이 주변 풍경을 반영함과 동시에 제 구조에 내재한 전조를 그 반영 위에 드리우듯이, 그의 두 눈은 수축해가며 눈앞의 공연을 제 무의식에 맞추어 강화했다. 그가 고개를 든 모습을 보면, 제 두 귀로 바그너나 스카를라티, 쇼팽이나 팔레스트리나를, 혹은 빈 악파의 가벼운 악곡들을, 축소되었으되 도리어 훨씬 강렬한 관혁악 편성으로 녹음하고 있다는 인상을 받기 마련이었다.

또한 그는, 지난 세기를 통틀어 안식교도들과 동산을 오른 자리에서 일곱번째 날을 뒤엎어버릴 유일한 여성이었으니—심장 속 근육이 그만큼 정열적이라 이렛날이 당장에 도래토록 만드는 까닭이었다. 동료 교인들은 얼결에 얽혀든 앞선 엿새 때문에 혼란의 와중에 안식일인 제칠일의 도래와 세계 종말을 믿는 반면, 노라는 오로지 그날 단 하루의 아름다움에 근거하여 신앙을 품었다. 의지할 구석 없는 숙명을 타고난 부류에 속하므로 저 자신을 유일한 적으로 삼아야 하는 이가 노라였다.

그에게서 유머감각은 찾아볼 수 없었다. 언제고 스스럼없이 그리고 분명히 미소를 짓기는 했으나 마음이 담겨 있지 않았다. 간간이 농담에 허허대도, 이는 무심코 고개를 들었다가 하필 새 한 마리가 자연의 요구에 응하는 순간 자기가 그 밑에 서 있었음을 깨달은 이의 마냥 유쾌하지만은 않은 웃음이었다.

겉겨가 벗겨진 이가 기어드는 두번째 겉꺼풀, 이름하여 냉소와 웃음에 관해서는 아는 바가 거의 없거나 전무한 듯 보였다. 노라는 자아를 재구성하고자 하는 이들이 갈망하는 변칙에 해당했다.

그에게 '고해'하는 일은 사제가 주관하는 성사보다도 훨씬 비밀한 행위였다. 그는 모멸을 몰랐다. 나무람도 책망도 없이 다만 기록할 따름이었으니, 이는 자책과 자기 비난을 이미 깎인 까닭이었다. 이 때문에 많은 이들이 그 주위로 모였고 동시에 두려움을 품었다. 그들로서는 노라를 모욕할 수도, 원망할 수도 없었다. 노라의 내면에서 도무지 발 디딜 곳을 확보하지 못하는 저희의 부당한 언행을 도로 거두어들이는 것이 제아무리 분통 터지는 일이라 해도 말이다. 노라는 혹시라도 법정에서 마주치게 되거든 피를 말릴 사람이었다. 그가 있는 한 어느 누구도 목매달리지도, 비난받지도, 용서받지도 않을 터이니, 애초 '고발'된 이가 없을 것이기 때문이다. 노라에게 세계와 그 역사는 유리병에 든 한 척의 선박과도 같았다. 그리고 자신은 그 바깥에 신원 미상으로 존재하며, 그 문제 아닌 문제에 몰두한 채 하염없이 휘말릴 따름이었다.

그러던 중에 그가 로빈을 만났다. 당장 일이 없더라도 연락을 유지하며 지내던 덴크만 서커스단(몇몇 단원들은 종종 노라네 집을 찾기도

했다)이 1923년 가을, 뉴욕에 왔다. 노라는 혼자 서커스장을 찾았다. 곡마장 내 원형 관람석에 들어선 그는 맨 앞줄에 자리를 잡았다.

얼굴을 통상의 분장으로 물들이고 빨강 하양 노랑으로 차려입은 광대들이, 아직 구를 공간이 넉넉한 어머니의 거대한 배 속에 있는 듯 톱밥 위를 뒹굴었다. 앞다리를 번쩍 든 검정말 한 마리가, 치켜든 제 앞발굽을 걱정하여 뒷다리를 떨며, 조련사의 채찍 아래 장식 띠를 두른 근사한 머리를 숙이고 느리게 껑충댔다. 채찍이 앞다리를 스쳤다. 조막만한 개들이 등장해 말 흉내를 내면서 한바탕 깡충거리더니, 이어서 코끼리들이 입장했다.

노라의 옆자리에 앉은 젊은 여자가 담배를 꺼내 불을 붙였다. 여자의 손이 떨렸고 노라는 고개를 돌려 그를 봤다. 노라가 갑작스레 고개를 돌린 건, 그때껏 곡마장을 빙빙 돌던 짐승들이 그 지점에서 관람석으로 넘어설 태세를 보였기 때문이었다. 딱히 여자를 응시하는 것 같지는 않았으나 생기 없는 눈망울들이 그가 앉은 곳을 스치는 순간 그들 눈빛의 궤도가 여자에게로 빙그르 향했다. 노라가 돌아앉은 것은 바로 그때였다.

그새 거대한 우리가 세워지고, 사자들이 작고 단단한 상자 밖으로 나와 무대에 오르고 있었다. 둔중하고 털 뒤덮인 모습으로 나타나 무겁게 드리운 꼬리를 바닥에 길게 끌자 절제된 기세가 공기 중에 가득 차는 듯했다. 이어 위력 넘치는 암사자 한 마리가 여자가 앉은 곳 정면 가로대에 다다르더니 맹렬한 머리와 불타는 노란 눈을 돌려 빗장 사이로 앞발을 들이밀며 몸을 낮추었고, 그렇게 여자를 바라보는 동안 그 두 눈에는, 가로지르지 못할 뜨거운 열기 뒤로 흐르는 강물처럼 표면에는 끝내 도달하지 않을 눈물이 흘렀다. 이를 보고 여자가 자리에서 벌떡 일어났다. 노라는 여자의 손을 잡았다. "여기서 나가요!" 여자가 말했고, 노라는 여전히 그 손을 쥔 채 여자를 밖으로 데리고 나갔다.

로비에 이르러 노라는 "난 노라 플러드라고 해요"라고 말하고는 기다렸다. 잠시 침묵이 흐른 끝에 여자가 말했다. "난 로빈 보트예요." 그리고 주변을 산란하게 돌아보았다. "여기 있고 싶지 않아요." 하지만 그 말뿐, 달리 어디에 있고 싶은지는 설명하지 않았다.

로빈은 한겨울까지 노라와 머물렀다. 사랑과 익명성, 두 가지 기운이 로빈 안에 작용하고 있었다. 그러나 이 둘은 서로에게 워낙 '홀린' 바, 분리가 불가능했다.

노라는 살롱을 정리하고 문을 닫아걸었다. 두 사람은 뮌헨, 빈, 부다페스트를 거쳐 파리로 여행했다. 로빈은 제 개인사에 관해서는 말을 아꼈지만, 정착에 대한 갈망을 이런저런 형태로 거듭 표명했다. 다시 스스로를 잃을 것이 두려운지 정착할 집을 바란다고 했다. 자기가 노라에게 속해 있으며, 노라가 제 힘으로 이를 영속하는 상태로 만들지 않으면 자기는 곧 이조차 망각하리라는 걸 의식적으로 자각하지는 못해도 감지는 하고 있는 듯했다.

노라는 뤼 뒤 셰르슈미디에 위치한 공동주택에 거처를 장만했다. 로빈이 고른 집이었다. 길쭉한 창가에서 밖을 내다보면 분수대 조각상이 보였는데, 화강암으로 조각된 키 큰 여자가 몸을 수그린 채 고개를 들고 한 손은 둥근 골반에 얹은 것이, 흡사 멋모르고 나다니는 아이에게 주의를 주는 모양새였다.

그들이 함께 삶을 공유해가는 가운데 정원에 놓인 낱낱의 사물이,

집안의 모든 가재가, 주고받는 단어 하나하나가 서로에 대한 사랑을, 그들이 지닌 기질의 하나됨과 유머의 결합을 증언하기에 이르렀다. 서커스 의자들, 낡은 회전목마에서 구한 나무 말들, 벼룩시장에서 구한 베네치아풍 샹들리에들, 뮌헨에서 온 무대막들, 빈에서 온 지품천사들, 로마에서 온 교회당 벽걸이들, 잉글랜드에서 온 스피넷, 각국의 오르골로 잡다하게 구성한 수집물까지, 펠릭스가 귀동냥으로 꾸린 집이 부친이 아직 모친과 함께 살던 시절을 진술했듯이, 이곳은 두 사람의 구합이 빚어낸 박물관이었다.

그러다 밤의 대부분에 이어 하룻낮까지도 혼자 보내야 하는 처지가 되었을 적에 노라는 집의 기질에 시달리기에 이르렀는데, 이 괴로움은 각각의 삶을 한데 집적한 이들이 겪기 마련인 형벌이다. 처음 한동안은, 무의식중에라도 무엇 하나 흩뜨리지 않으려 애쓰며 집안을 거닐었으나, 머지않아 신중하고도 가만한 움직임이 실은 불합리한 공포—뭐든 조금이라도 어지러뜨렸다가는 로빈이 혼돈에 빠질지 모른다는, 집의 냄새를 아예 짚어내지 못할지도 모른다는 걱정—에서 비롯된 것임을 깨달았다.

사랑은 심장에 퇴적하니, 무덤에서 발견되는 '유품'과 견줄 만하다. 무덤에서 육체가, 의복이, 저세상에서 요긴할 제구들이 앗긴 자리가 흔적을 남기듯이, 마찬가지로 연인의 심장에는 그가 사랑하는 이의 자취가 만년 지워지지 않을 그림자로 잔류하기 마련이다. 노라의 심장에는 화석화한 로빈, 그의 정체가 오목새김 된 보석이 누이고, 이를 보존하기 위해 노라의 피가 그 주위를 돌았다. 따라서 로빈의 육신은 결코 사랑의 대상이기를 그칠 수 없었으며, 부패할 수도 거두어질 수도 없었다. 제게 생명력을 부여하는 혈액에 깃드는 변화들을 제외하면, 로빈은 이제 시간적 변동의 영역 너머에 있었다. 다만 이 생명력이 엎질러질 수 있다는 사실이 거리를 활보하는 로빈의 이미지를, 등골 서늘한 심려의 와중에, 노라의 마음속에 붙박았다—혼자인 로빈, 길을 건너는 로빈, 위험에 처한 로빈. 이에 집착하다못해 급기야는 이런 두려움의 작용이 로빈을 막대하고 극성極性을 띤 인물로 만들기에 이르러, 재앙이란 재앙은 죄다 그에게로, 그러니까 자기를 띤 저 옹이로 달려들었고, 이에 노라는 부르짖으며 잠에서 깨었다가 불안감에 등 떠밀린 꿈의 파랑에 도로 젖어들면서 로빈의 육신을 덩달아 끌고 내려갔으니, 이는 땅의 것들이 미세한 집요함으로 주검을 거두어들이는 것과 같은 바, 이때 잔디에는, 이들이 바늘로 땀을 뜨며 땅으로 내려간 듯, 그 조밀한 윤곽이 남기 마련이다.

그런데 이 무렵, 로빈과 노라가 세상으로부터 유리되어 둘만의 행복 안에서 세상을 음미하는 가운데, 부지불식의 인적이 로빈에게 묻어들기 시작했다. 특히 로빈이 부르는 노래에서 그 기척은 선연히 공명했다. 때로는 이탈리아, 때로는 프랑스나 독일 가락을 띤 이 민중의 노래들, 사람을 홀리는 속된 이 항간의 노래들은 노라가 생전 들어보지 못했거나, 적어도 그가 로빈과 동반하여 어울린 자리에서는 들어본 적이 없는 곡들이었다. 노랫가락이 달라지거나 낮은 음조로 반복될 때면, 노라는 로빈이 저와 전혀 무관한 삶을 노래하고 있음을 알았다. 이국땅에서 온 여행자의 소지품만큼이나 뻔한 소절들, 누구도 마다하지 않으나 저를 사랑하는 이 앞에서만은 돌아서고야 마는 노련한 창부가 연상되는 곡들. 노라는 때로 로빈이 부르는 노래를 따라 불러보기도 했으나, 의미를 짐작만 할 따름이라, 입에 선 언어의 낱말들을 무턱대고 되뇌는 외국 사람처럼 조바심이 났다. 이리도 수다하나 이리도 전해주는 바가 없는 선율을 견디다 못할 때면, 로빈에게 질문을 던져 훼방을 놓기도 했다. 더욱 애가 마르는 순간은 잠시 끊어졌다가 다시금 노래가 이어질 때였으니, 그럴 때면 로빈은 집안 어느 방에선가, 노라의 눈길이 닿지 않는 곳에서, 그리고 노라는 알지 못하는 미지의 삶에로, 어느 때보다 그 근원에 가까이 조율된 음성으로 메아리를 되돌리는 것이었다. 반대로 노래가 아예 끊길 때도 종종 있었는데, 그 침묵은 로빈이 다시 집을 나서는 찰나 부푼 마음에 저도 모르게 입을 열어 흥얼대는 노랫소리로, 하나 회상에 젖은 기존의 노래 대신 앞일을 기대하는 달뜬 소리로 대체되었다.

그래도 이따금씩 집안을 오가다가, 또 서로를 지나치다가, 둘은 애끓는 포옹으로 서로의 품에 쓰러지다시피 했고, 네 손으로 두 머리를 붙들고 서로의 얼굴을 들여다봤다. 어찌나 절절히 매달리는지, 두 사람을 나누는 거리가 그들 사이를 비집고 이간질하는 듯 보일 지경이었다. 이 극복할 길 없는 비통한 순간들에도 로빈은 간혹 어떤 몸짓을 취하거나 평소 쓰지 않는 절묘한 표현을 쓸 때가 있었는데, 정작 본인은 자신의 배반에 천진하게도 무지했지만, 그 행동과 말로 인해 노라는 로빈이 기어이 되돌아가고 말 세계로부터 온 사람임을 통지받았다. 로빈을 간수할 길(자신이 길을 잃었음을 알기에 로빈 안에는 간수되고자 하는 비극적인 열망이 있었다), 그 유일한 방법은 죽음뿐임을 노라는 이제 알았다. 죽음 안에서라면 로빈은 그의 것이리라. 함께일 때도 각기 혼자일 때도 죽음은 그들과 함께였다. 그리고 이러한 시련과 재앙에 더불어 부활, 저 두번째 결투에 대한 생각이 곁따랐다.

겨울하늘에 시그러지는 해와, 그 하늘을 배경으로 정면에 솟은 작은 탑을 침실 창밖으로 내다보면서, 노라는 로빈이 치장하는 소리들로 몸단장이 정확히 어느 단계인지를 짚어보았다. 화장품 병이며 크림 통들이 쟁그랑대는 소리, 컬링 아이론의 온기를 머금은 머리카락의 은은한 향. 로빈의 앞이마에 드리운 곱슬머리가 방향을 바꾸는 모습이 눈앞에 선했다. 나직한 정수리로부터 뒤돌아 목덜미로 떨어지며 고붓하니 위로 감기는 가닥들, 곧고 판판한 모습이 어쩐지 끔찍한 침묵을 역설하는 뒤통수. 이 소리들에, 그리고 이 부산함이 떠남을 전제한 채비라는 지각에 반쯤 마취되다시피 하여 노라는 스스로에게 읊조렸다. "부활의 순간, 우리가 고개를 뒤로 돌려 서로를 응시하며 부상할 그때에, 그 많은 동행 중 오직 너만을 난 알아보리. 마침내 치러진 비용 주위로 소용돌이치는 저 돌개바람 내가 되는 곳에서 내 귀는 머릿속 공동에서 놀고 내 두 눈알은 헐거워질 테요, 내 발은 네 묘의 허물 위에 버티고 설지니." 문간에 로빈이 와 섰다. "기다리지 마." 그가 말했다.

그들이 함께한 햇수 동안, 로빈이 집에 등을 돌리는 횟수는 느린 리듬으로 불어났다. 초기에는 노라도 동행했다. 그러나 시간이 지나면서 로빈 안에 자리한 갈등이 자라는 것을 눈치챘고, 자신이 거치적거리거나 아예 잊힌 존재라는 사실을 도저히 감당할 수가 없었던 만큼 그는 로빈이 이 자리 저 자리, 이 잔 저 잔, 이자 저자 전전하는 것을 보며, 그 자리에 자기가 없다면 로빈이 급기야 이 소란한 밤을 통틀어 유일하게 거치지 않은 사람으로 저를 짚어내고 돌아올지 모른다는 사실을 깨닫기에 이르러—그뒤로는 집에 남아 뜬눈으로 밤을 지새우며, 혹은 잠을 청하며 기다렸다. 밤이 지속될수록 로빈의 부재는 견디지 못할, 그리고 영영 돌이키지 못할 물리적인 격리로 각인되었다. 잘린 손과는 연을 끊을 수 없는 법. 손은 미래의 상태를 경험하며, 그 미래를 가능케 하는 선조가 정작 손을 잃은 피해자이기에 그러하니, 마찬가지로 노라에게는 로빈이 단념할 수 없는 잘린 손이었다. 손목이 애태우며 갈구하듯 그의 심장 또한 갈구했으므로, 외출 채비를 마치고는 '저 스스로의 곁에 머물고자' 밤으로 나서서는 카페 주변을 배회하며 로빈을 일별하는 것이었다.

집밖에 나서면 로빈은 무형의 사색에 잠긴 채 걸었다. 두 손을 코트 소매에 찔러넣고, 노라와 카페들 사이의 익숙한 기준점인 저 밤놀이로 발길을 돌렸다. 이 목적 있는 산책 도중에 그를 사로잡는 명상들은 산책이 끝나는 시점에 찾아올 낙, 그 짐작 가능한 즐거움을 구성하는 또 한 가지 요소였다. 이렇듯 명료한 간극이 있었기에 로빈의 삶의 양극—노라와 카페들—은 머리 둘 달린 괴물이 되지 않을 수 있었다.

로빈을 사로잡는 생각들은 그 자체로 보행의 한 형태였다. 지나는 행인들을 일일이 살피는 듯 고개를 꼿꼿이 들고 발길을 옮기는 와중에도, 그 두 눈에 서린 기색은 예감과 회한에 닻을 내렸다. 동행들에게로 가까워질수록 노기가 격렬하고도 재빠르게 그 얼굴에 그늘을 드리우고 입매를 끌어내렸다. 그러나 주변 건물들의 외관을 훑으며 자신과 노라가 각별히 여기는 두상을 찾을 때면(눈알이 충격에 불거지고 이를 애도하듯 비극적인 입이 눈물을 토해내는 그리스인의 두상이었다) 두 눈에서 조용한 환희가 발산되었으니, 이는 이 두상이 노라와 저를 향한 그의 사랑을 환기하는 까닭으로, 이 사실이 곧 만날 이들에 대한 예감을 굳히고 그에 우울한 색채를 덧입혔다. 그리하여 제 의도를 의식할 겨를도 없이, 다른 곳 아닌 바로 이 길로 이어지는 모퉁이로 어느새 접어들었다. 왕왕 그러하듯 한 무리의 군인이나 결혼식 또는 장례식 행렬의 출현으로 우회해야만 하는 경우 극도로 동요했고, 그리하여 로빈과 맞닥뜨린 사람들 눈에는 도리어 행사의 일원으로 비칠 따름이었으니, 나방이 제 파멸을 초래할 열기에 휩쓸린 탓에 급기야 불과 결부되고 말아 불길이 곧 그의 습성을 구성하는 한 요소인 양 치부되는 것과 같은 이치였다. 이러한 속성 덕에 로빈은 '어디' 가느냐고 지나치게 따지듯 묻는 질문들을 면할 수 있었다. 행인들은 혀끝까지 차오른 질문을 던지려다가도, 황홀한 혼돈에 빠진 그의 표정에서 고개를 돌려 서로를 볼 뿐이었다.

의사는 홀로 길에 나와 거니는 노라를 보았고, 그가 검은 망토 차림의 껑충한 모습으로 저를 앞서 가로등 불빛 아래를 지나는 동안 스스로에게 일렀다. '저기 요절난 이가 가는구나—벽 위에 고이 모셔뒀던 자리에서 사랑이 떨어지고 만 게지. 신심 깊은 여자건만 가톨릭 신앙이 보장하는 행복과 안전망을 지니지 못한 탓에, 여차하여 가족 초상화들이 벽에서 미끄러져내리더라도 급한 대로 그 빈자리를 가려줄 지복과 안전을 불러내지 못할 터. 어느 여자에게서건 이 안전망을 앗아가면,' 그는 노라를 뒤쫓는 발길을 재촉하면서 생각했다. '사랑은 달아나 서까래로 숨어들기 마련이지. 눈길 돌리는 곳마다 그이가 보이는 게야.' 어둠 속으로 녹아드는 노라를 흘깃 보며 덧붙였다. '찾게 될까 봐 두려운 것—로빈—을 찾아 나선 길에 말이지. 말썽 어멈이 저기 가는구나, 이리저리 쏘다니며 세상 만물을 집으로 돌려오겠다고 발 벗고

나섰으니, 원.'

지나는 커플들을 쌍쌍이 살피며, 마차마다 안을 들여다보며, 창 밝힌 집집을 올려다보며, 노라는 어느새 로빈을 찾기 위해서가 아니라 로빈의 자취를, 로빈의 삶에 비집고 들어온 영향을(또한 아직 탄로나지 않은 흔적들까지도) 좇아 모든 숨탄것들의 거동을 주시했고, 로빈의 몸짓에서 발현할 동작이 그중에 보이지는 않는지 탐색했다. 다만 로빈이 있을 법한 구역은 피했으니, 그곳에서는 자신의 몸짓만 보고도 웨이터들과 테라스에 나앉은 사람들이 자기가 로빈의 삶의 일부임을 눈치챌 것을 알았기 때문이었다.

집으로 돌아가면, 끝없는 밤이 시작되었다. 거리에서 들려오는 나직한 소리들에 귀기울이며, 정원에서 들리는 갖은 속삭임, 아직 진화하지 않은 그 극미한 웅얼거림으로부터 로빈의 귀가를 알리면서 서서히 커질 음량의 점진적 상승세를 읽어내며, 노라는 침대에 누워 힘없이 베개를 내리치다가, 울지도 못하고 구부린 다리를 몸에 바짝 붙인 채 잠을 설쳤다. 그러다가 이따금씩 몸을 일으켜 방안을 서성였다. 저 외부에서 진행중인 자기 삶의 한 부분이라도 최대한 서둘러 끝내고자, 오로지 제 심장박동의 속도만으로 로빈을 되돌려오고자 걸음을 옮겼다. 그렇게 헛걸음을 돌다가, 돌연 정원이 내다보이는 긴 창가에 놓인 서커스 의자들 중 하나에 주저앉아서는, 허리를 구부리고 두 손을 허벅지 사이에 집어넣은 채 울부짖었다. "오, 하느님! 오, 하느님! 오, 하느님!" 어찌나 자주 되풀이했던지, 이는 끝내 헛되이 내뱉은 여타 모든 말들과 동일한 효과를 낳았다. 노라는 고개를 끄덕이며 졸다가 다시 퍼뜩 잠이 깨서는 눈을 뜨기도 전에 울기 시작했고, 그리하여 침대로 돌아가 낯익은 꿈으로 빠져들었는데, 이번만큼은 유독 완결성이 강해 자기가 그간은 이 꿈을 '잘 꾸었던' 게 아니었음을 깨달았다. 한때는 헤아려지지 않던 꿈이 이제 로빈이 등장하는 것으로 완성되었다.

꿈에서 노라는 어느 집 꼭대기에, 그러니까 맨 마지막 층보다 한층 못 간 층에 서 있었는데—여기는 노라의 할머니 방이었다—광대하며 쇠잔해가는 휘황함으로 가득한 방이었으나, 그런데도 어쩐지, 할머니의 갖은 소지품들로 꾸려져 있음에도, 아무도 돌아오지 않는 새 둥지만큼이나 휑했다. 남북전쟁에서 전사한 종조부 루엘린의 초상화들, 멀겋게 빛바랜 양탄자들, 정체되어 지낸 세월로 기둥을 닮기에 이른 커튼들, 깃털과 잉크통, 깃펜에 스며 바랜 잉크까지—선 자리에서 노라는 집채의 속을 비계 위에 있는 양 내려다보았고, 그러자 이제 그 배경 속으로 로빈이 꿈에 입장하더니 동행들과 어울려 저 아래 누웠다. 노라는 스스로에게 일렀다. '이 꿈은 다시 꿀 일이 없겠구나.' 빛의 원반이 노라의 등뒤에 선 누군가 혹은 무언가로부터 발산되는 듯했으나 그 근원은 아직 그늘에 불과해 다만 위를 향한 로빈의 고요한 얼굴에 고즈넉하니 엷은 광채를 비추었으니, 그 얼굴에 떤 미소는 '유일한 생존자'의 미소, 두려움이 주선하여 골수와 가약을 맺어준 미소였다.

억장이 무너지는 가운데 주위에서 자신의 목소리가 "올라와, 여기 할머니 방이야" 하고 부르는 음성이 들려왔으나, 이는 불가능한 일임을 스스로도 알았다. 이 방은 곧 금기였으니까. 목청을 높이면 높일수록 아래층은 점점 멀어졌다. 로빈과 자신이 각각의 극단성 안에 마치 거꾸로 맞댄 오페라글라스 한 쌍이라도 되는 양 갇혀 있고, 그리하여 가슴 저미는 사랑 안에서 각기 한없이 작아지는 가운데 그 멀어지는 속도가 집채의 위와 아래 양끝을 들고 뛰어 노라를 두 방향으로 잡아끌고 있었다.

이제 꿈은 비로소 제 갖출 요소들을 모두 갖추었으나, 그럼에도 방에서 풍기는 느낌, 할머니 방인 동시에 할머니 방이었던 적이 한 번도 없었던 듯한 분위기는 그대로였다. 노라 자신부터가 그 방안에 몸소 있지 않은 듯했으며, 다른 이를 초대할 수도 없는 듯했다. 이를 증명하기 위해 그는 앞서 꿈을 꿀 때면 방안의 사물을 뭐든 하나 손에 쥐어보려고도 했으나, 꿈은 결코 이를 허용하지 않았다. 할머니의 것이었던 적이 한 번도 없는 이 내실, 아니, 오히려 할머니가 잠시라도 거치거나 거처한 것으로 알려진 그 어떤 방과 비교해도 그 반대 극에 있다고밖에 할 수 없는 방이었지만, 그렇대도 상실된 할머니의 존재감이 여전히 구석구석 포화해 있어서, 할머니가 연달아 방을 막 나서고 있는 느낌이었다. 꿈의 건축술이 재건한 할머니는 불후하고 영속하는바, 곱게 주름지고 턱 주위로는 레이스가 붙은 기다란 드레스를 흩날리며 내리 흘러나갔다. 드레스 뒷자락의 잘록한 구김살들이 등과 골반을 지나며 상향 곡선을 그렸으니, 이는 비단 굽은 나이뿐 아니라 굽은 나이에 대한 두려움이 요구하는 곡선이었다.

노라의 기억 속 할머니와 완전히 일치하지는 않는 이러한 할머니의 모습에 더하여 노라가 어린 시절 보았던 할머니의 모습 하나가 따랐으니, 집 모퉁이에서 할머니와 맞닥뜨렸던 어느 날의 기억이었다 — 그날 할머니는 까닭 모르게 사내처럼 옷을 입고 중절모를 쓴 채 태운 코르크로 코밑수염까지 그리고는, 꽉 끼는 바지와 붉은 조끼가 볼썽사나운 투실투실한 모습으로 노라를 향해 두 팔을 벌리며 음흉한 사랑의 눈빛으로 "사랑스러운 내 아가!" 하고 외쳤었다—그리고 노라는 이렇듯 할머니를 '발굴'하는 일, 선사시대 유적으로부터 길어올리듯 할머니의 삶으로부터 그 삶을 상징할 표징을 끌어오는 이 행위가 이제 로빈에게도 행해지고 있음을, 수면과 고통의 상형문자가 로빈의 실체를 훼손하고 뭉개어 영원한 것으로 만들고 있음을 자각하기에 이르렀다.

잠에서 깬 노라는 다시 방안을 걸었고, 은은한 새벽빛에 정원을 내다보다가 분수대 동상이 스스로를 복제라도 한 듯 두 겹으로 겹친 그림자가 그로부터 떨어져나오는 것을 보았다. 로빈일지도 모르겠다는 생각에 이름을 불렀지만 답이 없었다. 꼼짝 않고 한자리에 서서 눈을 한껏 뜨고 지켜보자 어둠 한가운데서 로빈의 두 눈이 빛으로 나타났고, 거기 서린 두려움은 점점 밝게 빛을 발하여, 마침내 서로를 향한 그 두 시선의 강도로, 로빈과 노라의 두 눈이 만났다. 그렇게 둘은 서로를 바라보았다. 이어서 그들이 내내 두려워하던 것을 두 사람 간 참사의 지대로 끌어들일 힘이 깃들어 있었던 듯, 또다른 여자의 몸이 동상의 음영 안으로 헤엄쳐 올라오는 것을 보았다. 제 눈까지 그 빛에 더해 조도를 높이지 않도록 여자는 고개를 푹 꺼뜨리고 있었으나, 두 팔은 로빈의 목에 감기고 몸뚱이는 로빈의 몸에 밀착해 있었으며, 두 다리는 온몸으로 매달린 포옹 속에 맥없이 늘어져 있었다.

이 광경으로부터 차마 눈을 돌리지 못하고 말할 능력도 상실한 채, 사지를 자르는 오롯한 악의 기운을 경험하며, 노라는 무릎을 꿇고 주저앉았다. 제 의지로 두 눈을 거둔 것이 아니라 무너지는 몸으로 인해 저 두 사람의 궤도로부터 떨어져나갔다. 턱을 창틀에 기댄 채 바닥에 꿇어앉아 '이제는 저 둘도 갈라서겠지' 생각했고, 이렇게 로빈의 행위로부터 자기가 고개 돌리기만 하면 저 형상도 곧 깨어지리라고, 다시 로빈 혼자만의 모습으로 돌아오리라고 생각했다. 노라는 눈을 감았고, 그 순간 지독한 행복을 알았다. 휴면기에 든 생물체처럼 로빈은 보호받고 있었으며, 여자들의 품에 연이어 기대어 죽음의 경로 밖으로 옮겨지는 것이었다. 그러나 눈을 감으면서 노라는 "아!" 하고 탄식했으니, 이는 마지막 숨을 거두는 찰나에 강타당한 육체가 내뱉는 최후의 "아!", 그 마지막 날숨에 필적할, 못 견디게 참혹한 자동운동이었다.

'점거자'

제니 페더브리지는 과부이자 네 차례 결혼한 이력이 있는 중년 여성이었다. 남편들은 하나같이 기진하여 숨을 거두었다. 제니가 그들을 역사적인 인물로 만들고자 밤낮 다람쥐 쳇바퀴 돌듯 안간힘을 쏟으니, 누구 하나 끝내 버텨내질 못했다.

새 부리를 닮은 머리와 작고 볼품없으면서도 억척스러운 몸이 어쩐지 꼭두각시 인형 주디를 연상케 하는 제니에게서 조화로운 구석이라곤 도무지 찾아볼 수 없었다. 신체 어느 부위고 제각각 절단했을 때에나 '바르다'고 부를 수 있을 법했다. 손목과 손가락은 공들인 부인否認, 손사랫짓이라고도 불리는 고질병에 시달리는 듯 열의로 하들하들 전율했다. 나이들어 보이는 한편 나이들기를 기대하는 사람으로 보였고, 사경을 헤매는 다른 누군가가 뿜어낸 증기에 푹푹 삶기는 듯하면서도 여전히 마음의 후각에는(실체 없는, 순전히 심혼으로만 감지되는 냄새란 게 있기 마련이므로) 막 해산할 여자의 기미를 풍겼다. 그의 몸은 매일 취하는 양식, 즉 웃음과 선떡부스러기, 과용과 탐닉으로 거덜나 있었다. 그럼에도 누군가 손이라도 내밀며 다가서거든 고개가 회피와 전진, 이 두 본능 사이에서 현저하게 동요하며 삐딱한 원을 그렸는데, 소심하고도 공격적인 이 고갯짓의 리듬은 몸서리와 기대감 중간쯤 되는 묘한 지점에 있었다.

아무리 신경을 써도 도통 몸매가 돋보이는 옷을 찾을 수 없다는 필연성에 그는 몸부림쳤는데, 이는 무얼 걸치건 벌받는 어린아이로밖에 보이지 않는, 툭하면 발을 동동거리는 자그마한 여인들과 한 과인 까닭이었다.

또 상아와 옥으로 세공한 코끼리들을 몹시 좋아했고 이들이 길한 짐승이라고 믿었기에, 가는 곳마다 조막만한 코끼리들의 대열로 자취를 남기고는 가쁜 숨을 헐떡이며 급히 길을 재촉했다.

거처로 말할 것 같으면, 벽면과 찬장과 책상 서랍마다 삶과 한 다리 걸러 거래한 흔적들이 빼곡했다. 삶에서 직접 강탈한 물건을 확보하는 일은 대담하고 권위 있는 강도만이 할 수 있는 터였다. 그의 손가락에는 다른 이의 결혼반지가 끼워져 있었고, 탁자에는 노라를 위해 찍은 로빈의 사진이 놓여 있었다. 서재에 꽂힌 장서들은 모두 다른 이들이 선정한 것들이었다. 이러한 가재들의 복판에서 제니는 '그 시절 그대로 재연한' 방을 둘러보러 온 방문객처럼 지냈다. 또 늘 까치발로 다니는 습관이 있어, 심지어 욕조에 목욕물을 받으러 갈 때도 긴장한 발끝을 느릿느릿 안단테로 제겨디뎠다. 그러면서 집안의 온 사물들 앞에,

열이 올라 안달하며, 낱낱이 멈추어 섰다. 유머도, 평온함이나 휴식에 대한 촉도 감각도 없이 가벼운 전율로 저 자신의 불확실만을 드러낼 따름이었으니, 이는 제집을 찾은 손님들에게 "팔마에서 온 내 동정녀상"이라든가 "라 두세*가 꼈던 왼손 장갑"이라며 과시하는 물건들마저 확실성의 저 희미한 원경으로 물러나게 만드는 효과를 불러올 뿐이어서, 그가 선보이는 사물들 중 무엇 하나 구경꾼의 눈에 제대로 들어오는 법이 없었다. 당대의 사건에 대해 누구든 재치 있는 의견을 내놓을 때면 이해가 가지 않는 듯 당혹한 표정을 짓는 한편 예절에 어긋나는 행동이라도 목도한 양 조금은 낭패스러운 얼굴을 해 보였다. 그리하여 본인으로선 그러한 결례를 귀로 주워내느라 편협한 태도를 취해야 한다는 듯 내색하는 것이었다. 또한 무엇무엇 때문에 "죽겠다"는 말을 입버릇처럼 했으니, 실제로 그가 무슨 일이든 처음으로, 그리고 직접 당하는 일이 있었더라면야 이러한 예측은 충분히 실현되고도 남았을 것이다. 제니의 입에서 떨어지는 말들은 잠시 그에게 대여된 말들 같았다. 만에 하나 그가 자기만의 어휘를 발명해보라고 강요라도 받게 된다면, 그 어휘 목록은 순전히 '아'와 '오'로만 이루어졌으리라. 언저리에서 서성대며, 떨리는 몸으로 까치발을 제겨디디면서, 그는 재재바른 혀짤배기소리로 일화에 일화를 잇달아 풀어냈고, 그러면 듣는 이는 저 목소리가 어느 때고 달라지리라, 머잖아 한 음 낮아져 '평상시' 목소리로 돌아가리라 예상했으나 그런 일은 끝내 없었다. 이 일화들은 익살스러웠으며, 전하는 말솜씨 또한 능숙했다. 제니는 미소 짓고 두

* 이탈리아의 여배우 엘레오노라 두세.

손을 쳐드는가 하면 눈을 휘둥그레 뜨곤 했는데, 그러면 방에 모인 사람들은 자신들 틈에 이 순간의 중대성을 놓친 사람, 정작 이야기를 듣지 못한 사람이 있음을 감지하고 허전함을 느꼈으니, 그 사람이란 다름 아닌 이야기꾼 본인이었다.

그는 일간지와 잡지와 해묵은 연극 프로그램에서 자료들을 끝없이 오려 모았고, 코메디 프랑세즈에 수시로 출몰해 몰리에르와 라신과 〈동백 아가씨〉에 대해 장설을 풀었다. 또한 돈 씀씀이가 컸다. 후한 선물을 즉흥적으로 베풀었다. 그러나 선물을 받는 일에는 세상에서 손꼽힐 정도로 재능이 없었다. 여배우들이 연기한 인물에 사로잡혀서는 배우들 앞으로 동백꽃바구니를 부셸 단위로 보내기도 했다. 이 꽃들엔 새틴 리본이 몇 야드씩 둘렸고, 딸려온 메모는 야단스럽고도 상냥했다. 남자들 앞으로는 책을 여러 권씩 보냈는데, 그리하여 책을 많이 읽은 여성이라는 평이 제니에 대한 보편적인 인상이었으나 알고 보면 평생 열 권 남짓 읽었을 따름이었다.

다른 사람들의 인적 정보에 대해서는 끊이지 않는 탐욕을 보였으며, 시간을 흡입해가며 역사적 인물들을 모조리 저의 수고로 돌렸다. 그의 심장에는 게걸스러움과 난잡함이 있었다. 사람이 되고픈 간절함으로 되레 사람됨의 의미를 더럽히는 그에게는 짐승을 인간 활동의 영역에 포섭하는 저 생리적 사달의 긴장감이 어딘지 모르게 깃들어 있었다.

미래에 대한 불안감이 제니를 방자하게 만들었다. 과연 제 시대를 대표하는, 전혀 주요치 않지만 어쨌거나 요망한 여자로 꼽혔으나—타고난 성미상 자기 시대를 좀체 가만두고는 못 배겼기에—그리한들 결코 그에 속할 수도 없는 사람이었다. 자신이 세상만사의 원인이고자 했으므로 당연히 그 무엇의 이유도 되지 못했다. 능란한 혀와 몸짓을 지녔지만, 이는 스스로 생각할 줄 모르는 이들에게 내려진 신의 섭리였다. 그는 지나친 입발림과 무리한 포옹의 달인이었다.

이러하니 사랑의 행위중에 현란한 코메디아델라르테*식 탄성을 내지를 그의 모습을 어찌 떠올리지 않을 수 있겠는가. 그러나 애초 그러한 모습은 떠올리지 않았어야 했다. 정작 그 자신은 거의 전적으로 그 생각만 했고, 행위에 순순히 몸을 내어주면서도 입과 가슴으로는 사랑의 정신을 논하고 욕망했으나, 막상 그에 이르지는 못했다.

누구도 그를 침범할 수 없었는데, 이는 침범해 들어갈 자리가 없는 까닭이었다. 이러한 부족함이 그의 불순종을 야기했다—위대한 사랑에 직접 참여할 수 없기에 그는 다만 이야기를 전할 따름이었다. 그가 선보이는 감정적 반응이라곤 특징이 결여된 것뿐이라 하는 수 없이 지난날의 감정들에 기대어야 했으니, 이미 살아지고 구술된 바 있는 과거의 위대한 사랑들을 굽어보며 그는 애태우고, 또 기뻐하는 듯 보였다.

제니가 사랑에 빠질 때면 쌓이고 쌓인 부정직함에서 비롯된 광풍과도 같은 조바심이 따랐다. 사랑에 빠지는 순간, 그는 단박에 한 다리 걸러 손에 넣은 중고 감정들, 그러므로 계산할 수 없는 감정들의 거래자로 분했다. 그리고 통용되는 어휘들의 견고한 기록보존소로부터 일찍이 격조 있는 말씨를 훔치거나 도용한 바 있듯이, 마찬가지로 제가 아는 가장 열정적인 사랑의 사례, 이름하여 로빈에 대한 노라의 사랑을 제 것으로 차지해버렸다. 제니는 본능상 '점거자'였다.

* 14~18세기 이탈리아에서 유행하던 즉흥극으로, 가면, 복장, 이름, 성격 등이 정형화된 인물들이 나온다.

제니는 노라의 존재를 곧바로 간파했다. 로빈과 십 분이라도 알고 지내는 것은 곧 노라의 존재에 대해 알게 됨을 의미했다. 로빈은 열성으로 이어 펜 두서없는 문장들을 장황하게 늘어놓으며 노라 이야기를 했다. 이 이야기가 제니를 귀째 붙들었다—그는 귀를 기울였고, 두 사랑이 공히 하나이며 또한 제 것이라 여기게 되었다. 그 순간부터 참사는 불가피했다. 이것이 1927년의 일이었다.

뒤따른 몇 차례의 만남에 제니는 늘 일찍 나타났고 로빈은 늦었다. 레장바사되르*에서건(제니는 노라와 마주치기가 두려웠다) '숲'**에서의 저녁 약속에건—(제니는 죽은 남편 네 명에게서 나오는 종합소득이 있었다)—로빈은 장신인 사람들에게서 흔히 보이는 공격적인 걸음걸이가 좁은 골반으로 인해 다듬어져 한풀 꺾인 강세로 발을 내뻗어 옮기며 입장했고, 주머니 깊이 손을 넣고 트렌치코트의 허리띠를 대롱이며 내키지 않는 듯 으레 인상을 쓰고 있었다. 제니가 식탁 위로 몸을 바짝 구부리면 로빈은 뒤로 멀찍이 물러앉으며 다리를 길게 뻗어 뒤로 기운 몸의 균형을 맞추었고, 이에 제니는 몸을 한층 깊숙이 기울이느라 식탁 위로 꼬꾸라지지 않도록 몽땅한 두 다리를—발목은 밖을, 발가락은 안을 향하게—의자 뒷다리의 가로대에 걸쳐야 했다. 이리하여 두 여자는 공히 하나의 움직임을 이루는 두 반쪽을 각각 연출했다. 이는 아름다운 동시에 부조리한 욕망의 움직임이었으며, 우리가 조각상

* 파리 콩코르드광장에 위치한 크리용호텔 내 식당으로, 19세기 후반에는 상류층과 예술가들이 주로 찾았다.

** 부아 드 불로뉴. 파리 서쪽에 있는 대규모 공원으로 흔히 '부아(bois, 숲)'라고 부른다. 벨 에포크 때부터 각광받은 카페와 식당이 있다.

에서 목격하는, 욕망이되 욕망으로서의 제 운명에 끝내 도달하지 못하는 욕망, 만발했으나 새순을 틔우지 못하는 욕망이자 그에 기인하는 아름답고도 부조리한 움직임이었다. 그렇다고 여기서 신중함이나 대담함을 읽어낼 수도 없었으니, 이는 이 움직임을 완결하는 근본 조건을 둘 중 누구도 지니지 못한 까닭이었다. 말하자면 두 사람은 고대 그리스의 달리기 주자들 같았다. 허공에 들린 발을 땅으로 불러 내릴 마지막 명령이 떨어지지 않기에 그 명령이 안겨줄 안도감 또한 영영 결여된 터—그리하여 강경증을 일으킨 듯 저 방만한 자세 그대로 얼어붙은 채 영원한 분노 속에 영원히 분리되어 있을 운명이었다.

오페라극장에서 만난 것이 로빈과의 첫 만남은 아니었지만, 프로므누아르에서 의사를 본 제니는 그가 입방아를 즐기는 성격임을 잘 아는 만큼 이번이 처음인 양 행동해야겠다고 생각했다. 사실 로빈을 만난 것은 한 해 전의 일이었다.

비밀을 지키는 것이 제 안전을 보장하는 길임을 제니도 알았으나, 그로선 그 안전이 버거웠다. 제니는 자기가 세상에 도전할 수 있을 만큼의 힘을 지녔기를 바랐다—그리고 자기가 전혀 그렇지 못하다는 것을 알았으니, 그 자각이, 몸서리나는 소심함과 조바심이 그에게 지운 안 그래도 과중한 부담에 중압감을 더했다.

의사와 로빈을 이끌고 집에 도착했을 때, 제니는 이미 여배우 여럿과 두 명의 신사, 그리고 마르케사 데 스파다라는, 류머티즘 환자에 별점을 믿는 노파가(천식에 시달리는 노령의 스패니얼을 대동하고) 자기를 기다리고 있는 것을 발견했다. 바야흐로 운수에 대한 이야기가 오가고 방에 든 이들 손 하나하나가 살펴지더니 각각의 운명이 이리저리 뒤집히고 논의되었다. 작은 여자아이 하나가(친척은 아니었지만 제니는 그애를 조카딸이라고 불렀다) 방 저쪽 구석에 앉아 있었다. 연주중이던 아이는 로빈이 들어서는 순간 손을 거두고 자리에 앉아, 다른 사람은 거들떠도 안 보고 오로지 로빈만을, 너무 이르게 눈이 뜨인 듯이, 긴 속눈썹 드리운 눈꺼풀 아래로 물끄러미 바라보았다. 제니가 이후 펠릭스를 찾아가 언급할 아이였다.

스파다 후작은 이 방에 모인 모두가 끊이지 않는 원천에서 말미암아 세상 시작부터 지속해왔으며 또한 계속해서 등장을 거듭할 것이나, 이 자리에 있는 한 사람만은 존재의 최후에 다다라 다시는 돌아오지 않을 거라고 했다. 그러면서 음흉한 눈으로 로빈을 보았는데, 로빈은 피아노로 다가가 아이와 나지막한 목소리로 이야기하고 있었다. 한편 제니는 후작의 이 말에 희미하게 몸을 떨기 시작했고, 이에 곧추선 머리칼이—머리통 주위로 덤불처럼 일어선 모습이 남성적이고 영 곱지 못했다—점점이 후들거렸다. 큼직한 소파에 다리를 받치고 앉아 있던 제니는 그대로 몸을 밀어 후작에게로 다가앉다 말고 불현듯 자리에서 일어섰다.

"마차를 불러!" 그가 외쳤다. "당장! 다 같이 드라이브를 가야겠어요, 바람을 쐽시다!" 등을 돌린 제니의 음성이 동요했다. "그래그래. 마차가 있잖아! 여기선 숨을 쉴 수가 없어!"

"마차라니?" 의사가 옆 사람들의 얼굴을 번갈아 보며 물었다. "웬 마차죠?" 하녀가 현관문을 열어젖히고 마부들을 부르는 소리가 그의 귀에 들려왔다. 이어 갓돌 바투 굴러와 멈추는 바퀴의 명쾌한 울림과 볼멘 외지인의 외침이 들렸다. 로빈이 돌아서더니 독을 품은 순하디순한 미소를 입가에 띤 채 이렇게 말했다. "겁에 질려 저 안달이니, 이제 다 같이 뭐든 해야 할 테죠." 로빈은 유리잔을 내려놓고 방에 등을 돌리며 너른 어깨를 치올렸다. 취하기는 했어도, 그 몸짓에는 뒷걸음질 치는 기운과 자리를 뜨고픈 마음이 엿보였다.

"이제 잔뜩 빼입을걸요." 로빈이 말했다. 그러고는 피아노에 몸을 기대며 잔을 든 손으로 앞을 가리켰다. "두고 봐요, 빼입고 올 테니." 이어서 목의 힘줄이 보이게 턱을 앞으로 내밀며 이렇게 덧붙이는 것이었다. "옛날 옷으로 말이죠."

의사는 아마도 방안에 모인 다른 어느 사람보다 더 거북함을 느꼈을 테지만 동시에 추문이라면 참지를 못해, 차후에 '우리 시대의 징후들'을 주제로 장설을 펼칠 거리를 놓칠세라 "쉿!"하며 가벼운 손짓을 해 보였다. 그리고 바로 그 순간 제니가 침실로 이어지는 문간에 등장했는데, 과연 후프 스커트에 보닛과 숄로 단장한 모습이었다. 제니는 자기에겐 눈길도 주지 않고 아이와 대화에 빠져 있는 로빈을 바라봤다. 연주회장에 앉아 음악을 듣는 관객이 자신 또한 저 화성의 일부를 이룬다는 믿음에서 귀를 더욱 가까이 기울이듯이, 그리하여 저 음악이 부분적으로나마 자기 것인 양 그 정체를 차지하려 들듯이, 제니는 불타는 호기심으로 대화하는 두 사람을 주시하며 단마디 탄성을 연이어 허공에 쏟아냈다.

마차는 총 세 대로 밝혀졌다. 일찌감치 물색하기만 하면 파리 한복판에서도 아직 찾아볼 수 있는 무개형 전세마차였다. 제니가 정기적으로 주문을 넣었기에 별도로 부르지 않아도 파리떼가 크림 사발 주위를 맴돌듯 그의 주소지 부근을 배회했다. 마차꾼 셋은 외투깃을 바짝 세운 채 어깨를 웅크리고 마부석에 앉아 있었다. 아직 초가을 밤이기는 해도 열두시가 되면서 부쩍 쌀쌀해진 참이었다. 더욱이 열한시로 승차 예약이 되어 있어, 이미 한 시간을 마부석에 앉아 대기한 터였다.

제니는 로빈이 자기를 버리고 다소 놀란 기색을 보이는 젊고 키 큰 영국 여자와 같은 마차에 탈까 두려워 등골이 서늘했다. 다른 손님들은 알아서 처신하게 놔두고 선두 마차에 올라타 제일 안쪽 구석에 자리를 잡고서 외쳤다. "여기요, 여기." 제니의 맞은편에 앉은 실비아라는 아이는 회색의 누덕누덕한 무릎담요를 두 손으로 꼭 쥐고 있었다. 왁자지껄한 수다와 웃음소리가 계속되는 가운데 로빈이 영국 여자가 이미 자리를 잡은 두번째 마차로 향하는 것을 보고 기겁한 제니가 "안 돼, 안 돼!" 외치며 좌석을 두들기자 천을 씌운 좌석에서 먼지가 자욱이 일었다. "이리 와요." 그가 인생 막바지에라도 이른 사람처럼 절박한 목소리로 말했다. "이리 와 나랑 앉아요, 거기 두 분." 한층 낮춘 음성으로 울먹일 듯 덧붙이자 의사의 도움을 받으며 로빈이 마차에 올랐고, 뒤이어 젊은 영국 여자가, 제니로선 심란하게도 로빈의 옆자리로 올라탔다.

오코너 의사가 이제 마부를 향해 프랑스어로 외쳤다. "*이보게, 젊은 친구, 서른여섯 악마가 자네 볼기를 붙잡은 듯 서둘러 가세!*" 이어서 거리낌없이 손을 내저으며, "그리스도의 고운 발이여, 어디긴 어디야, 숲이지, 파리의 저 달콤한 숲속이지! '숲'*을 한 바퀴 돌게!*" 하고 소리치자, 마차 세 대는 말에 말을 이어 샹젤리제로 서서히 나아갔다.

밤으로부터 제니를 보호해주는 것이라고는 기다란 스페인산 숄뿐이었다. 얄팍한 후프 스커트와 보디스 위라 더 우스꽝스러운 숄을 두르고 무릎에는 담요를 덮은 채, 제니는 어깨를 축 늘어뜨리고 좌석 깊숙이 몸을 파묻었다. 두 눈을 날쌔게 좌우로 움직여 두 여자를 주시했고, 그동안 의사는 여자 셋과 아이 하나가 탄 마차에 어쩌다 저까지 몸을 싣게 된 건지 의아해하며 뒤따라오는 마차들에서 들려오는 나지막한 웃음소리에 귀를 기울였는데, 그러고 있자니 초자연의 신비라 할 전율이 몸에 흐르는 듯했다. "아!" 그가 혼잣말하듯 속삭였다. "하느님이 잊으신 처자일 뿐인 것을." 이 말을 뱉고 나니 요전에 스물네 시간을 시달렸던 재판정으로 도로 내몰린 기분이었다. "오 하느님, 우릴 도우소서." 이번엔 목청 높여 말하자, 그 말을 들은 여자아이가 슬쩍 돌아앉으며 그에게로 고개와 시선을 돌렸다. 그 크고 총명한 두 눈을 눈치만 챘더라면, 그는 당장 침묵했을 것이다(의사는 유년기를 여느 어머니 못잖게 숭배했기에). "어미가 되어본답시고 제 형제의 아이들을 양자 삼아야 하고, 장래를 확보한답시고 잠결에 제 형제의 처와 한자리에 눕는 이라니, 이 무슨 요망스러운 사내란 말인가—케리의 검디검은 저주*가 내리고도 남지."

"뭐라고요?" 제니가 큰 소리로 물었다. 로빈과 영국 여자의 귓속말 대화를 끊어보려는 심산이었다. 의사는 외투깃을 세웠다.

"뭐라 했느냐면요, 마담, 하느님께서 당신의 별스러운 취미로 나를 아무 자리에나 눕게 만드셨다고—"

"뭐요, 지금 뭐라고 했어요?" 제니가 따져 물었으나, 시선은 여전히

---

* 케리(Kerry)는 아일랜드의 지명으로, '아일랜드인의 저주'는 지나친 음주와 그로 인한 발기부전을, 더 나아가서는 아일랜드 남자들이 평균보다 작은 성기를 가졌다는 속설을 반영한 표현으로도 쓰인다.

로빈에게 고정돼 있어 의사보다는 로빈이 앉은 쪽으로 질문을 던지고 있는 듯했다.

"마담 앞에 앉은 이 몸으로 말할 것 같으면," 의사가 말했다. "속된 말로 '패고트'나 '페어리', 혹은 '퀸'이라 일컬어지는 몸이거든요. 난 불안 속에 잉태되었지요. 내 선친께선 — 주의 품안에 영면하시길 — 처음부터 내게서 행복을 얻지 못하셨답니다. 내가 군에 입대하자 다소 마음을 푸셨다만 그 까닭인즉, 내가 혹시나 그 난리통에 이따금씩 '모월 모시 이래로 성치 못함' 명단에 이름이 오르기 마련인 다른 아들들과 마찬가지로 요절나지나 않을까 싶었던 게죠. 어찌됐든 산탄 한 방으로 내 버릇이 고쳐지는 꼴을 보고 싶은 마음일랑 우리 아버지도 없었으니 말입니다. 그래 새벽 일찍 침대에 누워 있는 날 보러 오셨죠, 날 용서한다고, 그리고 당신 또한 용서받기를 바란다고 말하러 말입니다. 도통 납득이 안 갔다고, 하지만 그래도 많이 생각하고 진득하게 읽은 끝에 이렇게 사랑을 손에 담아 돌아오게 되었다고 했어요. 미안하다고, 미안하다는 말을 하기 위해 왔다고, 또 내가 군인답게 처신할 수 있기를 바란다고요. 일순간이나마 내가 얼마나 지독한 곤경에 처해 있는지 깨달으신 것 같더군요. 사내 고기를 내주느라 총알받이가 돼야 하건만, 막상 꺾이기는 밤중에 제 어미나 찾아 울부짖는 처자처럼 가야 할 꼴임을요. 그래 난 몸을 일으켜 아버지가 서 있는 침대 발치까지 무릎으로 기어갔죠. 그러고는 두 팔을 아버지 몸에 두르고 말했어요. '아버지가 어떡하셨건 뭐라 생각하셨건 다 옳으신 일이었고, 제 가슴에는 아버지에 대한 사랑과 존경심밖에는 없습니다.'"

제니는 담요 밑으로 파고들어 더이상 그의 이야기를 듣지 않았다.

두 눈으로 로빈의 손을 동작 하나 놓칠세라 좇을 뿐이었는데, 그 손은 아이의 손을 쥐었다가 다시 아이의 머리를 만지작거렸고, 그러는 동안 아이는 나무들을 올려다보며 미소 지었다.

"아." 의사가 말했다. "하늘의 사랑이여!"

제니는 천천히 울기 시작했다. 뜨겁고 축축하고 급작스러운 눈물이 묘하게 울적한 얼굴을 적셨다. 이를 본 의사는 슬펐는데, 그러나 이런 불행한 동시에 적당히 기분좋은 애석한 불편이야말로 평소 그를 유달리 심오한 사색으로 이끄는 감정적 토대이기도 했다.

하여 그는 자기가 왜 이런 말을 하는지 까닭도 모른 채 말하길, 보아하니 제니는 눈물을 흘림으로써 마치 스무 개의 거울에 제 모습을 비쳐 스무 개의 반영으로 하여금 돌아다보게 만드는 이처럼 자기 눈물을 곱해 하나에 불과한 저의 인격을 배가하려는 모양인데, 그런들 인격은 여전히 하나로 남기 마련이지마는 그 덕에 실제보다 몇 갑절은 더 괴로워 보인다고 했다. 제니는 대놓고 흐느끼기 시작했다. 나지막이 칭얼거리는 것으로는 진작 로빈의 주의를 끌지 못했기에, 이번에는 인파 넘치는 곳에서 누군가의 이목을 끌고자 할 때의 끈질긴 조바심 속에, 목을 메고 터져나오는 구슬픔으로 그의 이목을 끌고자 했다. 울음소리는, 제니의 심장이 지닌 생래적 하자瑕疵에도 불구하고 음악작품의 밑바탕이 되는 단조한 기본 곡조만큼이나 정밀해졌다. 그러자 몸을 구부정히 숙이고 앉아 있던 의사가 얼추 전문가답다 할 법한 목소리로(그 사이 마차는 호수와 공원을 지난 지도 한참 되어, 빙 에돌아 다시 시내 아랫동아리로 향하고 있었다) 이렇게 말했다. "여자가 여자에게 품는 사랑이라니, 아무리 마음고생에 속 다 바치고 엄마가 되고파 혈안이 됐대도 그렇지, 정신을 놓지 않고서야 누가 그딴 걸 생각해냈겠냔 말이에요?"

"오, 오." 제니가 말했다. "저이 좀 봐요!" 그는 불쑥 로빈과 여자를 가리켜 보였다. 마치 더이상 그 자리에 없는 사람들을 가리키듯이, 마차를 끄는 말들의 움직임에 따라 창밖을 스쳐 보이지 않게 된 풍경에 불과한 것을 손짓해 보이듯이 거리낌없는 몸짓이었다. "봐요, 저이가 사랑을 어느 수준까지 끌어내리는지!" 제니는 로빈이 제 말을 듣길 바랐다.

"아!" 의사가 외쳤다. "사랑, 그 끔찍한 것!"

제니는 주먹으로 좌석을 내리치기 시작했다. "당신이 뭘 알아요? 남자들은 사랑을 몰라요. 알 이유가 뭐 있다고? 하지만 여자라면 알아야죠—여자는 훨씬 고결하고 신성하니까. 내 사랑은 신성하고 내 사랑은 위대하도다!"

"입다물어." 로빈이 무릎에 손을 내려놓으며 말했다. "닥쳐, 아무것도 모르면서 지껄이지 말고. 넌 말을 쉴새없이 늘어놓지, 아는 것도 없으면서. 그게 네 지독한 약점이야. 스스로를 하느님과 동일시하질 않나!" 로빈은 미소 짓고 있었다. 영국 여자가 숨을 가쁘게 쉬며 담배에 불을 붙였다. 아이는 드라이브 내내 그랬듯 여전히 한마디도 하지 않았으나, 다만 고개만은 아예 그리 고정된 듯 로빈을 향하고 앉아서, 바닥에 채 닿지 않는 제 빈약한 두 다리가 마차의 진동에 떨리지 않도록 힘을 주고 있었다.

그때 제니가 로빈을 쳤다. 히스테리 속에 할퀴고 쥐어뜯으며, 내리치고, 부여잡고, 울었다. 피가 서서히 로빈의 뺨을 타고 흘렀고, 제니가 반복해 내리치는 가운데 로빈은, 마치 반복되는 타격이 그를 그러한 동작으로 이끈 듯 앞으로 기울어졌다. 의지라곤 없는 사람처럼 작은 마차 안에서 주저앉으며 바닥에 무릎을 꿇었고, 팔이 방어의 몸짓으로 위를 향하는 동안 고개는 앞으로 수그러졌다. 그리고 로빈이 무너져 앉는 동안, 제니 또한 첫 타격의 동작을 완결해야 한다는 강박에 선지 지연된 움직임을 선보이는 양 앞으로 고부라지면서 넘어갔고, 그리하여 이 몸짓 전부가 완료되었을 때 로빈의 두 손은 제니의 빈약하고 굽은 가슴과 무릎 사이에 끼어 있었다. 그때 아이가 돌연 좌석에 몸을 내던져 바짝 엎드리더니 얼굴을 밖으로 돌리고는, 공포로 절제되었기에 어린아이에게 적합하지 않은 목소리로 외쳤다. "놔요! 놔요! 날 놔줘요!"

마침 마차가 빠른 속도로 뤼 뒤 셰르슈미디로 접어든 참이었다. 로빈은 마차가 채 멈추기도 전에 뛰어내렸으나, 몇 발 차이로 뒤따른 제니가 정원까지 그를 뒤쫓았다.

노라와 로빈이 갈라선 건 이로부터 오래지 않아서였고, 얼마 후 제니와 로빈은 미국행 배에 올라탔다.

파수꾼이여, 밤을 일러다오

새벽 세시경에 노라는 수위실의 유리문을 두드리며 의사가 방에 있는지 물었다. 잠을 깨웠다고 골이 난 수위가 계단을 여섯 층 올라가면 꼭대기 좌측 방에서 의사를 찾을 수 있을 거라 일렀다.

노라는 느린 걸음으로 계단을 올랐다. 의사가 이리도 가난한 줄은 미처 몰랐었다. 손을 더듬어가며 문전에 다다라 노크를 하고 문손잡이를 찾아 훔척거렸다. 참담한 심정만으로도 다짜고짜 찾아왔을 길이었지만, 의사가 이슥하도록 밤을 동무 삼는 버릇이 있다는 것도 알고 있었다. "들어와요." 그의 목소리에 문을 연 노라는 눈앞을 맞는 산만한 광경에 한순간 주춤하지 않을 수 없었다. 방이 어찌나 작은지 침대까지 게걸음으로 간신히 오갈 정도였다. 의사는 기왕에 골로 내몰린 신세, 내키는 대로 방자하게 공간을 점하리라 작정한 것 같았다.

의학서 한 무더기와 잡다하게 뒤섞인 책들이 물에 얼룩지고 먼지를 덮어쓴 채 천장까지 쌓여 있었다. 그 위로 창살 쳐진 작은 바라지창이 났는데, 방을 통틀어 환기구란 그것뿐이었다. 그리고 단풍나무 서랍장이 있고, 한눈에 봐도 유럽제일 리 만무한 장 위로 녹슨 겸자와 부러진 메스, 노라로서는 그 쓰임을 알 수 없는 대여섯 개의 희한한 기구들과 카테터 하나, 거의 바닥난 향수병 스무 개 남짓과 포마드, 크림, 루주, 파우더와 퍼프 따위가 즐비했다. 열린 서랍들 밖으로 레이스며 각종 끈과 스타킹 그리고 여성 내의와 허리 보조기가 비집고 나온 모양새가 마치 곱디고운 여성 속곳을 헤집은 꼴이었다. 침대 머리맡 오물통은 고약한 오예지물로 가득했다. 왠지 모르게 처절하고도 비루한 기운이 깃든 방은 갈보집을 떠올리게 했는데, 이런 공간과 마주하면 제아무리 결백한 자라도 공모자가 된 떨떠름한 기분을 떨칠 수 없기 마련이다. 그래도 나름으로 근육질적인 면모 또한 지닌 방이라, 은밀한 침소와 권투선수의 합숙훈련소를 교배해 얻은 결과물쯤으로 보였다. 여인이 발 들인 적 없는 방에는 호전적이라 할 기운이 어려 있기 마련이어서, 온 사물이 위축되어 제 경향과 각축을 벌이는 듯할뿐더러 대장간에서 벼린 쇠붙이의 비릿한 냄새가 깃들어 있다.

비좁은 철제 침대 위, 무겁고 때 탄 아마포 홑청 아래, 의사가 여성용 플란넬 나이트가운 차림으로 누워 있었다.

과하게 큰 검은 눈, 통통한 납빛 볼과 턱이 붙은 의사의 앞얼굴 언저리로 길고 굵은 곱슬머리 가발이 금빛 반원을 둘렀다. 기둥처럼 매달린 가닥이 어깨를 스쳐 베개 위에 나뒹굴며 그늘진 속을 내보였다. 의사는 루주를 짙게 바른 모습이었고, 속눈썹도 칠한 모양이었다. 그 순간 노라의 머리를 벼락같이 스친 생각이 있었다. '맙소사, 아이들이 알면서도 말 못하는 사실이 있구나. 빨간 망토와 늑대가 한자리에 든 걸 아이들은 좋아하는 거야!' 그러나 이 생각, 아니, 생각인 양 느껴졌을 따름인 이 인상은 기껏 일이 초, 방문을 여는 짧은 찰나에만 이어졌다. 다음 순간, 그사이 가발을 창황히 낚아챈 의사가 침대 깊숙이 파고들며 이불로 가슴을 가렸다. 노라도 서둘러 마음을 다잡고 입을 열었다. "선생님, 밤에 관하여 선생님이 아는 바대로 전부 얘기해달라고 부탁하러 왔어요." 이렇게 말을 하면서도 노라는, 의사가 관습일랑 내버리고 으레 제 치마 차림으로 돌아갔을 늦은 시각에 찾아와서는 이러한 모습으로 그를 조우한 것에 왜 이렇게까지 동요하는 건지 스스로 의아했다. "보다시피 나한테 묻지 못할 일이란 없지요." 의사는 이렇게 대답하여 피차간의 무안함을 잠재웠다. 노라는 속으로 생각했다. '하기야 가운이란 원래 모든 끝 간 것들의 응당한 차림 아니던가? 어느 민족이고 종교고, 어느 망령이고 꿈이고 가운으로 차려입지 않은 경우가 있었나—영아나 천사나, 사제나 망자나. 그러니 자기 내면의 연금술일 저 막중한 진퇴양난에 붙들린 의사라고 치마 차림을 못할 이유도 없지.' 노라는 생각을 이었다. '저이는 자기 옆자리에 눕고자 저리 치장하는 거야. 선생은 애초에 빚어지기를, 특별한 유형의 사랑밖에는 누릴 수 없게끔 지어졌으니까. 그것도 이런 방, 제 마지막 애타는 몸부림만큼이나 난폭하게 헤집어진 모양으로 제 거주 근거를 되돌려주는 방에서 말이야.'

"밤에 대해 생각해본 적이나 있어요?" 의사가 다소 반어적으로 물었다. 다른 손님을 기대하고 있던 터라 기분을 잡쳐 그렇지, 평소 같았으면 멍석이 깔리기 바쁘게 줄창 이야기를 풀어낼 정도로 반색하는 단골 화제가 곧 밤이었다. "그럼요." 노라가 답하며 하나뿐인 의자에 앉았다. "생각해봤지요. 하지만 애초 아는 바 하나 없는 것에 골몰해봤자 별 도움이 안 되더라고요."

"그렇다면 시간대와 시간대, 한때와 다른 때를 나누는 양극성과 특이성에 대해, 그리고 잠에 대해서는요?" 의사가 물었다. "잠이라는 저 무찔린 흰 수소를 생각해봤나요? 자, 나, 매슈-마이티그레인오브솔트*-단테-오코너 의사가 낮과 밤이 그 분리로 말미암아 어찌 연결되는지 말해줍지요. 해질녘 어스름을 구성하는 건 곧 공포의 전설에 기대어 다시금 직조된 공포, 겉과 속이 뒤집히고 위아래가 뒤바뀐 채로 재구성된 공포랍니다. 한낮은 나날이 고려되고 계산되기 마련이지만, 밤은 사전에 계획되지 않는 법이지요. 성경책이 이리로 누우면 나이트가운은 저리로 눕기 마련이랍니다. 밤, '그 어두운 문간을 주의하시게!'"

"전에는 그렇게 생각했어요." 노라가 말했다. "사람들은 그저 잠이 들 뿐이고, 잠들어 있지 않을 때는 그저 평소 그대로라고요. 그런데 이젠," 노라는 떨리는 손으로 담배에 불을 붙였다. "이젠 밤이란 것이 사람의 정체부터 바꿔놓는다는 걸 알겠어요, 잠들어 있는 순간에조차요."

"아!" 의사가 외쳤다. "그게 누가 됐건 저 위대한 침대에 제 몸을 눕히는 찰나, 그의 '정체'는 더이상 그의 것이 아니요, 그의 '신뢰'도 그를

---

* Mighty-grain-of-salt. '소금 한 톨(혹은 한 줌) 보태어(with a grain of salt)'라는 관용구를 연상시키는 별명으로, 어떠한 일이나 이야기를 곧이곧대로 수용하지 말고 그 참됨을 따져가며 적당히 가감하여 받아들이라는 의미다. 얼핏 보기에 허황한 이야기만을 늘어놓는 것 같은 오코너에게는 더없이 적절한 별명이다.

떠나고, 그의 '의욕'은 뒤집혀 다른 종류의 허가가 되는 것을. 그 대신 산들에 야생하는 이름 없는 고충이 그를 사로잡지요. 저 빛 없는 마을에서 비밀 형제단의 일원이 되어 잠을 취하고요. 자기 자신도 알지 못하고, 저를 앞서 달리는 기수들도 알아보지 못한 채 광분해서는 가공할 차원으로 날뛰다가 말에서 내리는데, 이런 기적 같은 일이, 그 내린 자리가 바로 침대이지 뭐요!

그의 가슴속, 그 어둠 깃든 곳에서 후다닥 곤두박질치는 심장! 혹자들은 밤중에 들기를 숟가락이 잔잔한 수면을 깨듯 평온히 잦아들지만, 또다른 이들은 머리부터 곧장 새로운 모략에 처박히니, 이들 뿔에서는 마르고 가문 울음소리가 나지요, 뒤늦게 허물을 벗은 메뚜기의 날갯짓에서처럼 말입니다.

당신, 밤을 생각해보았나요? 어제오늘의 밤을? 과거 다른 시절의 밤이나, 다른 나라 — 예컨대 파리의 밤은요? 당신이라면 내기로라도 절대 엄두조차 내지 않았을 온갖 짓거리들로 담이 하늘을 찌르고 쓸개가 길거리에 넘쳐흐르던 시절은? 그 당시 풍습이 풍습인지라 꿩 모가지와 새끼 거위의 부리가 늠름한 남정네들의 오금 옆에 나란히 대롱거리질 않나, 도시를 통틀어도 보도블록 하나 없지, 고개를 어디로 돌리건 시궁창만 끝 간 데 없고, 악취는 또 어찌나 맹렬한지 콧구멍째 사람을 낚아채 60마일 밖에 내동댕이치던 시절! 관청의 포고를 외치는 이들은 얼마나 열을 다해 포도줏값을 알렸던지, 동틀녘이면 소변과 식초로 피가 끓는 객기 뻗친 선량한 사무원들께옵서 피를 뽑으러 뒷골목을 누비고, 그러면 거머리에 붙들린 야생의 공주가 비로드 나이트가운 차림으로 울부짖던 때. 그리고 두말할 것도 없지마는, 작고한 왕들이 야심한 시각에 플러시 천을 댄 들통이며 섬세한 목공예품을 들쑤시며 방뇨하는 소리가 님펜부르크의 궁전들을 쩌렁쩌렁 울려 그 메아리가 저기 빈에까지 가닿던 때는요? 아닐 테죠." 그는 노라에게 예리한 시선을 던졌다. "아예 생각해본 적이 없는 눈친걸! 한번쯤 생각해보도록 해요, 밤은 장구한 시간을 지속해왔으니까."

노라는 말했다. "전에는 아예 모르고 살았어요—안다고 생각했는데, 진짜로 안 게 아니었죠."

"바로 짚었어요." 의사가 말했다. "알고 있다고 생각했지만, 실은 패를 섞지조차 않았던 거지—그런데 한 시대의 밤들이란 다른 시대의 밤들과는 차별되거든요. 마찬가지로 한 도시의 밤들은 다른 도시의 밤들과 같지 않지요. 일례로 파리를 들어볼까요, 프랑스는 기정사실로 들고요. *신이시여! 밤의 끔찍함이란! 밤이라는 저 광활한 평원과, 심장이라는 저 작디작은 극점이여!* 아, 자애로운 어머니여, *노트르 담 드라 본느 가르드여!* 지금 이 순간 날 위해 중보해주소서, 내가 곧 뒤미쳐 요지를 설명하는 동안에! 프랑스의 밤들로 말하자면 세계 만국이 추구하는 밤의 전형이지요. 이쯤은 당신도 눈치챘으려나요? 마이티 오코너 의사에게 뭐든 물어보도록 해요. 그이가 세상만사에 훤한 것은 언제나 적시가 아닌 때에 도처를 쏘다녀왔으며 그런고로 이제는 무명씨가 된 때문이니까요."

"하지만 난 밤을 삶으로 여긴 적이 한 번도 없었는걸요." 노라가 말했다. "밤을 살아본 적도 없고. 그런데 로빈은 왜 그런 거죠?"

"지금 프랑스의 밤들에 대해 얘기하는 중이잖아요." 의사가 말을 이었다. "우리 모두 속절없이 그 안으로 빠져들고 마는 이유와 더불어서 말예요. 밤과 낮은 두 부류의 여행인데, 프랑스인들이란, 비록 배 큰 탐욕가요 주먹 작은 수전노일 때가 종종 있기는 해도 새벽녘에 그 두 여정에 관한 기록을 남기는 유일한 사람들이에요. 우리는 하나를 건지느라 다른 하나를 파기하지만, 프랑스인들은 그렇지 않죠.

그게 왜겠어요. 그야 그 둘을 하나로 연이어 곱씹는 버릇이 들어서고, 수도승들이 '우리 주 예수그리스도여, 하느님의 아들이시여, 저에게 자비를 베푸소서!'를 스물네 시간에 꼬박 만이천 번씩 거듭 읊조리듯이 프랑스인들은 낮과 밤을 언제나 마음의 눈앞에 두고 지내기 때문이지요. 그리하여 굽기야는 단어 하나 입 밖에 안 내고도, 좋건 아니건, 머릿속에 아예 각인이 되기 마련이고요. 그리하여 이들은 허리를 굽실거리며—친인척들이 요람 주위를 맴돌듯—저 위대한 수수께끼 주위를 서성이고자 그렇게 세상 방방곡곡을 누비는 겁니다. 한데 이 위대한 수수께끼라는 것이 고개를 모로 돌리지 않고는 마음에 품을 수 없는 노릇이라, 당신이 고개 돌린 채 뒷걸음질치며 두렵기만 한 저 외눈, 우리가 흔히 뒷골이라 부르는 저 눈에 다가설 때에나 그나마 포착되는 법이거든요. 그리고 이 외눈이란 것은 우리가 어둠 짙은 곳에서 사랑하는 이를 향해 돌리는 바로 그 시선, 먼길 밖에서 한참을 걸려 우리를 향해 오는 이를 바라볼 때의 바로 그 눈이지 않겠어요. '당신을 사랑해요'라고 말하는 그때에 우린 우리 혀의 두께에 혼절하지 않던디까. 오래전에 잃어버린 아이의 눈에서 그 격조한 세월의 거리가 집약된 것을 발견할 때와 마찬가지로—금수의 발톱 아래 짓눌렸던 아이가 어느 찰나엔가 홍채의 거리를 뛰어넘어 등등하게 북받쳐오르곤 하지요. 우린 다만 욕망에 둘러놓은 거죽일 뿐이요, 기어이 죽고 말 숙명에 맞서 근육을 옥죌 따름이에요. 스스로에 대한 오랜 원망이라는 그 자욱한 먼지 아래, 우리는 잠을 취합니다. 고단한 시련에 붙인 이름들만으로도 목구멍이 차고 넘칠 지경이에요. 삶이란 곧 목초지이니, 밤이게서 풀을 뜯고 우리를 절망으로 살찌우는 되새김질거리를 갈취하지요. 삶은 죽음과 지교를 나눠도 좋다는 허락입니다. 애당초 우리가 창조된 까닭은 대지가 제 비인간적인 취향을 알아차리도록 하기 위함이었고, 마찬가지로 사랑은 몸을 귀히 만들어 대지마저도 그에 취해 포효토록 만들기 위해 존재하지요. 그래요, 고뇌가 목구멍까지 차오른 우리들은 주위를 찬찬히 잘 돌아봐야 마땅하고, 보이고 행해지고 말해지는 모든 것을 의심해야 합니다. 고난을 일컫는 단어를 지녔으되 그 성분의 조합을 제조해낼 능력, 그 연금술은 지니지 못했다는 이유 때문에라도요.

도토리를 생각하려거든 나무가 되어볼 필요가 있지요. 그런데 밤이란 나무는 나무 중에서도 타기가 가장 어려울뿐더러, 오르기가 제일 삼엄하고, 나뭇가지 중에서도 으뜸으로 까다로우며, 손대자니 그리 열떨 수 없는데다, 그것이 분비하는 진과 손바닥에 떨구는 수액과 나무즙은 어떤 계산으로도 예측하지 못할 정도거든요. 구루들, 왜 그, 당신도 아는 인도의 스승들 있잖습니까, 그이들은 아예 십 년 내리 도토리를 놓고 묵상할 것을 요구하지요. 그리고 만에 하나 당신이 그사이 열매에 대해 한줌도 더 터득하지 못한다면, 그건 당신이 총명한 사람이 못 되기 때문이고요. 그러니 끝내는 제 무지를 확인하는 것만이 그 시간으로부터 유일하게 건져낸 것이 되고 말 수도 있는데, 이야말로 모든 연구생이 응당 겪는 멜랑콜리요, 흑담즙질의 근원 아니겠어요—아무리 대단한 진리일지라도 제 콩팥이 허용하지 않는 한은 누구도 그에 도달하지 못하는 법이니. 그러니 나, 매슈 마이티 오코너 의사가, 낮을 지새워 밤을 숙고하고 밤을 지새워 낮을 생각해볼 것을 그대에게 당부하는 바요. 안 그랬다가는 언제고 머리가 잠시 한숨 돌리는 사이, 기어이 그것이 그 막중함으로 그대를 덮치고 말 터—불현듯 멎어선 기관이 가슴을 짓누르고, 그 바퀴가 그대 심장에 콱 박힐지도 몰라요, 미리미리 길을 닦아놓지 않으면.

프랑스 사람들이야 저희의 그 불결함으로 우회로를 텄으니—오, 땟국물의 미덕이여! 반면에 당신은 청결한 혈통을 타고났죠, 씻는 일에 있어 지나치게 열성인 인종의 후손으로서요. 고로 당신에겐 길이 없어요. 짐승이야 소란을 피워 제 갈 길을 닦지만, 당신은 당신 몫의 소요를 생각 하나 몸짓 하나로, 고안할 수 있는 온갖 화장수며 비누로 빠짐없이 씻어내놓고는, 그러고도 제 길을 찾을 수 있으리라 기대하고 있잖아요. 프랑스인은 털 한 움큼, 뒤엉킨 멜빵, 구겨진 이부자리로 추적 가능한 시간의 경로를 남기죠. 그의 잔에 남은 포도주의 눈물 한 방울은 앗긴 분량을 되돌리고자 그 자리에 머물고, 그가 부르는 캉티크 성가는 밤과 낮의 등허리에 동시에 올라타 있어요."

"그럼 난 어쩌면 좋아요?" 노라가 물었다.

"프랑스 사람을 닮도록 해요. 다음날 아침의 원활한 배설을 기원하며*

---

* 원문은 'that he may have a penny to spend in the morning(아침에 쓸 1페니를 건지고자)'. 'spend a penny'는 '소변을 보다' 내지는 '변소에 가다'를 뜻하는 관용구다. 1851년 런던 대박람회에서 수세식 공중변소가 처음 선보였을 때 이를 사용하기 위해 요금 1페니를 지불해야 했던 것이 어원이 되었다. 한편 공중변소는 오코너에게 각별한 의미를 지니는 곳이기도 하다.

밤중에 자선 헌금함에 수 한 닢을 넣는 게 프랑스인이죠—그러면 식물성이건 동물성이건, 그 침적과 퇴적물로써 제 자취를 거꾸로 되짚어 볼 수 있기에, 그리함으로써 양방으로 여행하는 와인의 냄새 속에서 스스로를 발견해내는 겁니다. 들고 나는 쌍방의 움직임, 그리고 그 전략적인 기동이 이루어지는 내내 공기 아래 짓눌리어 자세 하나 흐트러뜨리지 않던 그 냄새를.

그렇다면 미국인이란 어떠한가? 수모를 당할 게 두려워 이 둘을 분리하지요. 그러니 그 신비가 탯줄마다 잘려나가고, 그 설계는 들고양이처럼 차터 모르탈리스* 저 아래로 곤두박질치듯 나가떨어지니, 그로부터 범죄가 비롯되는 것 아니겠어요. 하여 뱃속에서 놀란 종이 소리를 울리고 머리채가 곤추서면서, 정수리부터 이끌려 멀리멀리, 양심이 복부 밖으로 불거진 채 전율하며 뒤로 떠밀리는 겁니다.

뼈가 쑤시는 것도 살이란 게 붙어 있을 때나 그렇죠. 살을 실컷 끄집고 늘여 골골하는 여자의 관자놀이에 붙은 살가죽 모양으로 얄팍하게 만들어놓은들, 여전히 살 탓에 쑤시고 살 덕에 움직이는 게 뼈예요. 마찬가지로 밤이란 것도 낮의 머리에 덮어씌운 살갗과 같은데, 이는 낮이 시름에 잦도록 만들기 위함이지요. 밤이 녹아 없어질 때까지 우리는 위안을 찾지 못할 거예요, 밤의 열화가 제 불길을 잠식해 싹쓸이하기 전까지는."

"그럼 난 결코 로빈을 이해하지 못할 거란 얘기네요." 노라가 말했

---

* Charter mortalis. 오코너는 '죽음(인간됨)의 승인서'를 라틴어로 말하려 했으나 '차터'는 '카르타(charta)'라 해야 옳다. 오코너의 라틴어 및 기타 외국어 구사력 수준을 보여준다.

다. "언제고 이렇게 괴로워하며 지낼 거란 말이네요—지금과 다를 바 없이요."

"들어봐요! 낮 열시와 열두시에 눈에 뵈는 모양들이 어두울 때 보이는 모양과 같던가요? 밤에 본 얼굴과 손발이 태양 아래 보던 것과 같은 손이고 얼굴이고 발이던가요? 당장은 손이 그늘에 잠긴 것뿐이에요. 하여 그 아름다움도, 그리고 기형도 연기 속에 있지요—모자챙이 그림자를 던지듯 의혹과 불확신의 낫이 광대뼈를 가로지르니, 얼굴 반쪽만이 남아 어림짐작의 영역으로 잦아들지요. 턱에 밤 잎사귀가 지고 굽은 눈썹 위로도 짙게 드리우는 통에 양쪽 눈이 서로 다른 색을 띠고요. 심지어 법정에 서서 경솔히 맹세하며 입에 올린 어머니의 머리조차 새삼 숙고해볼 만한 진득한 무게로 왕관을 틀어 쓰게 되고요.

짐승들의 잠은 또 어떻던가요? 코끼리의 막대한 수면은, 새의 섬세하고 얄팍한 단잠은?"

노라가 말했다. "견딜 수가 없어요, 어떻게 견뎌야 하는지도 모르겠고—겁이 나요. 대체 뭐죠? 안에 뭐가 들었기에 로빈이 이렇게 구는 거죠?"

"오 맙소사!" 의사가 말했다. "방향염芳香鹽이나 줘봐요." 노라는 일어서서 서랍장 위의 잔해를 뒤적거렸다. 자극제를 한껏 들이쉬고 나서 의사는 베개 깊숙이 고개를 젖히고 이렇게 말했다.

"한밤의 역사에 대해 생각해봤어요? 소돔이 고모라로 변한 게 밤중이었던가요? 맹세코 밤중이었을걸요! 그늘과 음지의 손에 들고 말았고, 그래서 이날 이때껏 그 면면이 확인된 적도, 제대로 이해된 적도 없는 것 아니겠어요. 여하간 그 얘긴 차차 하기로 하고! 로마도 밤사이

불타버렸죠. 그 배경을 한낮으로 옮겨온다고 해봐요, 당장에 그 오랜 상징이 퇴색되고 말지. 안 그래요? 그렇다면 왜일까요? 그야 우리가 내면의 눈으로 여지껏 상상해온 장면은 언제고 칠흑처럼 어두운 밤을 뒷배경으로 하고 있었기 때문이죠. 꿈결에 로마제국을 불사른들 고작 손이나 뻗어 진짜 재앙을 훑고 마는 셈이에요. 꿈이란 실제의 색을 띠었다 뿐이니까요. 색을 갖추지 못한 채 덤비는 사람은 모름지기 제 마땅한 적수를 찾지 못하는 법이고, 설사 찾은 듯 보여도 실은 그와는 다른 종류의 흥분 속에 맞붙을 상대를 만난 것일 따름이죠. 로마가 달걀이라면 색은 달걀을 깨부수는 발 구르기예요."

"네." 노라가 말했다.

"밤의 악운이란 죽은 자들로부터 일정 부분 기인하나 그 외에는 수면과 사랑에서 비롯하죠—밤의 악을 범하는 건 일부 죽은 자들의 소행이요, 나머지는 잠과 사랑의 짓거리예요. 잠든 이의 책임이 아닌 것이 뭐가 있겠어요? 잠든 이가 나누는 교통이란 무엇이며, 또 누구를 상대로 하지요? 그는 제 넬리와 동침하고 제 그레첸의 품속에서 잠들죠.* 수천 명이 제 발로 그의 침대를 찾아옵니다. 한데 진실은 그 숫자 중에 드는 법이 없으니 어찌 진실을 말하겠어요? 그가 욕망하는 척 꾸민 적조차 없는 여인들이 모르페우스**의 입김에 맞추어 그 주위로 다리를 늘어뜨리지요. 하나 잠결의 낯익은 관성에 젖은 그로서는, 잠의 경계를 갉아먹는 그러한 꿈조차 해가 거듭할수록 견디기 수월해짐을 발견하

* 넬리는 여성스러운 남자를 칭하는 비어이고, 그레첸은 괴테의 『파우스트』에 나오는 여성 연인의 전형.

** 그리스신화 속 꿈의 신.

고, 급기야는 온갖 음성들이 그 푸짐한 성찬 자리에서 특색 하나 없이 뒤섞이며 단조롭게 맞붙지 않던가요. 잠든 이는 미지의 땅의 임자예요. 그는 어둠에 기대어 열외의 일을 보러 다니죠—반면 그의 짝지인 우리들, 오페라극장을 들락거리고 카페 동무들의 수다를 듣고 저잣거리를 거닐거나 한 땀 한 땀 말없이 솔기나 뜨고 앉은 우리는 그 땅의 한 뼘도 손에 넣을 형편이 못 돼요. 왜냐, 우리야 두말없이 피를 쏟아서라도 그 대가를 지불할 용의가 있다마는, 밤에는 판매대도 돈궤도 붙어 있질 않은 까닭이지요. 누워 잠든 여인을 내려다보고 선 여인은 수평의 공포를, 그 견디지 못할 공포를 아는 법입니다. 사람이란 제 운명에 오로지 수직으로만 맞서니까요. 그 반대인 것은 애당초 알 수가 없게 빚어졌으며 또한 수평의 속셈으로 엮이지도 않은 것이 사람이죠.

거위를 패고 간을 끄집어내 파테를 얻듯, 사람 심장의 근육을 절구질해 철학자를 얻는 겁니다."

"그게 내가 얻을 교훈이에요?" 노라가 씁쓸하게 물었다.

의사는 노라를 보았다. "연인에게는 제 사랑이 들어가버린 밤, 그 밤이 주범이죠." 그가 말했다. "그의 심장을 파괴하는 주범 말입니다. 돌연 사랑하는 여인을 흔들어 깨워봤자, 하이에나의 얼굴, 제 패거리를 떠나며 지어 보이는 하이에나에 다름 아닌 그 미소와 마주하게 될 뿐이에요.

잠결에 그 여인은 미지의 수비대에게 제 다리를 벌리지 않던가요? 혹은 삽시간에 불과한 어느 찰나엔가 도끼로 우리를 살해하려 들지 않던가요? 우리의 귀를 다져 파이 소를 채워서는 주워 삼키고 손잔등으로 나머지는 쓸어버린 뒤 뱃사람이며 의사들로 붐비는 배에 올라 어느 항구론가 항해해가지 않던가요? 또는 도살자의 얼굴을 지닌 신부 앞에

물구나무를 하고 선 채(단 태팅레이스의 실만은 놓지 않은 채) 고해성사를 하고, 우리 오른편 손가락을 저 내키는 자리에 데려다놓지 않던가요? 그렇다면 우리는? 우리가 자는 잠은 어떻고요? 우리라고 더 수월하게 잠에 깃드는 것도 아니에요—정작 낮 동안에는 덕스러운 행실로 연인을 배반하고요. 오래도록 자제하는 우리지만 막상 머리가 베개에 닿았다 싶거든, 그리고 우리 두 눈이 낮 곁에서 물러섰다 싶거든 그 즉시 온갖 놀이꾼들이 달려들어 취하지요. 그러다가 우리는 땀에 흥건히 젖은 채 잠결의 짓거리에서 깨어나요. 주소라곤 없는 집, 존재하지 않는 마을의 거리에서 이름조차 없는 이들과 벌어진 일들이고, 그렇기에 애초 이름을 대며 부인하고 나설 수도 없는데도요. 정체랄 것이 없는 이들이기에, 그 결핍이 그들을 곧 우리로 만드는 까닭이지요. 우리가 우리 스스로를 고발하는 일을 면할 수 있는 것은 길거리 번지를, 집의 호수를, 그리고 이름을 통해서니까요. 잠은 우리에게 가책 어린 면책을 요구하는 바예요. 우리 중 어느 누구도, 영원한 익명만 보장됐더라면, 우리 영혼을 빌미잡을 지문을 애초 지울 길만 있었더라면, 강간과 살인과 기타 온갖 패악을 저지르지 않을 이란 단 한 사람도 없어요. 볼기짝에서 비둘기가 날아나오고 귓구멍에서 궁궐이 터져나온다면 인간은 그런대로 또 고뇌에 빠지겠지요. 제 운명을 파악하고자, 과연 제가 짐인지 새인지 사람인지 알아야만 해서요. 그러니 인적 없는 저 황막함으로부터 털 하나 다치지 않고 벗어날 사람이란 삼대에 걸쳐 잠을 청하는 이 말고는 아예 없는지도요." 의사는 침대에서 무겁게 몸을 뒤쳤다.

"잠든 이에 깃든 저 두터운 잠을 우리는 '용서'하지 않던가요. 죽은 이를 덮은 흙을 그의 탓으로 돌리지 않고 '용서'하듯이요. 사람들은 말하죠. 우리는 우리 눈에 보이지 않는 것은 애도하지도 않는 법이라고요. 그런데도 밤과 잠이 우리를 괴롭히니, 그건 꿈 중에서도 가장 강력한 꿈이 곧 의심이고 두려움은 그걸 재촉하는 채찍인 터예요. 질투에 타는 가슴이 가장 좋고 흡족한 사랑을 알지요, 다른 이의 침대 말이에요. 그 침대에서 우리 연적은 우리 연인의 불완전한 부분들을 채워 완성하는 법. 그 겨룸에 뛰어들겠다며 상상이 또 달음박질하니, 눈에 뵈지 않는 그 경기의 법칙이 어찌 표현되건 상상은 아무런 제지도 받지 않죠.

써먹지도 않을 지혜를 얻고자 동방으로 시선을 돌리듯, 끝내 찾지 못할 비밀을 알고자 잠든 이를 보는 게 우리예요. 그러면 밤은, 저 가공할 밤은 어떻느냐? 어둠은 당신 연인이 제 심장을 홰에 오른 닭인 양 쟁여두는 벽장이요 그와 그대의 영혼에 맞서 까악거리는 밤의 날짐승이니, 이 새란 제 배알서 뽑은 분비물, 그 끔찍한 이간질의 산물을 당신과 그의 사이에 투두둑 떨어뜨리기 마련이거든. 당신이 뚝뚝 흘리는 눈물이 곧 녀석의 북받쳐 뛰는 맥박인걸. 밤의 사람들은 저희들 가운데 누구 하나 죽어도 그를 묻는 법이 없고, 대신 그대 목을 향해, 저희 사랑의 대상이자 갓 잠에서 깨어난 당신에게, 그를, 겉겨가 벗겨진 낟알처럼 어느새 제 모든 동작을 앗긴 그를 내던지지요. 그러면 그 순간부터 그대가 가는 곳마다 그 또한 함께 가니, 그렇게 이제 그대 둘은, 당신의 산 몸과 그의 죽은 몸, 죽었으나 죽지 않은 몸은 동행할 터—저 낮 나절로, 삶으로, 서러움으로, 두 사람이 썩어 까마귀밥이 될 때까지 말입니다.

기다려요! 밤 중의 밤에 대해 이제 이야기할 참이니까 — 당신이 알고 싶은 것도 이게 아니겠어요— 암만 거창한 일반론인들 한 가닥 특수성은 지니기 마련이니까—이런 생각, 해봤어요? 가치란 건 종류 불문하고 높은 값을 호가하지요, 그 자체로 곧 거리 두기인 까닭에요. 우린 우리의 죄의식을 씻어내지만, 그 가심질이 과연 무엇을 보장해주던가요? 죄죠, 단단하고 빤뜩거리는 죄. 라틴인은 무엇으로 몸을 씻죠? 먼지예요. 우리는 글의 표면적 의미만을 따르는 오류를 범해왔어요. 우리는 물로 몸을 씻어왔고, 고로 지나치게 여실히 우리 허물을 상기하게 되죠. 유럽인은 침대에서 일어날 때 이미 균형을 잡아주는 난잡함 한가운데서 몸을 일으켜요. 제 온갖 행실을 한 겹씩 역추적하는 것이 그래서 가능하고, 그렇게 마지막 잎까지 들추어 스멀스멀 기어가는 순한 민달팽이 친구를 찾고야 맙니다. 그러니 유럽인의 침구란 〈레코드 파리〉의 지면과 동일한 인쇄기에서 찍혀 나온다고 보면 돼요. 앞뒤 구분할 것 없이 양면에서 삶이 그에게 어떤 고역을 안겨주었는지를 읽어낼 수 있지요—조간이든 석간이든 '판매'를 위해서는 필수로 갖춰야 할 재치가 그로부터 강렬한 체취처럼 풍겨나오거든요.

하여 인종 각각이 저마다의 씨름판을 펼치니! 개중에는 그 짐승을 끝내 잠의 반대편에 내사리고 마는 이도 있는데, 이때 배설과 선혈과 꽃의 악취가 풍기니, 이야말로 저희 뒤척임이 빚은 세 가지 방향유 아니겠습니까! 인간은 한 손으로 제 역사를 만들고 다른 한 손으로는 그 역사를 '떠받드는' 법이죠.

아이고, 이 장광설에 나부터 지치네요. 프랑스인들은 너절하고 지혜로운 반면에, 미국인은 술기운에 그를 흉내내려 들죠. 미국인에겐 술이 자신에 대한 유일한 단서거든. 하여 꼼꼼한 비누질로 제 정체조차 못 알아볼 정도로 몸이 말끔해졌다 싶거든 그제서야 술을 들이키죠. 앵글로색슨인은 글을 액면 그대로 받아들이는 오류를 범한 거예요. 제 지면을 말끔히 씻어버린 거지. 그러니 낮에는 불행이 그를 녹이고 밤에는 잠이 그를 녹일 수밖에요. 평일 나절에 일념한 나머지 그가 취하는 수면의 성질이 아예 불용성으로 변한 겁니다."

이 말에 노라는 몸을 일으켰으나 다시 자리에 앉았다. "선생님은 그럼 어떻게 견디는데요?" 그가 따지듯 물었다. "애초 어떻게 살아요? 선생의 이 깨달음이 진실일뿐더러 대가이기도 하다면요?"

"호, 밤길 나선 쭈그렁 할망구 가시 끝에서 훌쩍이니, 굵은 곡식이랴 옥수수에 깜부기랴." 의사가 말했다. "내 이 노래와 노래 솜씨는 너그러이 봐줘요. 전쟁통에 왼쪽 콩팥을 프랑스에 내주기 전까지만 해도 그나마 들어줄 만한 목소리였건만—그리도 난폭히 앗긴 걸 저주하느라고 그뒤로 술에 절어 세상을 반 바퀴는 돌아야 하지 않았겠어요. 다시 그리하라거든, 프랑스가 훌륭하고 좋은 나라인 건 알지만, 그때는 군대 뒤에 숨어 서성대는 처자가 되거나 저 산사람들이랑 숨고 말겠어요. 그렇게라도 내가 아는 바를 조금이라도 챙겨두어야지, 나중에 되찾을 수 있을 때까지. 막 얘기할 참이니 있어봐요. 미제리코르디아, 오 자비여, 나야말로 이에 대해 이야기할 처자 아니겠어요? 우린 천성에 따라 각기 제'집'을 찾아가죠—그리고 천성이란 그게 어느 쪽으로 기울건 우리가 각기 견뎌야 하는 것인데—나로 말할 것 같으면 조물주가 날 빚어내기를 소변소라는 저 포구를 집으로 삼도록 빚으셨어요. 설사 내가 이미 부름받은 바 있대도, 더욱이 이게 내 마지막이자 가장 기이한 호출이래도, 그게 어디 내 탓이겠어요? 과거 어느 생애에 난 어쩌면 마르세유 항구에서 뱃사람과 놀아나던 소녀였는지도 모르겠는데, 어쩌면 그 기억이 여태 남아 날 홀리는지도 모르죠. 현자들은 말하길, 잃어버린 시간을 기억하는 것만이 우리가 유일하게 미래로 여길 수 있는 것이라 하니, 이번 생에 내가 나 아닌 모양으로 태어났다고 해서 그게 어찌 내 탓이겠어요? 소프라노 고음에 엉덩이에는 곱슬 털 풍성하고 임금 앞에 놓이던 주전자만큼이나 너른 자궁과 고기잡이 쌍돛배에 달린 뱃머리 대만큼이나 높이 쳐들린 젖가슴을 타고나고 싶었던 난데? 그런들 나한테 돌아온 건 애늙은이 궁뎅이에나 견줄 이 낯짝뿐이니—과연 이를 행복이라 할 수 있을까요?

여호와여, 만군의 주여, 엘로힘이여, 엘로이, 헬리온, 요데바, 엘 샤다이여! 우리가 각자의 방식으로 죽기를 신께서 부디 허락하시기를! 나는 내 남자를, 내 임을 찾으러 저 피수아르를, 공중 소변소를 아주 자연스레 부랑하죠, 하일랜드의 메리가 디Dee강 기슭에서 제 소들을 찾듯이요—그뿐인가, 지옥의 요령들에 맹세코, 제 여자를 찾아 나선 처자도 같은 충동에 이끌리는 걸 내 눈으로 보기도 했다마는, 그건 차차 다시 언급하기로 하고! 나도 다른 사람의 구할과 같이 입방정으로 내 운명을 내준 건 사실이네요—어디서 뭘 하고 있건, 결국 내 소망 중의 소망, 내 가슴 가장 깊은 곳의 소원은 자녀와 뜨개질에 대한 열망뿐인데. 아니, 고작 기도 올린 게 있다면 선한 사내 하나 만나 감자나 삶아내고 달력의 아홉 달마다 그이 애를 뽑아내는 것밖에 더 있다고. 그런 내가 한뎃뒷간을 유일한 화롯가 삼아 들락거려야만 하는 게, 그게 어디 내 탓인가요? 목도리도 장갑도 내 배니브룩 우산도, 걸어놓을 자리라곤 기껏 눈높이인 양철판뿐이라 마스카라마저 내빼듯 흘러내리지 않도록 어느 때고 용기와 배짱을 내야 하는 게? 그리고 또 그 둥근 쾌락의 뒷간들을 놓고, 내가 옥신각신 입씨름에 휘말리지 않았을 것 같아요? 밤이 한참 내린 시각에 마침 그 옆을 지나다가 소변소들에 눈길이라도 준 적, 당신 있나요? 한 줄로 에둘린 갓돌과 그 밑으로 발들이 백 개쯤 뻗어 있는 모습에? 그 모습을 보고 그게 무얼 닮았는지, 무얼 연상시키는지 생각해봤어요? 지네죠, 지네. 고개 숙여 그 틈에서 발을 한 쌍 골라봐요, 열에 하나는 날개 한쪽이 성치 않은 새이거나 의족 달린 늙은 오리이거나, 그도 아니면 슬픔에 몇 년은 절인 것이 걸리질 않나. 그래, 무얼 다투었느냐? 긴 식탁에 여럿이 둘러앉아 밤이 기울도록 목청 높여, 어느 어느 구역이 다른 어느 구역에 비해 어떤 면에서 나으며 또 어느 뒷간이 어떤 까닭으로 다른 뒷간을 능가하는지를 두고 겨룬 적이 한두 번이 아니에요. 그런데 내 말에 동조하는 이가 있었을 것 같아요? 개중 생각이 일치하는 사람이 하나라도 있었을 것 같아요? 서로 의견이 어찌나 분분하던지, 정부를 새로 선출하는 자리였대도 그리 치열한 각축을 벌이진 않았을 거예요. 제드가 북이라 하면 조드는 남이라 하고, 그 사이에 앉은 나는 정신줄을 놓을 지경이니, 그도 그럴 것이 난 의사에 수집가에 라틴어 구사자요, 이를테면 황혼기의 큰 박쥐라고도 할 수 있고, 또 바른 얼굴에 눈코입이 잘못 달렸다 한들 일절 당황하는 일이 없는 관상가 아니더랍니까. 그래서 내가, 포구 중에서도 으뜸은 역시나 플라스 드라 바스티유에 있는 소변소라고 말했지요. 그랬더니만 수백 개 목소리가 달려들어 날 갈갈이 찢어발기지 않았겠어요—것도 각기 다른 아롱디스망에 구역별 진을 치고는 아우성들이기에, 난 참다못해 구두 모양을 한 집에 살았다는 착한 아낙처럼 손뼉을 치며 조용히 하라고 악을 썼죠. 그러고는 요술 삼아 포르미다블*로 식탁을 내리치며 이렇게 외쳤어요. '이중에 대기와 해수면에 대해 아는 사람 있습니까? 글쎄, 해수면과 기압과 지세의 차이가 세상을 만들고도 남는다고요!' '차이'라고 말하는 대목에서는 목소리가 갈라져 성스럽게 날아올랐답니다. 난 또 말했어요. '어느 구역서 온 물건인지, 심지어 아롱디스망 단위까지 구분이 가능할 정도로 각각의 출신지가 한눈에 간파된다는 것을 모른다면, 당신들은 특정한 사냥감을 낚으러 나가기는커녕 닥치는 대로 잡을 심산일 뿐임이 분명하니, 그런 작자들과라면 난 손 털겠어요! 물 탄 얼간이들과는 진중한 일을 아예 논하지 않는 게 내 신조거든!' 그런 뒤 한 잔 더 주문하고 턱을 당당히 내민 채 자리를 지켰죠. '하지만,' 한 사내가 말하더군요. '그야 얼굴을 봐야 알 수 있는 법이잖아요.' '얼굴이라고!' 내가 외쳤어요. '얼굴은 얼간이들이나 밝히지! 얼굴로 낚았다가는 골치 아픈 일에나 말려들고, 게다가 바다에라면 널린 게 물고기인걸. 얼굴은 낚시꾼이 한낮에나 길어올리는 거고, 바다는 밤이라니까!'"

노라는 몸을 돌렸다. "난 어쩌면 좋죠?"

"아, 막대한 불확실이여!" 의사가 말했다. "밤에 닫혔다가 다시 열린 그 수많은 문들을 생각해본 적 있나요? 당신같이 등불 들고 이곳저곳 눈으로 뒤적거리고, 잰걸음으로 뛰어다녀본 여자들은요? 그네들은 생쥐떼처럼 이리 갔다 저리 갔다, 서둘다 말았다, 문 뒤에서 주춤대다

* '무시무시한' '어마어마한' 등을 뜻하는 프랑스어. 오코너는 이를 명사로 사용하는데 그 뜻하는 바가 명확하지 않다.

가 계단을 찾아나서다가 하는데, 어찌한들 하나같이 어느 구석엔가, 혹은 소파 틈새나 바닥 어딘가, 또는 찬장 뒤에 흘린 제 생쥐고기에 다가가거나 그로부터 멀어져갈 따름이죠. 그렇다면 크고 작은 창문들, 사랑과 두려움이 빛 발하며, 또 눈물 흘리며 내다본 창들은요? 그 창들을 가장자리 맞대어 늘어놓을 수 있다면 세상을 한 바퀴 돌고도 남을 거대한 여닫이창 하나를 이룰 테고, 또 그 천 개의 눈알을 하나로 수렴하거든 심장의 저 거대하되 눈먼 탐조등으로 밤을 구석구석 훑는 것이 가능할 테죠."

눈물이 노라의 얼굴을 적시기 시작했다.

"게다가 난 소위 소돔인에 대해서라면 훤하지 않겠어요?" 의사가 구슬프게 말을 이었다. "그네들을 사랑할 때 심장이 으레 어떤 장애물에 부딪히는지, 더욱이 그네들 중 하나를 사랑하는 이가 여자인 경우에는 말이에요. 그러면 무엇을 발견하기 마련이냐, 이 연인이라는 자가 애초 존재할 수 없는 자라는 사실을, 그들 사랑의 대상이 애초 용서 못할 오류를 저질렀음을 깨닫게 되지요—하여 모조품에 불과한 한낱 인형을 품에 부둥켜안은 채 그들은 내려옵니다. 다시 말해 하느님의 막판 승부, 이름하여 섀도복싱인데, 그로써 심장은 살해되어 저 가만하고 고요한 자리로 쓸리니, 그 자리에 우두커니 앉아 심장은 말하죠—'한때를 살았으니 이제 나 쉴 수 있겠네.'

뭐, 이건 이야기의 일부에 불과해요." 노라의 눈물을 멈추게 해주려고 의사는 말을 이었다. "그리고 보통의 사내라면 어둠 속에서는 누구나 다 똑같기 마련으로 검든 희든 구분이 없다고 할 테지만, 나로 말하자면 그들을 구분하는 게 가능할뿐더러, 한 사람 한 사람이 어디서 왔으며 어느 구역을 단골로 삼는지를 그네들의 크기와 탁월한 정도로 가늠할 수 있다고 봐요—특히 바스티유에서는(이에 대해선 내 말을 믿어도 좋은데) 식탁에 늘어놓은 모르타델라 소시지만큼이나 두리두리하게 잘생긴 본들을 볼 수 있죠.

미식가란 이는 예컨대 제 앞에 놓인 생선이 어느 물에서 낚여 왔는지 알고, 포도주는 어느 지방에서 왔으며 어느 해에 축성해 마땅한지 아는데다, 트러플을 종류별로 구별할 줄도 알아서 이것이 브르타뉴 종자인지 북쪽에서 내려온 건지 선뜻 말할 수 있는 마당에, 여기 모인 당신네 신사들은 지금 산지가 하등 중요치 않다고 말하고 앉았으니—나를 제외하곤 제대로 아는 이가 진정 한 사람도 없단 말이에요? 그리하여 내가, 설마하니 저 조심스러운 작가들처럼, 내 독자들이 지을 결론에 대비해 나 자신을 방어해야 한다는 말입니까?

나는 이미 두 눈을 감은 채, 밤이라는 덧문마저 그 위로 여미어 닫고서 손을 내뻗지 않았던가요? 물론 처자들이라도 마찬가지예요." 그가 계속해서 말했다. "낮을 밤으로 바꾸는 이들도, 청년들도, 약에 중독된 자와 주색에 곯은 탕자도, 그리고 개중에서도 가장 애가 타는, 두려움과 시름으로 꼬박 지새우며 밤을 내다보는 연인도 그렇고요. 이들은 다시는 낮의 삶을 살지 못하지요. 이런 이들 중 하나를 한낮에 마주치면, 색도 소리도 모두 죽어버린 모종의 암암한 기운을 자기 보호의 기운인 양 발산하는 걸 느낄 수 있어요. 빛이 더는 어울리지 않게 된 겁니다. 그리고 어디에도 기록되지 않은 이의 인상을 띠기 시작하죠. 보이지 않는 적수의 연이은 타격으로 시험에 들기라도 한 듯요. 하여 이들은 '마지못한' 인상을 띠게 되죠 — 아무런 보상 없이 나이만 들어서는, 천국의 회전 철문에 걸터앉아 '할렐루야! 내가 찔렸구나! 스콜! 스콜!* 이제 죽는구나!' 하고 탄식하는 저 검게 차려입은 홀아비새**처럼요.

그게 아니면 바닥을 오가며 손을 쥐어짜거나, 아예 바닥에 얼굴을 파묻고 누워버리거나요. 고뇌에 잠긴 몸이란 납작해져 바닥과 하나되고픈 걷잡을 수 없는 갈망에 사로잡히기 마련이니까요. 매장된 몸보다도 더 낮은 깊이로 잦아들어 스스로를 망각하고자, 말끔히 지워지고 삭제되어 제 얼룩 하나라도 나뭇결 위에 깃들어 무지근한 통증으로 뛰는 일이 없도록, 또는 표적일랑 아예 없는 영의 상태로 홱 되잡아채이도록요—과녁을 뚫고 그대로 뒤로 물리고 물려, 얼룩 하나 남긴 그 자리의 흔적까지 도로 거두어가고자—"

"맞아요!" 노라가 말했다.

"밤에 공중화장실을 찾는 처자들을 찾아 나서봐요, 그 위대하고 비밀한 고해소에서 무릎 꿇은 채, 혀의 놀림 사이사이, 이러한 끔찍한 파문의 말을 울부짖는 모습을 볼 수 있을 거예요.

'지옥에 가 처박혀라! 선 채로 죽어라! 위를 향해 저주받아라! 더불어 이 자리도, 이 저주로운 참담한 얼룩의 자리 또한 저주받기를! 하여 네 그것이 죽은 이의 미소로 말라비틀어지기를, 저 밑동으로 내몰린 네 그 입이 사타구니의 속 빈 으르렁거림 속에 뒤로 물리기를! 이로써 네가 고통을 알고 이로써 네가 저주받기를! 하느님께서 나를 너에 앞

---

* 북유럽신화에 나오는 태양 전차를 쫓아 황혼을 재촉하는 늑대 '스콜(sköll)'을 뜻하는 듯하다.

** 천인조를 뜻한다. 천인조는 '과부새(widow bird)'로도 불리는데 작가는 이를 '홀아비새(widower bird)'라 표현했다. 수컷 천인조는 번식기에 생식깃이 나면서 깃털이 흑색으로 변하고 20센티미터에 달하는 긴 꼬리가 생긴다.

서 저주하셨고, 나에 이어서 네가 저주받을 것이니, 우리가 종적을 감출 때까지 너 무릎 꿇은 채, 설 대로 선 채 버텨야 하리라! 그도 그럴 것이 너 따위 사내의 고기가 나에 대해 뭘 안단 말이냐? 나는 네발로 기는 천사요, 뒤로 어린아이의 두 발을 내민 채 한 번도 빗어진 바 없는 내 동족을 찾지 않더냐. 얼굴을 앞세워 포복하며 입으로 핥고, 저주받은 이들의 물웅덩이에서 밤의 물로 목을 축이며, 마침내 그 물속으로 들어가지 않더냐, 심장이 다 잠기도록, 그 끔찍한 수심으로! 네가 나에 대해 뭘 안다고? 네가 나로부터 멀어지기를, 유명을 달리하기를, 너 저주받은 소녀여! 저주롭고 배반하는 너!'

저주도 그런 저주가 없지요." 의사가 말했다. "실제로 들었답니다."

"아아!" 노라가 신음했다. "그만해요—그만!"

"하지만," 의사는 말을 이었다. "이것으로 밤을 다 다뤘다고 생각한다면 그런 망령이 없게요! 신랑, 삽을 가져오게! 내가 어디 황금 입을 가진 성 존 크리소스톰*, 반대편 뺨을 돌리라 했던 저 그리스인이게요? 아니, 나는 돌풍의 와중에 터져나오는 방귀요, 소똥 밑에 숨은 겸허한 제비꽃인걸요. 그렇지만," 그가 애석히 덧붙였다. "우리 안의 악한 기운마저도 언젠가는 끝을 보는바, 오류로 말미암아 우리 중 누군가 설사 불멸을 누리게 되는 수는 있어도—일례로 〈파르시팔〉**을 보러 와서는 객석에 줄곧 잠자코 앉아 있다가, 백조가 목숨을 다하는 장면에 이

* 성 요하네스 크리소스토무스. 그리스교회의 교부였으며 뛰어난 웅변가로 알려져 사후에 '황금 입'을 뜻하는 그리스어 '크리소스토무스'로 불리기 시작했다.

** 성배전설에 기초한 바그너의 마지막 오페라. 제1막에서 '순박한 바보' 파르시팔이 활로 야생 백조를 쏘아죽이고 만다.

르러 느닷없이 '에구머니나, 성배를 쏴버리다니!' 하고 내질러 전설의 주인공이 된 여자도 있지요—하지만 우리 모두가 그 정도로까지 선량할 수는 없는 노릇이니까요. 누구나 말년에 접어들면서부터는 부실함을 낙낙히 비축하게 되는 법이랍니다, 어린 노라여, 젊을 적의 열정, 지난 세월 동안 굳게 다져왔던 그 열정을 다 잊고도 남을 정도로요. 그것도 한번 곰곰 생각해봐요. 나로 말하면, 밤이 저물 때 내 손으로 이 불 안에 직접 몸을 눕히고 내가 나 자신의 돌팔이인 것에 흡족해해요. 그래요, 나는, 이 '킬라니의 백합'*은, 나 스스로를 위해 새로이 노래를 쓰고 있지요, 눈물과 질투와 시샘으로. 왜냐면 그분께서 존**을 가장 아꼈다는 내용을 읽었거든! 그 자리를 내가 차지했어야 하는데, 이 사제왕 매슈***가! 노래 제목은 '어머니, 물레는 집어넣으세요, 오늘밤은 나도 돌릴 힘이 없으니'라고 하죠. 또다른 이름으로는 '내가 가라사대, 세상 모든 사람은 암캐 자식의 한 부류라네'라고 하고, 오카리나 두 대와 콘서티나 한 대의 반주에 맞춰 부르도록 작곡됐다만, 세상에 듣는 이 하나 없거든 유대인의 하프라고도 부르는 구금口琴으로 반주한들 누가 말리겠어요! 나는 다만 두 눈 크게 뜬 어린아이에 불과한 것을!"

"매슈." 노라가 말했다. "로빈은 앞으로 어떻게 될까요? 내가 알고 싶은 건 그거예요."

"우리 친구들에게야 매일같이 죽는 우리지만, 정작 우리 각각에게

* 독일 태생 영국 작곡가 율리우스 베네딕트 경의 동명의 오페라. 여기서는 오코너가 자신의 젠더퀴어 정체성을 이르는 여러 창의적인 표현 중 하나로 쓰였다.

** 사도 요한.

*** 동방 이교도의 땅에 기독교 왕국을 건설했다는 전설의 인물인 '프레스터 존', 즉 '사제왕 요한'에 빗대어 쓴 표현.

죽음은 끝에 가서야 찾아오지 않던가요." 그가 대답했다. "우리는 죽음을 모르고, 죽음이 우리 가장 주된 생명의 기운을, 그 기력을 얼마나 자주 시험했는지 알지 못하지요. 우리가 응접실에 앉아 있는 동안 식료품 저장실을 기웃거리는 게 죽음이에요. 몽테뉴가 말하길 '한 사람을 죽이려면 맑고 환히 비추는 불빛이 필요하다'*고 했는데, 다만 이건 다른 사람을 향한 양심에 대한 얘기였지요. 그렇다면 우리 자신의 죽음은 어떠한가—우리가 밤을 책망하는 것을 허락하지요, 그 안에서 우리는 수천 번을 수천 가지 방법으로 홀로 죽고 마니. 존 던은 그랬죠. '우리 모두는 밭고 비좁은 감옥에서 잉태되오니, 우리 모두는 우리 어머니의 자궁 안에 밭게 붙들린 죄수일지어다. 그리하여 세상에 태어날 적에 우리는 집이라는 자유 속으로 태어날 따름이요, 우리의 온 생애란 다만 처형과 죽음의 자리로 이동해나가는 것일지어다. 그런데 뉴게이트 감옥과 타이번 교수대를 잇는 길 도중에 짐수레에 올라 잠자는 이를 목격했다는 경우가 언제고 있었던가? 철창에서 형장으로 향하는 동안 잠에 취하는 이가 어디 있겠는가?' 그럼에도 던은 '인간은 그 길 내내 잠에 취한다'라고 말해요. 그러니 어둠에 말 타듯 올라탄 이에게는 밭은 잠이 얼마나 더 빽빽하게 다붙겠어요."

"그건 그렇지만—" 노라가 말했다.

"잠깐 기다려봐요! 이게 다 하나의 특정한 밤에 대해 말하느라고 이

---

* 몽테뉴의 『수상록』 3권 5장 「베르길리우스의 운문 몇 작품에 대하여」. 반스가 선호한 존 플로리오 번역본의 해당 구절은 다음과 같다. "사람이 세상에 나오는 모습은 누구도 보려 들지 않건만, 그의 죽는 모습을 보기 위해서는 발길을 재촉하지 않는 자가 없다. 그의 목숨을 앗고자 우리는 너른 들판과 충만한 빛을 찾는다."

리도 오래 에둘러가는 거니까." 의사가 말했다. "나뭇가지 고꾸라지듯 낙하하는 밤—당신이 알고 싶어하는 바로 그 밤 말이에요. 나는 사람 낚는 고기잡이요, 물이 있는 곳이라면 내 절름발이 녀석은 뭐라도 하나 건지겠다고 살테렐로 춤을 폴짝대지요. 나한테도 서사는 있어요. 다만 당신이 그 타래를 찾기까지 애 좀 먹기는 할 테지요.

서러움이 갈빗대를 켜 연주하니 사람 손으로 섣불리 건드려서는 안 되는 게, 직바로 가는 길이란 없거든요. 우리가 대칭이라 이르는 것, 대칭된 모든 것은 그 태동기에 어긋난 의도를 자양분 삼는데요, 바로 여기서 그 고유의 아름다운 불행이 기인하지요—그리고 이리하여 마침내 이야기가 제니에게 미치게 되니—오 주여, 어째서 여자들이란 자고새*의 피를 타고나서는 소란을 피우지 않고는 못 배기는 것이냐, 이 말입니다. 제니로 말하자면 제가 털갈이하는 부위들, 그 부위들로 인해서만이 다른 이들과 구별되는데, 이건 그가 방랑객의 궁둥짝을 지닌 기독교인이기에 그래요. 그가 짓는 미소는 자기 학대를 일삼는 이의 너른 미소로, 어느 한 부위에 집중된 국부적인 소요로부터 방사되어 나와 그 형태 그대로 얼굴에 도달하니, 곧 제니가 '도둑'의 화신임을 말해주지요. 다른 이들의 소유물을 그리도 탐하지만, 막상 제 손에 들어오게 되면 그 물건은 종류 불문하고 애초의 가치를 잃고 마니, 주인된 자의 평가가 곧 그 가치가 되는 까닭이죠. 그렇기에 로빈 또한 당신으로부터 빼앗아간 거고요."

---

* 꿩과의 새로, 알을 많이 품으며 특히 다른 새의 알을 훔쳐 품는 습성이 있는 것으로 알려져 있다. 성경에서는 불의한 방법으로 재산을 모은 자를 자고새에 비유했다(「예레미야」 17: 11).

"제니는 어떤 사람이에요?" 노라가 물었다.

"그게 말이죠," 의사가 말했다. "난 이 지구상의 얼굴들을 통틀어 나만큼 우스꽝스레 생긴 피조물도 없다고 늘 생각해왔거든요. 그러다가 제니를 보게 됐죠—작은 키에, 허둥대는 광대의 지팡이 장식에서나 볼 법한 파삭하게 삭은 익살꾼 얼굴에, 풍기는 냄새는 생쥐 둥지를 연상케 하지요. 한마디로 제니는 '약탈자'예요, 그러니 영영 불안에 붙들려 살밖에. 내가 장담하는데, 분명 자면서도 발을 씰룩거리고, 몸의 갖은 구멍들은 의심에 찬 홍채처럼 팽창하고 수축할걸요. 제니는 자신이 사람들에게 두었던 '신뢰'를 그들이 앗아갔다고 떠드는데, 신뢰란 게 이리저리 떠옮겨지거나 이동될 수 있는 물건이라도 되는 양 말이지—워낙에 평생을 '이운된' 느낌에 시달려온 사람이거든요. 제니가 군인이었다면 패배란 '적군이 전쟁을 가로채가는 것'이라고 정의하고도 남았을걸요. 자기에게 결핍이, 어딘가 축난 면이 있다고 믿기에 운명을 그러모으고자 각오를 다지는데—자기가 유일한 운명으로 치는 것이 사랑이다보니 그 누구의 사랑도 제 차지로 여기는 거예요. 고로 다른 이가 사랑하는 이만이 저 자신의 사랑으로 통해요. 수탉이 울자 데구루루 굴러나온 것이 곧 제니란 인물이고—그의 현재란 언제나 타인의 과거, 타인에게서 낚아채여 대롱거리는 과거라는 말이죠.

그래도 막상 제가 훔친 것을 간수할 줄은 또 알아서 완숙한 기운과 속 곪은 부패라는, 상대할 자 없는 미혹으로 사람을 매료하죠. 제니는 아직 끝나지 않은 사고에 맞먹는 힘을 지녔어요. 고로 주위 사람들로 하여금 머잖아 닥칠 그 나머지를 기다리게 만들죠, 온전히 종지부를 찍을 마지막 불순물을 기다리듯요. 죽음의 문전에서 태어난 사람이건만 불행히도 나이가 들어서도 젊음에 이를 가망은 없으니—이야말로 자연이 범한 심각한 실수라 볼 수밖에요. 노년으로 태어나 어린이로 늙어가는 것이 섭리였다면야 훨씬 뒤끝이 없었을 텐데, 그렇게 마침내 가로 내몰렸다면, 다만 무덤이 아닌 자궁의 가장자리로 말예요. 우리 나이에 기어들어갈 자궁을 찾는 유아로 키워진다고 생각해봐요. 죽음의 얼얼한 먼지 속을 꺼림칙이 거닐도록 강제당하는 대신 이슬 녹녹한 길을 교태스레 찾아갈 수 있다고. 그리하여 하루가 끝날 무렵 우리들이 각각 제 굴로 향하는 광경이라니, 얼마나 재밌겠어요, 공포에 질려 얼굴을 움츠리며 감히 그에 말려들까 길에 발 내디딜 엄두도 못 내는 여자들하며.

자, 서서히 그 특수한 하룻밤에, 그 서사에 근접해가는 중이에요, 여타의 모든 밤들을 어지간히 버젓해 보이게 만드는 밤 얘기로요—그리고 딱 그러한 밤이었다죠, 제니 페더브리지가—혹시나 그 이름이 궁금했다면요—" 의사가 씩 웃어 보였다. "그 밤에 제니가 숭숭한 레이스 장갑을 끼고 판탈롱 자락을 내비치며(이야 물론 제니 뒤로 무려 삼대를 거슬러올라간 어머니들 시절에 이미 유행이 지난 옷차림이죠) 어깨에는 스페인산 통찰력과 마드리드산 공상으로 짠 숄을 두르고(엄밀히 말하면 그러한 시대 의상을 차려입고 나온 건 나중의 일이었다만, 알 게 뭐예요?) 그 초가을에 오페라극장으로 나들이를 나왔으니—아마도, 아니, 난 잘못 짚는 적이 없으니, 그날 밤 공연된 건 틀림없이 〈리골레토〉 정도였어요—극장의 값싼 갤러리석을 누비며 제니는 화를 자초하려고 눈을 이리 돌리고 저리 돌렸는데, 물론 나중에 가서도 제 입으로야 자기는 그런 걸 바란 적도 알고 싶어한 적도 없다고 맹세했지마는, 아무튼 그렇게 해서 박스석에서 몸을 한껏 내밀고 있던 로빈에게 시선이 가닿지 않았겠어요. 그리고 나로 말하자면 그 옆을 서성거리며 코메디 프랑세즈에 걸맞을 극적인 프랑스어로 혼잣말을 중얼거리고 있었으니, 그게 다 한 세대에 걸쳐 화를 부를 일이 닥칠 걸 알았기에 어떻게든 모면해보려고 그런 것이고, 동시에 슈만의 연가곡을 들으러 온 거였더라면 하는 간절한 마음을 떨칠 수가 없었는데, 그때 마침 그 덴마크 백작이라는 암퇘지가 치맛자락 펄럭이며 들어서지 않겠어요— 제아무리 거물 행세하며 거드럭거려봤자 실은 궁핍하다못해 오줌 지릴 요강 하나 없지, 그 물을 내던질 창조차 없는 온 가련한 만물들을 생각하면 내 이 가슴이 다 미어질 정도라니까요. 아무튼, 난 생각에 잠겼어요. 그리고 왠지는 몰라도 하필 세상의 폐쇄된 정원들을 떠올렸는데, 그런 곳에서라면 너 나 할 것 없이 그 비좁음과 아름다움 덕택으로 누구나 제 생각을 높이높이 떨칠 수 있기 마련이잖아요. 그러고서 나는 또 저 드넓은 평야들을 떠올렸어요. 평야에서는 심장이 널리널리 뻗어나가듯 얇게 펴 발라져서 제 저속함을 엷게 희석하는 게 가능하지요(이게 내가 푸성귀를 챙겨 먹는 이유기도 해요). 여기까지 생각이 미치자 우리 모두 당장 손에 쥔 꽃들을 던져넣을 데가 기필코 있어야겠다 싶더군요. 예컨대 나만 해도 한창때 평판이 좋아 호접란이 담긴 바구니까지 받을 정도였는데, 그때 그 꽃바구니를 간직할 생각이나 했을 것 같아요? 조급해하지 말아요, 요지로 돌아올 참이니까. 생각은 무슨, 그저 그 옆에 잠깐 앉아 차나 한잔하고, 기껏해야 속으로 '곱기도 참 곱구나, 너희 덕에 내 찬장이 체면을 차렸어, 하지만 너희에겐 더 좋은 곳이 기다리고 있으니—'라고 중얼거리다가 녀석들을 손에 쥐고 가톨릭 성당으로 데려갔을 뿐. 그러고는 '신은 우리가 지어내기 나름이고, 더욱이 삶이 좀처럼 나아질 기미를 안 보인단 말이지.' 이 말만 남기고 까치발로 성당을 나왔죠.

하여간 그래서 세 바퀴째 갤러리석을 돌다가 문득, 힌두교도건 아니건, 내가 이 세상이 어디가 어떻게 잘못됐는지 간파했음을 깨달았어요—이 세상은 저기 저 애간장을 태우는 빈대 제니와 하등 다를 게 없다고 난 중얼거렸답니다. 제 장갑을 어느 끝에 갖다 끼워야 좋을지를 몰라 늘 안절부절에, 오리무중 여기저기 쪼아대며 다니는 떼까마귀가 따로 없는데, 그러다 마침 이 특정의 밤에 힘입어 발판을 딛듯 만찬 자리에 올라앉게 되었고(그리고 여태껏 어안이 벙벙한 채로 거기 앉아 있지요), 그에 잠자는 로빈, 심란한 로빈은 놀라움 가득한 얼굴을 지어 보인 거예요. 이걸 나 같은 소년이 감당하기에는(난 이 세상에 남은 마지막 여자이기도 하지만요, 비록 수염난 여자래도) 아무래도 힘이 부친다 싶어서, 그 꼴을 보다가 한편으론 노라 당신을 생각하며, 그리고 또 결국 세 사람이 맞물릴 대로 맞물려 결딴날 일을 생각하며 아주 우울함에 거품을 물 지경이었어요. 그 왜, 뿔이 한데 뒤엉켜 목숨을 다한 채 발견되는 가련한 짐승들처럼요. 그렇게 얽힌 짐승들은 원치도 않았던 서로에 대한 이해와 정보로 머리가 비대해지기 마련이죠. 얼굴 맞대고 눈과 눈을 마주한 채로 죽음이 닥치는 순간까지 서로를 생각하는 수밖에는 없으니까. 그런데 그게 당신과 제니와 로빈이 맞을 운명이라니까. 슬하에 자녀만 천 명은 두었어야 할 당신, 그리고 그 자녀들 모두가 되고도 남았을 로빈과 사랑이 흘린 조분에서 귀리를 채려 드는 새, 제니—그 생각에 어찌나 돌아버리겠던지, 나란 사람이 그래요. 언젠가 내 시신을 부검하거든 거참 볼만할 겁니다, 배알이 온통 제멋대로 뒤틀려갔곤! 콩팥 한옆에는 로마의 경주에서 내팽개쳐진 신 한 짝이 껴 있질 않나, 간 옆자리는 오래전에 기진한 속삭임이 차지했고, 쓸개 한옆은 밀라노 주둥아리들이 아주 시렁을 이루고 앉았으니요. 두 눈이 싸늘히 식은 뒤에도 통곡하고 있을 내 심장은 또 어떠하며, 뼈로 빚은 말구유인 내 늑골에 스민 첼리니* 생각도 언급 없이는 지나칠 수 없을 터, 그이가 저 자신의 이야기를 영원히 이어갈 수 없으리라는 것을 깨닫고—(뭐든 아름다움을 명목 삼으면 십상팔구 과장되기 마련이죠)—얼마나 고뇌했을지가 그리 절절히 와닿을 수 없거든요. 하물며 내 뱃속 내벽은, 내가 사정한 별별 자리마다서 오려낸 체모 타래로 속을 둘렀으니, 거웃으로 만든 그 새둥우리에 내가 잃은 알들을 내려놓고 또 날 찾아온 임자들을 누이기 위해서랍니다. 그이들이 '우리는 알지 아니한다'에서 '우리는 이유를 짐작하지 못한다'로 이어지는 저 스산한 거리를 지나 나와 누우러 오는 한은요.

여하간 그래 난 노라 그대를 생각하고 있었어요, 기껏 여자인 당신을. 여자 됨이 뭘 뜻하는지는 당신도 알 테죠? 아침나절엔 딱히 그 의미를 논하기도 무색하지만요. 워낙 통증의 굴레에 단단히 옭혔으니까. 이어서 난 분란통을 찾겠다고 눈을 굴리고 앉은 제니에게로 시선을 돌렸는데, 보아하니 마침 인생의 정점에 다다라 있더군요. 더욱이 본인도 이게 제 마지막 순간이라는 걸 자각했고요. 그런 순간이, 여자에게 얼마나 불길하고도 기묘한 시간인지 의사의 입에서 굳이 들을 필요야 없겠죠? 모든 여성이 한시에 모두 성할 수 있다면 전갈떼인 양 무리지

---

* 16세기 피렌체의 금세공인이자 조각가였던 벤베누토 첼리니. 『자서전』 집필가로 잘 알려져 있다.

어 몰아칠 수 있겠다만, 실상 무한히 일고 일어 차례를 이어 끝없이 흐드러지고, 제각각 홀로 머리부터 내밀며 가는걸요. 나 같은 부류의 남자들은 그런 면에선 좀 나은 게, 난 내 남자의 두 끝, 그러니까 머리끝과 발끝을 볼 수만 있으면 그 이상은 요구하는 바가 없거든요. 내 기력이 아무리 시들시들 쇠하고 있다 한들요. 하지만 털이 다 거스러진 불쌍한 암캐 같은 제니를 보자니—하이고, 나부터가 그 모습에 피를 다 흘리지 않았겠어요. 내 눈에 든 그 즉시 제니가 어느 부류의 여자인지 알 수 있었으니까. 지나간 세월의 옛 사진들을 뒤적이며 평생 살아온 사람이요. 제 골반이 천사들의 미끄럼틀이라도 되는 양 찬란한 표정으로 옆구리를 베고 누울 이를, 그 단 하나의 위대한 사랑을 찾고자 한다는 것을요. 운좋게도 이 사랑에 구체적인 얼굴은 주어지지 않았지만, 허리에는 여지없이 두툼한 안장이 얹히고 아랫몸은 스코틀랜드 우단 휘장에 기대었으며(그 왼쪽에는 담쟁이덩굴에 뒤덮인 대좌가 섰고요), 목구두에는 칼이 들고, 사타구니는 그 안에 제 심장을 쟁여둔 듯 부루퉁하니 불거진 채 치아를 드러내고 있을 테죠. 그게 아니면 고서들을 뒤적이며 온통 단념과 폐환 이야기로 넘쳐나고 가슴께에 꽃을 보듬은 열정을 찾거나요—그게 제니였지요. 그러니 이 여자가 쉰 살에 근접해가는 제게 차후 묘비명에 새길 업적 하나 없으며, 자기 이름을 딴 꽃이라도 후세에 남길 수 있으리라 확신할 건덕지 하나 제 과거에서 찾아볼 수가 없음을 이해하고서 어떻게 몸을 떨었을지는 당신도 충분히 상상할 수 있으리라 믿어요. 아무튼 나는 제니가 발을 내딛는 걸 봤어요. 사뿐사뿐 가벼운 발길로 앞질러나와 몸을 바르르 떨며 로빈을 바라보더군요. 그러곤 내게 '저분에게 날 좀 소개해주겠어요?' 하고 물었는데(제니와 나는 이미 안면이 있었거든요. 콩팥을 두들겨 팬 일을 일컬어 만남이라 부를 수 있다면요), 그 말에 난 무릎이 바들거리고 가슴이 애덤의 눈 밖에 난 소만큼이나 무거워졌지요. 당신은 내 친구에다 선하고 가련한 사람이니까요. 일이 어찌되건 관두게 만들겠다고 막고 나서기는커녕 타격을 받고 쓰러져서도 영원히 바닥을 길 사람이죠, 당신은. 그게 소용이 있어 보이는 한은요. 그렇게 난 '물론이죠, 망할!' 하고는 두 사람을 연결해주었어요. 로빈은 이미 쌔고 쌘 사람을 만나왔고 내가 그걸 오히려 부추기고 있다는 걸 모르는 듯요."

"맞아요." 노라가 말했다. "로빈은 모두를 만났어요."

"여하간 그래 그새 극장은 사람들이 빠지고 있었어요." 의사가 말을 이었다. "흔한 흙으로 빚어진 이들이 일제히 계단을 흘러내리며 디바에 대해 이러쿵저러쿵 이야기를 나누고 있었죠(여자를 가슴으로 축소해버리는 예술은 종류 불문하고 어딘가 잘못된 게 있다고 봐야 하지 않나요!). 여가수가 높은 L음을 어떻게 소화했는지 봤느냐고 서로 물어가면서도 제 이웃은 어떤 차림으로 왔는지 보느라고 눈꼬리를 흘기고, 또 남정네들의 뱃속 짐승이 목의 힘줄 따라 기운을 뻗치는 꼴을 기필코 보겠다고 망토를 어깨 아래로 흘리는 이들도 있었지요—정작 저희 동반자들 관자놀이에 핏줄을 세운 장본인은 어깨를 조신히 가린 나라는 건 꿈에도 모른 채로 말이에요—그러니 내가 오죽 꼿꼿한 자세로 어엿이 걸음을 옮겼겠어요—그 와중에도 내 뱃속은 아주 칠흑이었지만 말이에요. 당신을 떠올리느라 암흑에 푹 빠진 채 그 어둠에 야금야금 뜯기고 있었거든요. 그동안도 로빈은 바닥에 카나리아 깃털이 흩어진 이유를 해명하게 생긴 고양이처럼 미소를 살살 흘리고, 그 옆을 허둥대며 따라붙던 제니는 의욕이 넘친 나머지 로빈을 앞질러버리고 말았죠. 그러고는 야심 찬 탄성을 외치며 간 길을 부리나케 되돌아와서는 절절한 목소리로 '늦은 저녁이라도 들러 저희 집에 오셔야 해요' 하고 간곡히 말하더라고요.

아, 신이시여, 결국 나도 초대에 응했지 뭡니까! 위스키소다와 캐비아와 훈훈한 난롯불 앞에서 친구는 물론이요 자기 자신마저 배반하지 않을 자 어디 있던가요—여하간 이렇게 해서 그후에 다 같이 드라이브를 갔던 이야기를 할 차례가 왔군요. 오래전에 돈 안토니오가 '그래, 밤 지새워 즐겼나?' 하고 물었을 때 돌아온 대답이 있죠(클로디오의 대답이었는데). '그럼요! 웬걸, 아침나절까지 계속된걸요. 다음날 여덟 시경이 돼서야 철썩! 다들 하나같이 무릎을 흠뻑 적시더니 사방에 입맞추고, 요강에 불지르고, 제 건강을 빌며 건배를 하고는 손에 들었던 잔들을 박살낸 뒤 뿔뿔이 흩어진걸요.'* 시버가 그리 묘사했다면 나는 테일러의 말을 빌려 이렇게 덧붙이겠어요. '페리안드로스는 제 처 멜리사가 저 천상으로 이미 떠난 뒤에도 그녀와 정을 통하는 것을 자연히 여기지 않았던가.'** 이거야 밤일 중에서도 다른 부류의 것이긴 하지만, 그래도 여전히 밤일에 속하지 않던가요? 다른 곳에서 몽테뉴가 말한 바 있듯요. '잠든 때를 제외하고는 일 기미를 보이지 않는 저 청년 엔디미온에게 달의 여인이 주술을 걸어 몇 달이고 잠에서 헤어나지 않도록 하고, 그렇게 제 기쁨을 취하려 한 것은 이 여인의 달빛 기질을,

---

* 영국 극작가이자 배우인 콜리 시버의 희극 〈사랑이 사람[남자] 만드네〉의 일부.

** 페리안드로스는 코린토스의 폭군으로, 시간증(네크로필리아) 증상을 보였음에도 고대 그리스의 일곱 현인 중 한 사람으로 꼽힌다.

광기를 반증하는 것이 아니겠는가.'*

그리하여 우리는 제니가 아는 사람의 조카딸이라는 아이를 도중에 마차에 태우고는 샹젤리제를 따라 내려갔답니다. 내던진 주사위처럼 곧게 퐁뇌프를 건너 뭐 뒤 셰르슈미디로 데구루루 접어들었지요. 신께서 우리를 용서하시길! 사랑을 담은 여린 그릇, 그런 당신의 품안에서 사랑은 위태로이 찰랑거리는 법—당신이 날밤을 밝히며 로빈은 대체 어디 간 걸까 고심하며 애태우고 있었을 그 내내, 제니는 러시아의 예카테리나 2세만큼이나 나쁘고 자리에 걸맞지 않은 일을 저지르고 있었으니, 그 여제는, 부인하지 말아요, 포니아토프스키의 왕좌를 변소로 오인하지 않았답디까.** 그래서 난 불현듯, 내가 5프랑 지불하고 얻을 수 있는 것 외에는 달리 세상에 바라는 것이 없는 단순한 사람이란 사실이 새삼 그리 기쁠 수 없었어요. 제니의 집에 있는 어떤 물건도 내가 제니를 부러워하거나 시기하게 만들지 못했지요. 물론 그 집에서 책 두어 권에 눈길이 간 것도, 송아지가죽으로 장정돼 있지만 않았어도 슬쩍했으리란 것도 사실이지만—난 페트로니우스의 마음을 훔칠 손은 돼도(그 유혹은 내가 누구보다 잘 알지요) 송아지가죽이라면 절대 손대는 일이 없거든요—그 밖에는 물려받은 재산을 허비해 손에 넣은

---

* 그리스신화에서 엔디미온은 아름다운 양치기 소년으로, 달의 여신 셀레네가 잠든 그를 보고 한눈에 반해 엔디미온을 영원히 잠들게 했다고 한다.

** 폴란드의 마지막 왕 스타니스와프 포니아토프스키는 한때 예카테리나 2세의 정부였으며 이후 그녀의 지지를 받아 폴란드 왕위에 올랐다. 1772년부터 1795년 사이 예카테리나 2세는 프러시아와 오스트리아와 연합해 폴란드를 세 차례에 걸쳐 분할하기에 이르고, 이에 따라 포니아토프스키는 1795년 초엽 예카테리나의 명대로 (그리고 러시아 군대의 호송을 받아) 그로드노로 물러난 뒤 같은 해 마지막 '분할'로 폴란드가 사실상 소멸하자 퇴위했다.

온갖 그릇된 물건들이 집안 가득했는데—글쎄, 그에 비해 난 동네잔치 때 따라준 용한 운으로 벽장을 꾸민 사람 아니겠어요. 내가 사격으로 요강 한 줄을 명중시키고 회전 바퀴를 여남은 개 돌려 톡톡히 이득을 보는 동안 내 주위에서는 천 프랑을 투자하고도 손에 지푸라기밖에는 못 잡아 기껏해야 우단으로 만든 강아지 두어 마리나, 밤을 꼬박 지새운 것처럼 보이는 인형이나 타고 말지 뭡니까. 그런데 난 5프랑도 안 되는 돈으로 집에 뭘 데려왔느냐? 달걀 여섯 알을 삶고도 남을 유용한 프라이팬 말고도, 주방에 필요한 소소한 물건들을 한 무더기 따냈지요—그런 까닭에 제니의 소유물들을 나는 낮보았답니다. 아무리 '독특한' 물건이면 뭐합니까, 보통보다 두꺼운 발톱을 원할 사람이 어디 있다고? 이 생각은 어디서 튀어나온 거냐면 피조물을 관통하는 부적절한 것들, 우리 모두에게 깃든 그 광기의 띠를 사색하던 중에 떠오른 생각인데, 내 여자친구 하나만 해도 아드리아해에서 왔다는 새랑 결혼을 했는데 이 사내의 발톱이 어찌나 두꺼운지 말 발톱에 쓰는 줄로 손질해야 했다지 않겠어요—내 머릿속이란 이리도 비옥해서 쉴새없이 쏘다닌다니까요! 이제는 또 그 마부가 내 삶에 걸어들어왔던 때가 새삼 떠오르는데, 그이는 성직자의 흰 옷깃을 목에 두르고 있었건만 그건 내가 궁둥이에 껑거리끈을 두르는 것만큼이나 어처구니없는 일 아녔겠어요? 여하간 그래 얼마간 후에 달큰하게 시든 말들이 쌍쌍이 마차들을 끌고 나타났고, 로빈이 일등으로 계단을 내려가는 걸 보더니 제니는 '잠깐만요! 잠깐!' 하고 외치며 쏜살같이 뒤쫓았어요. 보스턴행 급행이라도 잡아 세우려는 사람처럼 어깨 숄을 질질 끌면서요. 그렇게 해서 우리는 전원 마차에 올라탄 겁니다—제니가 자기 집에서 기다리고 있던 손님들까지 몽땅 모아 나타났거든요."

노라가 굳게 침묵을 지키자 의사는 머쓱해졌다. 그는 말을 이었다. "나무들 아래로 길을 내려갈 동안 난 두 손으로 지팡이를 짚고 있었는데, 내가 탄 검정 마차 뒤로 검정 마차가 또 한 대 따르고, 그 뒤로 또 검은 마차가 따르고, 그 많은 바퀴들은 빙글빙글 돌고, 그래서 나는 속으로 이리 읊조리기 시작했어요. 나무들이 차라리 낫고, 잔디가 차라리 나으며, 짐승들은 화목하고 하늘의 새들도 저리 보기 좋구나. 그래요, 마음이 한번 망각의 길로 접어들었다 하면 우리의 모든 행동이 그럴듯해 보이기 마련이랍니다—이것이 삶의 설계지요. 또 우리 자신이 망각되고 잊히거든 그 모든 행위들이 다 선하게 보이니—이것이 죽음의 설계랍니다. 나는 내 정신을, 내 얼을 애도하기 시작했어요. 뿐만 아니라 타고난 제 모습보다도 기다란 그림자를 떨치는 나 이외의 다른 모든 이들의 얼을 애도했고, 어둠 속에서 홀로 걸어나오는 짐승들을 위해 통곡했으며, 제 어미 안에 든 온 작은 짐승들, 그리로부터 발을 내딛어 내려와 각자의 길을 걸어가기 시작해야 할 그 어린 동물들을 생각하며, 또한 털가죽을 타고난 녀석들이 고 단벌옷으로 평생을 날 것을 생각하며 울부짖었답니다. 그러고는 나 스스로에게 말했어요. 이 모든 것들을 위해 나 기어이 무릎을 꿇겠으나, 저자를 위해서라면 결단코—설사 몸에 불이 붙었대도, 그게 제니인 이상은 그 몸에 소변도 지르지 않을 테다! 오죽 탐욕스러우면 자기가 눈 똥도 까마귀들과 나누지 않으려 들 여자가 제니인걸, 하고요. 그리고 또 생각했어요. 아, 가엾은 암캐 같으니라고, 제니가 죽어가고 있다면, 기다란 검정 장갑을 낀 손에 얼굴을 파묻고 죽어간다면, 그때 가서라면 나도 그를 용서해주려나? 그렇게 자문하고 나니 그래요, 그때 가서라면 내가 제니를 용서해주리라는 걸 알겠더라고요. 제니뿐 아니라 다른 누구라도 그런 그림 같은 장면을 연출하거든 기어이 용서해주리라는 걸요. 그렇게 생각하고는 마차에 탄 사람들 면면을 둘러봤는데, 다만 그들이 이상한 눈치를 채지 않도록 눈만 슬쩍 돌려가면서요. 그러자 그 젊은 영국 여자가 기쁘게 그리고 겁을 내며 올라앉아 있는 게 보이더군요.

다음으로 아이에게 눈을 돌리니—그애 안에 공포가 도사리고 있고, 어른 세계의 무엇인가로부터 줄행랑을 놓고 있는 것이 보이지 뭡니까. 가만히 자리에 앉아 있지만 동시에 혼비백산 내달리는 것이 내 눈에 훤히 보였어요. 아이의 눈빛과 아래로 지그시 내린 턱에서, 커다랗게 열린 두 눈에서 그걸 읽어낼 수 있었죠. 그리고 또 제니가 보였어요. 몸을 떨며 앉아 있는 제니, 그런 그를 본 즉시 나는 '맙소사, 그림은 얼어죽을!' 하고 외치고 말았죠. 그리고 그다음 순간에 로빈이 앞으로 고꾸라지기 시작하더니 선혈이, 피가, 제니가 로빈을 할퀸 자리에서 붉게 흘렀고, 난 소리를 내지르며 속으로 이리 단언했어요. '노라가 저 여자를 떠나는 날이 언젠가 올 테지. 하지만 지구 반대편 끝에 가 묻힌들 한 마리 개가 저 둘을 찾아내고 말리라.'"

나무가 쓰러진 자리에

펠릭스 남작은 은행 보직을 사임했으나 은행과의 연결 고리마저 내놓지는 않았고, 이후 여러 나라에서 목격되었다. 해당 나라의 궁전 앞에 선 그가 장갑 낀 두 손을 맞잡고 끝나지 않은 순종의 몸짓 첫 단계에 접어든 모습이 포착되기도 했으며, 유물과 유골을 감상하며 긴장한 다리로 동료 관광객보다 한발 빨리 앞서거나 물러서는 것이 목격되기도 했다.

앞서 이런저런 귀족에 관한 글을 언론에 써 보낸 바 있듯이(그리고 그중 어느 하나 활자화되는 것을 끝내 보지 못했듯이), 또 몰락해가는 가문들 앞으로 편지를 보내고도 답신을 전혀 받지 못한 바 있듯이, 근래 들어 그는 언젠가 교황 앞에 띄울 생각으로 일련의 종교적 사변을 집적하던 차였다. 까닭인즉 제 자식에게 타고난 운이라는 게 군이 있다면, 이는 성스레 쇠잔해갈 운명에 다름아니라는 사실이 점차 명백해지고 있기 때문이었다. 정신적으로 결함이 있고 정서 과잉이며 죽음에 중독된 아이. 열 살 나이에도 아이는 키가 여섯 살배기만 했고, 안경을 껴야 하는데다, 달리기라도 할라치면 발을 헛디뎠고, 찬 손과 초조한 얼굴로 제 아버지 뒤를 좇으며 나이치곤 올된, 황홀경에 다름 아닌 격한 흥분으로 몸을 떨었다. 측량시 어린아이를 계산에 넣지 않았기에 불가피하게 가랑이가 찢어져라 다리를 벌리며 올라야 하는 궁전과 교회의 계단을 아이는 제 부친의 손을 잡은 채 오르내렸고, 성자들을 재현한 그림이며 납으로 만든 조각상들을 주시하는가 하면 가쁜 호흡을 내쉬며 사제들을 지켜보았는데, 집중력으로 참여를 대신해야만 하는 자들의 특징인 이 가쁜 숨은 상처 입은 짐승의 흉터에서 엿보이는 회복의 몸서리와 닮은꼴이었다.

기도가 성직에 몸담고 싶다는 바람을 처음 털어놓았을 적에 펠릭스는 스스로를 망각할 만큼 놀랐다. 기도가 다른 아이들과는 다르다는 것, 또한 말로 설득하고 타이르기에는 저와의 관계가 지나치게 서름서름함을 알았기에, 남작은 제 아들의 뜻을 받아들이는 것은 동시에 제 삶이 붕괴하리라는 사실까지도 수용해야 한다는 의미임을 짐작했다. 아이가 그 삶을 감당할 거라는 기대는 무리였다. 이에 남작은 붉은 리본에 매달린 금속 성모상을 구입해 아들의 목에 걸어주었는데, 그러자 문득 센 강가의 고가구 가게에서 그가 리본을 매주길 기다리며 뒤돌아서던 로빈의 가녀린 굽은 목이 떠올랐다.

그리하여 펠릭스는 교회 전반에 주의를 기울였다. 길에서 지나치는 사제들의 면면을 일일이 살폈고, 전례 기도문들을 정독하거나 제의복을 눈여겨보거나 사도신경을 읽었으며, 수도원들 내 실정에 대해 문의했다. 숙고 끝에 그는 교황에게 성직의 현주소에 관한 장문의 논고를 작성해 보냈다. 프란체스코회 수사들과 프랑스 신부들을 언급하며, 이토록 상이한 두 유형—하나는 로마 사제로서, 그 깎은 머리와 멀거니 몰두하는 표정으로 인해 마치 저희가 그리도 고대하고 있는 것이 기껏해야 근육의 부활 이상도 이하도 아닌 영예인 듯 보이게 만드는 특징을 지녔다면, 두번째 유형인 프랑스 신부란 원죄에 더불어 남편과 부인의 합성물인 듯하고, 그리하여 선과 악을 동시에, 그 배합 비율이 부단히 뒤바뀌는 가운데 늘상 짊어지느라 누차의 공공연한 파경에 이른 하나의 자아라는 안쓰러운 구경거리를 제공하니—이리도 극명히 갈리는 두 축을 저의 심원한 결속력으로 한데 아우를 수 있다면, 실로 뿌리깊은 융통성을 지닌 신앙이 아니겠느냐고 반문하는 글이었다.

그리고 이것은 기실 두 나라의 판이하게 다른 국교와 그에 따른 국가 차원의 신앙고백의 결과일 수 있지 않겠느냐고 물었다. 이탈리아인의 귀가 제 과거의 메아리를 향하는 반면에 프랑스인의 귀는 미래를 향한다고 볼 여지가 있지 않느냐고, 그렇다면 이탈리아인의 귀가 프랑스인의 귀보다 잡음으로 인한 혼동에 덜 사로잡혀 있음을 기정사실로 받아들이는 것이 옳지 않겠느냐고 물었다. 그리고 사정이 이러하다면 두 나라의 '신앙고백'이 이리도 상이한 결과를 낫는다는 것이, 그러니까 한쪽에서는 앞서 언급한 저 기대에 찬 삶의 혼수상태를 빚고, 다른 쪽에서는 저 세속적이며 정도를 뛰어넘는 노골적인 식탐을 빚는 것이 불가능한 일만은 아니라고 봐야 하지 않겠느냐고도. 펠릭스는 저 자신은 프랑스인들 쪽, 그러니까 더 세속적인 쪽이 투과성이 무척이나 높은 숭숭한 사람들이라는 결론에 다다르게 되었다고 했다. 그러니 이러한 가정 아래서라면 고작 스물의 갑절이라는 갓 무르익은 나이에 이르도록 평신도들이 범한 천 가지하고도 한 가지 죄과에 귀기울여온 신부로서는 그들의 죄를 사함에 어려움을 느끼는 것도 외려 자연스러우며, 그런고로 고해자로서도 유별한 죄 사함에 제 속을 열어 보이게 되는 즉, 사제가 그릇으로 치자면 입까지 가득찬 지경에 이르러 그 이상은 보듬을 여력이 없기에 제 부담을 덜 용의로 고해자를 사죄하니 이는 죄 사함보다는 응급처치의 성격을 띠고, 그리하여 그는 요의를 느껴 창피한 가운데 당장 남의 눈을 피할 공간을 찾고자 하듯 성급히, 그리고 적잖은 압박감을 느끼며 성호를 긋는 것이다. 이와 달리 프란체스코회 수사에게는 아직 기다릴 여력이 있었다. 이들의 경우는, 신의 가호로 근심을 덜고자 하는 자의 눈에서와는 달리 홍채가 비껴가지를 않았다.

펠릭스는 아무런 회신도 받지 못했다. 회신을 기대하지도 않았다. 다만 마음을 흐리는 일말의 의문점들을 명쾌히 하고자 글을 썼다 뿐이었다. 그는 제 아들이 '선택받을' 가능성은 거의 없으리라는 것을 알았다. 그리고 설사 선택된대도, 기왕이면 오스트리아에서 그리되길, 제 살붙이들 틈에서 선택받기를 남작은 바랐고, 끝내는 이 바람을 이루고자 빈으로 거처를 옮기기로 결정했다.

다만 떠나기에 앞서, 의사를 찾아 나섰다. 셋방에 들렀으나 의사는 나가고 없었다. 남작은 정처 없이 광장으로 발길을 돌렸다. 저기, 검게 차려입은 낯익은 모습이 다가오는 것이 보였다. 장례식에 다녀오던 의사가 기분전환을 위해 카페 드라 메리 뒤 시지엠으로 향하고 있었다.

남작은 경악했다. 의사가 그를 알아보기까지 몇 초가 걸렸는데, 그사이 남작의 눈에 비친 의사의 모습이 몹시 늙어 보였던 것이다. 오십 줄 나이로는 설명되지 않을 정도였다. 강바닥이라도 훑는 사람처럼 동작이 굼떴고, 대개 앉아 있는 모습만 봐왔기에 딱히 눈에 들 일이 없던 무릎은 축 늘어져 있었다. 면도를 한 어둑어둑한 턱은 시작도 끝도 없는 우수에 잠긴 듯 바짝 수그러진 모습이었다. 남작은 소리내어 의사를 불렀다. 그 즉각 의사는 타인의 시선을 비껴 있던 자아를, 비밀한 생활을 황급히 숨기듯 서둘러 떨쳐냈다. 입가에 미소를 띠며 그는 윗몸을 바로 하고 인사로 손을 들어 보였다. 단, 불시에 발각된 사람들이 보이기 마련인 얼마간의 방어적인 태도가 엿보였다.

"그간 어디서 지냈어요?" 길허리에 다다라 걸음을 멈추며 의사가 물었다. "몇 달째 얼굴을 못 봐 아쉬웠어요." 그가 덧붙였다.

남작도 미소로 응수했다. "정신적으로 조금 힘든 시기였습니다." 의사와 나란히 보조를 맞추며 그가 답했다. "선생님은요," 그가 덧붙였다. "저녁 약속이 있으신가요?"

"아니요." 의사가 말했다. "훌륭한 친구 하나를 막 묻고 오는 길이에요. 당신은 만난 적이 없을 텐데, 아랍인 중에서는 나은 축에 드는 커바일 사람이었죠. 커바일이라면 로마인의 피가 섞인 사람들이라 필요할 때는 창백한 안색을 띨 줄도 아니, 개중에서도 낫다 봐야죠." 의사는 동행이 어느 방향으로 발길을 옮길지 몰라 좌우로 비척대는 이의 걸음걸이를 취하며 말을 이었다. "커바일 사람은 앞으로든 뒤로든 한 번 상대해주고 나면, 그뒤로는 낙타로건 대추야자 한 봉지로건 든든히 후원해줄 줄도 알아요." 의사는 한숨을 쉬며 턱을 문질렀다. "내가 돈을 꺼내겠다고 손을 내밀기도 전에 먼저 5프랑을 꺼내 건넨 사람은 이 친구가 유일했어요. 그걸 기념해 난 그이에게 받은 돈을 당귤나무 꽃 가지로 만든 액자에 넣어 거시기 위에 걸어두었죠."

남작은 딴 데 정신이 팔려 있었으나 예의상 미소를 지어 보였다. 그러고는 '숲'에서 식사를 하면 어떻겠느냐고 물었다. 의사는 기꺼이 수락했고, 별안간 찾아온 이 희소식에 예상 못한 호재를 맞닥뜨린 사람이 으레 보이는 반쯤 완성된 일련의 동작들을 해 보였다. 즉 두 손을 반쯤 들었고—장갑이 없었다—가슴 주머니를 더듬을 뻔했으며—손수건은 있었다—목구두를 슬쩍 내려다보고는 장례식에 다녀오던 길임에 고마움을 느꼈으니, 그 덕에 광도 내고 매무새가 제법 단정했던 것이다. 마지막으로 그는 목 근육을 늘이며 넥타이를 만졌다.

마차가 불로뉴 숲을 지날 동안 의사는 식당에서 무엇을 주문하면 좋을지 속으로 따져보았다—오렌지를 곁들인 오리고기는 사양이었다—수년간 군색한 주머니 사정에 맞추어 끼니를 해결했던 만큼, 습관이 그로 하여금 마늘이 들어간 보다 간단한 식단을 선호하도록 이끌어온 터였다. 그는 추운 듯 몸을 떨었다. 다른 마땅한 것을 생각해내야만 했다. 그러나 떠오르는 것이라곤 그랑 마니에가 든 커피뿐이었다. 고향 사람들이 토탄 불 주위에 모여 몸을 덥히듯, 큼직한 유리잔을 두 손으로 보듬어 온기를 더할 생각만 간절했다. "네?" 그제야 남작이 무슨 말인가 하고 있음을 깨닫고 그가 물었다. 그는 밤공기로 턱을 치키며 앞서 놓친 문장들을 재구성하고자 주의를 기울였다.

"이상하죠, 그때껏 난 남작부인을 그리 생각해본 적이 한 번도 없었거든요." 남작이 말하며 다리를 꼬았다. "그렇다고 그때껏은 어찌 생각했는지 굳이 설명하려 든들 알아들을 법한 말이 나오지도 않을 겁니다. 그 까닭은 더없이 단순한데, 실은 내가 그이에 대한 또렷한 인상을 가졌던 적이 애초 없었거든요. 나 나름의 이미지는 있었지만, 그건 같다고 볼 수 없죠. 이미지는 불확실성의 와중에 마음이 잠시 정차하는 지점에 불과하니까. 물론 주워들은 것이 없지는 않았지요. 선생님에게, 그리고 더 나중에 남작부인이 떠나고 난 뒤에는 다른 이들에게서도 이런저런 이야기를 들었지만, 그럴수록 혼란만 가중되었어요. 누군가에 대해 더 많이 알게 되면 될수록 우리는 점점 미궁에 빠지지 않습니까. 일례로 샤르트르에 가면 대성당이 있다는 사실을 안다만, 그 이외의 사실을 아는 것은 내가 그 도시를 이해하는 데 하등 도움이 되지 않아요. 샤르트르에 실제로 살아본 적이 있기 전에는, 살아보았기에 성당 건물의 상대적 높이와 그 도시에 사는 이들의 삶을 나란히 이해할 수 있기 전에는요. 그게 아닌 다음에야, 샤르트르 주민인 장Jean 아무개가 제 처를 우물 안에다 세우다시피 했다는 사실을 알게 된들 혼란스럽기만 할 테죠. 그 장면을 눈앞에 그려보는 순간, 장 아무개의 행위가 내겐 샤르트르성당만큼이나 높게 치솟을 테니까요. 인생을 소량만 터득한 어린아이들이 사람과 외양간을 동일한 비율로 그리기 마련이듯요."

"과거에 대한 당신의 헌신 말입니다, 그 헌신도 어쩌면 어린아이의 그림을 닮은 게 아닐까요." 의사가 마차의 요금기를 걱정스레 바라보며 말했다.

남작은 고개를 끄덕였다. 심란한 얼굴이었다. "내 가계가 보존될 수 있었던 건 내가 단 한 사람의 기억, 내 이모님의 기억에만 기대어 가계를 물려받았기 때문이에요. 그런 덕에 단독으로, 명료하고 고정불변한 것으로서 존재하지요. 그런 면에서 나는 운이 좋다고 봐요, 불멸의 기분을 누릴 수 있으니까요. 우리는 기본적으로 영원을 기복이 있을 수 없는 조건으로 이해하지요. 결혼의 동력도 영원이에요. 진정으로 제 자유를 원하는 이는 사실 없거든요. 대신 누구나 서둘러 저만의 습관을 얻지요—그 또한 불멸의 한 형태니까요."

"그뿐인가요." 의사가 거들었다. "습관을 깨는 사람에게 우리는 온갖 책망을 퍼붓지요. 그의 그런 행동으로 인해 우리가 품고 있던 마음의 그림—안전이라는 그림—이 산산조각났다면서요."

남작은 의사의 말을 부인하지 않았다. "그런데 이 불변의 성질이 남작부인 안에 워낙 큰 자리를 차지하고 있었고, 내가 그이에게 매료된 것도 바로 그 점 때문이었어요. 그이가 당시 그러한 성질을 직접 택한 것은 아니었지만, 어쨌거나 헐거운 형태로 품고 있었기에 나는 그로써 내가 불멸에 이를 수 있음은 물론이거니와, 그 구체적인 형태마저 자유로이 선택할 수 있으리라는 느낌을 받았지요."

"로빈은 언제나 하느님의 꾀주머니를 거꾸로 차고 다녔죠." 의사가 중얼거렸다.

"그런데 진실 그대로 모두 털어놓자면," 남작이 이어 말했다. "그때만 해도 내가 안전함으로 여기던 그 넉넉한 성질은 사실상 가장 형태 없는 상실에 다름 아니었고, 그 풍부함으로 내게 쾌락과 동시에 지독한 불안감을 안겨주었는데, 그런 불안감이 정당했음은 이후 명백히 드러났지요."

의사는 담배에 불을 붙였다.

"난 그걸," 남작이 계속했다. "암묵적 동의로 받아들였어요. 그게 내 크나큰 실수였지요. 남작부인은 예고 없이 방에 등장해 사람들을 침묵에 빠뜨리는 이들과 정말이지 흡사했어요. 예고 없이 등장한 사람에게 이미 모인 이들이 침묵으로 반응하는 건 그이가 그 자리에 없는 사람을 찾고 있기 때문이죠." 남작은 유리창을 두드려 마차를 세우고, 차에서 내려 삯을 치렀다. 자갈 깔린 길목을 올라가며 그는 말을 이었다. "선생님에게 꼭 여쭙고 싶었던 질문은, 왜 그이가 나와 결혼했느냐예요. 이 질문 때문에 난 남은 평생을 무지의 어둠 속에서 보내게 생겼어요."

"아아, 다른 이에게 고개를 돌려 마주한 머리, 그 수줍고도 크나큰 차이를 누가 알 수 있겠어요." 의사가 답했다. "그나저나 '남은 평생' 얘기가 나왔으니 말인데, 예전 한때가 생각나네요. 그해만 해도 난 소녀의 감성을 가진 사내아이가 전쟁을 어떻게 겪어내야 하며 어떻게 겪어낼지 꿈에도 생각 못했는데(내 무지를 하늘이 용서하시길), 끝내 전쟁이 닥쳤지요. 그 사내아이는 전쟁 전에는 무용수였고, 본명인 맥클러스키 대신 로스앤젤레스 교외 어딘가의 지명처럼 들리는 이름을 예명으로 썼어요. 실크해트와 예복 바지만으론 택도 없다던 아이였지요. 그 아이가 치자꽃 향기 자욱이 퍼뜨리며 지팡이를 쥐고 런던 시가를 활보할 때면, 곱게 꾸민 얼굴을 보고 누구나 모친 덕을 톡톡히 봤다고 생각할 정도였어요. 빈사의 백조로 분한 모습을 당신이 봤어야 하는데, 두 손 뻗고 후프 사이를 가뿐히 뛰어넘던 모습도요—허공을 어찌나 쏜살같이 가로지르던지!

그러다가 하루 행군을 마치고 온 그를 보노라면! 깡통 철모로 한쪽 눈을 가리고 나타났지요. 그 어마어마하게 값비싸고 아름답던 의치는 플랑드르 벌판 어딘가에 흘렸다고 했고요. 진흙을 뒤집어쓴 채 거기 서서는 한눈엔 모자를 덮어쓰고 앞니가 나간 모양으로 고깃점이 죄 널린 쑥대밭 들판에서 통곡하다가 용맹함에 훈장을 달아준다기에 연대장들 앞에 서게 됐는데, 그런 그를 우리들은 싱글벙글 바라보았으니 그 친구가 어떻게, 그리고 어찌하여 그 명예를 얻게 됐는지 다들 아주 잘 알았거든요. 훈장을 달아줄 육군 장군의 머릿속 결핍 덕택이었지, 그 어린 친구가 어떤 천성으로 고뇌하고 있는지 장군은 몰랐으니까. 그리고 우리 역시 한마디도 안 했어요. 맥클러스키야말로 아침 끼니때 맞추어 매일같이 문 앞에 메달을 배달받아 마땅한 그런 아이였으니까—당황해 어쩔 줄 모르던 불쌍한 처자 같으니!

그래, 자초지종을 얘기하자면요, 맥클러스키가 전쟁이 어디서 들이닥치려나 보겠다고 다리 한가운데 서 있는데 그때 독일군 한 무리가 급격한 거예요. 제놈들 딴에는 다리를 건너겠다고 온 건데 하필 맥이 그때, 이게 말이 다리지 실은 부교에 불과했는데, 아무튼 그 중앙에 서 있었으니 여리디여린 그 친구가 독일군을 보고는 이성을 잃어버리지 않았겠어요? 그래 사격을 하는 대신—맥이 어디 총의 앞뒤를 분간할 줄이야 알았겠어요—제 대사도 역할도 다 까먹은 채 그 묵직한 자루를 빙 돌려 들고는 적군의 머리를 통통 날리기 시작했지요. 그러니 독일군이 미치광이에게 잘못 걸렸구나 싶어 쏜살같이 내빼지 않았겠어요? 그렇게 맥클러스키 혼자서 개머리판을 휘둘러 요새를 지켜냈던 거예요. 그래서 장군이 이 선택받은 아이에게 훈장을 달고 입을 맞춘다고 촐싹이는 동안도 우리는 서빙 접시에 오른 말의 엉덩짝처럼 당당한 자세로 서 있는 맥을 눈꼬리 밖으로 이따금씩 힐끔거렸을 뿐, 그저 잠자코 있었죠. 그동안 맥의 머릿속에서는 번뇌와 영예가 뒤엉키며 빠르게 또 느리게 스쳐지나가고 있었을 테죠. '이로써 내 지난날의 오욕을 씻어줄 것을 마침내 얻게 생겼으니 내 천성의 골수가 새로이 채워져 영광으로 빛나게 되겠구나.' 그도 그럴 것이, 세상이 그에게 품어온 견해 때문에—겉으로 뭐라 말하건 우리들도 하나같이 이 견해에 동조하는 게 사실이기도 하고요—그간 워낙 먼 거리를 돌아오고 심장을 격렬히 절구질당해왔던지라, 그 순간 맥은 자기가 어디 서 있는지도, 무엇을 기다리고 있는지도 망각할 지경이었거든요. 그런데 그때 그의 가슴팍에 크루아 드 게르, 그러니까 전쟁의 십자가가 꼬리에 핀을 달고 날아들었으니, 맥은 깜짝 놀라 뒤로 한 발짝 뛰었다가 그제야 거대한 희열의 물결에 몸을 맡긴 채 다시 앞으로 나왔고, 두 눈에서는 레몬이 즙을 뿜어내듯 눈물이, 그것도 앞으로 솟구쳤지요.

그런 눈물을 난 난생처음 봤지 뭐예요. 물론 그때껏 기인으로 살아온 소년이, 정의가 대대적으로 떨치고 일어나는 때가 돌연 닥치어 제 기이 성향도 덩달아 용인되는 순간을 맞닥뜨리는 경우에야 으레 그렇게 울기 마련이지만요. 그리하여 마침내 쇠붙이 한 조각으로 말미암아 그애 내면의 온 과오가 걷히고, 그 십자훈장의 무게로 맥은 비로소 승인된 자의 형태로 빚어지게 된 거죠."

남작은 혼란을 느꼈다. 그는 의사가 이렇듯 회상에 젖을 때면 어떻게 대처해야 할지 알 수가 없었다.

"그래요." 수면에 그늘이 짙게 드리운 호숫가 자리를 골라 앉으며 그가 대꾸했다. "뭐든 교훈이 될 수 있는 법이지요, 예. 우리 모두는 지금 아는 것보다 더 많이 알 필요가 있고, 그건 아무래도 지금보다 더 많이 행동해야 한다는 뜻일 테고요."

"아는 게 너무 많았던 암말의 경우를 봐요." 의사가 말했다. "아침에 사이프러스나무인지 독당근인지 가지 사이를 내다보고 있었죠. 전쟁통 포화 속에 잃고 만 뭔가를 애도하고 있던 건데—그게 뭔지는 말의 선 자세로 눈치챌 수 있었지요, 발굽 사이에 놓여 있음을요—온 거죽이 비탄의 강을 이루었건만 말은 잔가지 하나 흐트러뜨리지 않았어요. 무릎 높이까지 저주를 받아버린 거라, 잔디가 사르륵사르륵 손 흔들며 올라오는 가운데 말예요. 암말의 눈썹은 회흑색으로 검둥이 눈썹 같았고, 엉덩이 한가운데 여린 살은 바이올린 줄처럼 격하게 고동쳤지요."

"그 페더브리지라는 여자가 날 찾아왔어요." 남작이 메뉴판을 보며 말했다.

"하늘의 하느님이시여!" 의사는 메뉴판을 내려놓으며 외쳤다. "그 지경까지 갔단 말이에요? 그럴 줄은 미처 몰랐건만."

"처음에는 누군지 전혀 짐작을 못했어요." 남작이 말을 이었다. "옷매무새가 녹슨 듯 추레하고 궁상스러워 보이도록 적잖이 애쓴 흔적이 역력하더군요. 베일이니 맥없이 칙칙한 꽃무늬 원단 따위의 배치며 마름질은 아주 수수한데, 작은 가슴 위로는 옷감을 최대한 바짝 당긴 반면에 허리 아래로는 주름을 두툼하게 잡은 것이 마흔을 훌쩍 넘긴 여자의 펑퍼짐해진 부위들을 숨길 의도가 분명해 보였어요. 그리고 시간에 쫓기는 사람처럼 굴더군요. 선생님 이야기를 했고요."

의사는 메뉴판을 무릎에 내려놓았다. 검은 눈을 쳐들며 짙은 눈썹을 곧추세웠다. "뭐라고 하던가요?"

남작은 제 대답이 의사의 아픈 곳을 건드리리라는 걸 잘 아는지 다음과 같이 대답했다. "얼토당토않은 내용이었어요. 요는 선생님이 거의 매일같이 어느 수녀원을 방문하는 것을 본 이들이 있으며, 그곳에서 선생님이 절하고 기도하며 공짜로 끼니를 때우고 또 환자들을 보는데, 그게 엄밀히 말해 불법이라더군요."

남작은 고개를 들었다. 놀랍게도 의사는 그사이 '노쇠하여' 앞서 거리에서 처음 맞닥뜨렸을 때의 상태로, 본인이 다른 이의 시선을 비껴 있다고 생각했을 때로 돌아가 있었다.

의사는 고작 한 발 떨어져 안 그래도 제 입에 귀를 기울이고 있는 웨이터에게 한껏 목청을 높였다. "그래요, 오렌지랑 같이 달라니까, 오렌지!"

남작은 서둘러 제 이야기로 돌아갔다. "기도가 마침 같은 방에 있던 터라 난 그 사람이 하는 이야기를 마음 편히 들을 수가 없었어요. 처음에는 그림을 사러 왔다고 말하더군요. 실제로 썩 괜찮은 값을 제시했고, 나도 솔깃하긴 했어요(근래 들어 옛 거장들 그림을 조금씩 거래해 왔거든요). 빈에서의 생활을 고려하지 않을 수 없으니까요. 하지만 알고 보니 내 할머님의 초상화를 원했고, 그것만은 도저히 다른 손에 넘길 수가 없었죠. 하여간 그 사람이 방에 들어선 지 채 오 분도 안 되어 나는 그림을 사겠다는 얘긴 구실에 불과하고, 정작 원하는 건 따로 있음을 눈치챘어요. 곧장 남작부인 이야기를 꺼내더군요. 처음에는 이름을 언급하지 않았기 때문이기도 하지만 난 마지막까지도 그 이야기를 내 처와 연결 지을 생각을 못했어요. 이런 식이었죠. '그이는 진정 특별한 사람이에요, 형언할 수 없을 정도로요. 나로선 도무지 그이를 이해할 수 없어요—그래도 다른 사람들보다는 그나마 잘 안다고 해야겠지만.'—열성적이긴 한데 어딘가 위선적이다 싶은 목소리로 이 말을 하더군요. 그리고 또 말하기를, '애완동물은 종류 불문하고 죽게 내버려두는 거 있죠. 아끼기는 무척이나 아끼는데, 그러고는 방치해버리죠, 동물들이 저희 스스로를 방치하듯요.'

난 그런 화제라면 피하고 싶었어요. 기도가 워낙 동물에 대한 감수성이 예민해서 그 말을 듣고 어떤 상상을 하고 있을지 짐작할 수 있었거든요. 기도는 다른 아이들과 다르게 잔인하지도 거칠지도 않아요. 바로 그런 이유로 사람들은 기도가 '이상하다'고 말하죠. 조숙한 아이, 다시 말해 심성이 성숙한 아이는 번번이 모자라다고 불리기 마련이라는 걸 그간 수차례 봐왔지요." 그는 주문을 하고 나서 이야기를 이어갔다. "그때 마침 페더브리지가 화제를 바꾸더니—"

"바지선이 바람에 정면으로 맞서듯이요."

"네, 뭐, 그렇게 이번에는 자기와 머물고 있는 어린 여자아이 얘기를 시작하더군요(실비아라는 아이였어요). 남작부인도 그 무렵에 그 집에서 지내고 있었대요. 페더브리지가 언급한 젊은 여자가 실은 남작부인이라는 사실을 나중에야 알아차렸지만요—아무튼, 이야기를 들어보니 실비아라는 이 어린 여자아이가 남작부인을 '사랑하게 됐고', 그래서 그이가—남작부인이—밤중에 자꾸 아이를 깨워 자기를 '사랑'하냐고 물어댄다는 요지였어요.

그러다가 방학을 맞아 아이가 어디론가 간 사이에, 페더브리지는 이 여자가 과연 '심장이 있는 여자인지' 여부를 놓고 본인의 말마따나 '초조함'에 사로잡혔다고 했어요."

"그래서 그걸 증명하려고 아이를 도로 데려왔다던가요?" 의사가 끼어들어 물었다. 한눈으로는 식당을 채우기 시작한 세련된 무리를 좇고 있었다.

"네, 맞아요." 남작이 와인을 주문하며 답했다. "그런데 내가 그 이야기를 듣고 탄식하자 황급히 이런 말을 하더군요. '날 탓할 일이 아니에요, 내 필요에 따라 어린애를 이용했다고 비난할 일이 아니라고요!' 아니, 그럼 뭐라고 봐야 한단 말입니까?"

"하여간 그 여자는 시체가 세번째로 일어나 걷는 걸 보고도 저 유리하게 써먹을 방법부터 생각하고 있을 사람이라니까요." 의사가 좀더 편하게 자세를 고치며 말했다. "그래도 돈에 관한 한 손이 크다는 점은 인정해야겠지만요." 그가 덧붙였다.

이 마지막 한마디에 남작은 움찔했다. "초상화에 과도하다 싶은 거액을 부르는 걸 보고 그쯤은 유추했지요. 아무튼 그러고선 하는 말이, 그렇게 해서 여자아이와 남작부인이 막상 다시 만났을 때, 남작부인이 그새 아이를 까맣게 잊고 말았다는 사실이 어찌나 명백하던지 아이가 '수치심'을 느꼈다고 하더군요—'수치심이 온몸을 훑고 지나갔다'고요. 그러더니 문간에 다다라 마지막 대사를 남겼어요. 실은 날 찾아온 내내, 내 방이 동선 표시를 해둔 무대이고 자기는 그 위에서 이 전체 장면을 연기하는 양 굴었던 셈이었죠. 그렇게 이제 그 지점에서 마지막 대사를 읊도록 되어 있다는 듯 이 말로 마무리를 했어요.

'로빈이에요. 로빈 폴크바인 남작부인요. 혹시 친척지간 아니시려나 모르겠네요.'

난 거의 일 분 간 몸을 움직일 수가 없었어요. 마침내 돌아보니 기도가 끙끙 앓고 있더군요. 난 아이를 보듬어 안고 독일어로 달래봤어요. 어릴 때부터 기도는 제 모친에 대해 자주 묻곤 했는데, 그때마다 난 언젠가 만날 수 있으리라는 기대를 품도록 아이를 부추겨왔거든요."

의사가 불현듯 깨달음이 닥친 표정으로 남작을 바라보았다. "바로 그겁니다. 기도와 함께인 이상, 당신은 '부적응자' 곁에 있는 셈이에요. 들어봐요! 결코 비하나 부정적인 의미로 그 말을 쓴 게 아니에요. 실상 내 장점 중의 장점은 폄하하는 말이래도 통상적인 의미로는 결코 쓰지 않는다는 거니까요. 낡은 장부에 새로이 기입된 계정과도 같은 사람의 곁에 있을 때 우리 내부에 침투하는 것을 동정이라고 하는데, 당신 아들이 바로 그러한 존재예요. 우리는 자기 세대에 국한된 이들에게만 동정을 느낄 수 있는 법이지요. 동정은 시간과 따로 가는 법이 없고, 개인과 함께 숨지기 마련이거든요. 동정의 대상은 저 자신을 끝으로 연줄에서 풀려나고요. 그러니 당신은 기도를 아주 잘 대했다고 할 수 있어요."

남작은 나이프를 아래로 내린 채 생각에 잠겼다. 이어 그는 고개를 들었다. "저는 말입니다, 선생님, 내 아들이 이른 나이에 숨질 수도 있으리라는 생각이 들 때면 참담한 행복감 같은 것을 느낀답니다. 그 아이의 죽음은 내게 닥칠 수 있는 가장 참혹하고 가장 두려운 일이거든요. 견딜심이 끝에 달하는 순간, 환희의 곡선이 시작되지요. 나는 거대한 시름의 그늘에 얽혀들었고, 그 시름이 바로 내 아들이에요. 삶과 죽음이 팽이처럼 몰아쳐 향하는 저 중심점이 곧 기도이고, 그리하여 그 각각이 결국 한데 이르는 순간 내 최종의 도안이 완성될 테죠."

"그러면 로빈은요?" 의사가 물었다.

"기도 안에 깃든 채로 내 곁에 있다고 할 수 있죠. 그 둘은 분리가 불가능하니까요. 그리고 이번만큼은," 남작은 단안경을 손에 쥐었다. "그이의 전적인 동의하에 말예요." 그는 허리를 숙여 냅킨을 주워 올렸다. "남작부인은 언제고 본인이 순수한 존재임을 일러줄 사람을 찾고 있는 듯 보였어요." 그가 이어 말했다. "기도가 그런 점에서 제 모친을 빼닮았는데, 다만 기도는 실제로 순수하죠. 남작부인은 늘 엉뚱한 방향으로 사람을 찾아 나섰어요, 노라 플러드를 만나기 전까지는요. 노라 플러드는, 잘은 몰라도 굉장히 정직한 여자 같았어요. 적어도 의도에 있어서는요.

이 세상에는 살기 위해 허락을 받아야만 하는 사람들이 있지요." 그는 말했다. "남작부인이 그런 경우로, 그 허락을 내려줄 누군가를 찾지 못하면 그이는 몸소 순수를 빚어낼 사람이에요. 두려워해야 마땅한 원시적인 형태의 순수를요. 우리 세대는 이를 '타락'이라 볼지도 모르겠지만, 우리 세대가 모든 걸 안다고는 할 수 없죠." 그는 미소 지었다. "예컨대 기도만 해도, 과연 우리 중 몇 사람이 그 아이의 가치를 알아볼까요? 삶이란 손수 발명할 때 비로소 제 고유의 삶이 되기 마련이죠."

의사는 냅킨으로 입을 닦았다. "타락을 받아들일 때 과거의 감각을 가장 온전히 포착할 수 있는 법. 폐허란 시간이 지속으로부터 서서히 물러가는 것 아니고 무엇이겠습니까? 부패가 곧 시간의 나이죠. 또한 희열, 종교, 사랑의 몸이자 보혈이고요. 네, 그렇고말고요. 기실 우리는 보다 높은 곳으로 '오르는' 것이 아니라 그 높이에로 먹혀가는 것이니, 순응도 단정함도 우리에게 더는 희락을 주지 못해요. 세상에 나옴에 있어서도 인간은 세상을 떠날 때와 다를 것이 없어서 청결함을 힐

책하며 태어나고, 그리고 그 중간 상태가 별도로 존재하는바 이는 '매력적인' 신체에 통상 곁따르기 마련인 추레함으로, 사랑이 양식 삼는 일종의 흙이기도 해요."

"네, 진실로요." 펠릭스가 열띤 음성으로 대꾸했다. "남작부인에게는 정의 못할 질환이 있었지요, 일종의 '기억의 내음'요. 우리가 망각한 곳, 망각했기에 일생과 맞바꿔서라도 되찾기를 원하는 모처에서 온 사람과도 같은 기운을 풍겼어요."

의사가 빵을 집으며 말했다. "이로써 우리가 청결을 고집하는 이유가 분명해지죠. 청결은 두려움의 또다른 발로예요. 우리의 인종적 기억이 허술한 것은 공포감을 아버지로 둔 탓이죠. 운명은, 역사는, 잡스럽고 구질맞죠. 우리는 그 무질서의 기억이 두려운 겁니다. 로빈은 그런 두려움이 없었어요."

"맞아요." 펠릭스가 나지막이 말했다. "그이는 안 그랬죠."

"과거를 회상하는 우리 능력이 화석화할 지경에 이르렀음을 입증하는 이들이 곧 우리 틈의 살인자들과, 범죄의 온 세부적인 요소들을 열성과 격한 관심 속에 빠짐없이 좇는 사람들이에요." 의사가 계속했다. "보통의 인간은 오직 그러한 극단적인 방도를 통해서만이 오래전 일을 기억할 수 있지요. 정확히는 기억하는 것이 아니라, 범행 자체가 집적으로 이어지는 문이 되어주는 거예요. 아직 술렁이는 과거의 파동, 그 떨림에 손을 대볼 방법 말예요."

남작은 잠시 침묵했다. 그러고는 이렇게 말했다. "그래요, 남작부인은 그런 경직된 면모를 지니고 있었어요. 처음에는 어렴풋이 내비치는 정도였지만요. 그이의 걸음걸이, 옷을 걸친 자세, 그리고 말을 하지 않는 습관에서 드러났죠. 말은 무겁고 혼탁하다는 듯 침묵으로 일관하는 태도에서 그 굳은 기운을 읽을 수 있었지요. 모든 동작이 시차를 둔 듯 한 박자 뒤처졌어요. 과거가 그이 주위에 거미줄이라도 쳐놓은 양, 낡디낡은 건물 주변에 시간이 그물을 치듯요. 13세기로 거슬러올라가는 축조물을 보면 그 주변 공기에서부터 합당한 무게감을 느낄 수 있기 마련이지요." 남작의 말에서 은근한 거드름이 풍겼다. "그런 점에서 새로 지어진 구조물을 아우르는 공기와는 차별됩니다. 새로운 건물은 그러한 기운을 밀어내지만 오래된 건물은 그러모아요. 여하간 남작부인에게는 밀도가 있었어요. 나이에서 오는 밀도가 아니라 젊음에서 오는 밀도가. 내가 그이에게 끌린 이유도 그 때문이었는지 모르겠어요."

"동물들은 대개 후각의 예리함에 기대어 길을 찾지요." 의사가 말했다. "우리는 그들과 구별되고자 그 감각을 상실했지만, 그럼 무엇으로 그것을 대체했느냐? 정신에 작용하는 긴장으로 대체했는데, 이는 곧 자유의 수축을 뜻해요. 하지만 뭐든, 지독한 일은 결국 이익이 되기 마련이죠." 이 말을 마지막으로 그는 이야기를 마무리했다.

펠릭스는 잠시 말없이 식사를 하다가, 단도직입해 질문을 던졌다. "제가 무엇에 골몰하는지는 잘 아실 테고, 제 아들의 경우는 저보다 나을까요?"

나이가 들수록 오코너 의사는 질문에 답을 할 때 노년에 든 여느 이들처럼 자기 자신에게 말을 하는 것처럼 보였고, 더욱이 마음 쓰이는 일이 있을 때는 몸집마저 작아지는 듯했다. 그는 이렇게 답했다. "재앙을 찾아 더는 헤맬 것 없어요, 이제 당신 아들에게서 그를 찾았으니. 따지고 보면 우리 모두 종내는 재앙을 찾고 있지 않겠어요. 당신은 찾아냈어요. 사람은 저 자신은 물론 자기 그림자까지 고려에 넣을 때에야 비로소 온전한 전체가 되지요—한데 사람의 그림자란 놀라 엎드린 경악이 아니고 무엇이겠어요? 기도는 그대 불안감이 드리운 그림자고, 기도의 그림자는 곧 신의 것이에요."

펠릭스는 말했다. "기도는 역사 속 여성들 또한 사랑하지요."

"성모 메리의 그림자군요!" 의사가 말했다.

펠릭스는 고개를 옆으로 돌렸다. 단안경 언저리에서 날선 빛이 반짝였다. "사람들은 기도를 보고 정신이 온전치 않다고들 해요. 선생님은 어찌 보시나요?"

"나는 기도가 지닌 정신이 당신이나 내 정신보다도 합당할 수 있다고 봐요—기도는 습관에 기대어 안전을 구하지 않죠—그런 한은 언제나 희망이 있기 마련이에요."

펠릭스가 들릴 듯 말 듯한 목소리로 중얼거렸다. "영 성장하지를 않아요."

이에 매슈가 말했다. "과도한 감수성이 사고를 차단하는 수가 있어요. 그 아이의 정신 상태는 미지의 방과 같죠. 미지의 방에 비하면 우리가 알고 있는 방은 언제나 그 규모가 작은 법이고요. 내가 당신 입장이라면, 그 아이의 마음을 어두운 곳에서 주운 그릇인 양 조심히 보듬겠어요. 안에 무엇이 들었을지 알지 못하니까요. 기도는 우리가 값을 매기지도 않은 자잘한 자투리를 식량 삼고, 우리의 잠과는 성질이 다른 잠을 뜯어먹어요. 병은 그 병명에 그치지 않아요, 저에게 붙은 이름 이상을 아우르지요. 평범한 사람에게는 구석으로 쓸어둔 괴이함이 숨어 있는 법이고, 괴이한 사람에게는 한참 가라앉은 평범함이 숨어 있는 법이랍니다. 사람들은 눈여겨볼 필요가 있는 것을 언제나 두려움의 대상으로 여기죠." 펠릭스는 브랜디 한 잔을 주문했다. 의사가 그를 보고 웃었다. "그럴 거라고 내가 말했지요." 그는 제 잔에 남아 있던 술을 얼른 마저 비웠다.

"네, 하지만 그때는 이해하지 못했어요." 펠릭스가 응수했다. "다른 뜻으로 하신 말인 줄 알았죠."

"무슨 뜻요?"

펠릭스는 떨리는 손으로 술잔만 돌릴 뿐 잠시 아무 말이 없었다. "결국은 내가 포기하게 될 거란 말인 줄 알았어요."

이 말에 의사는 시선을 내리깔았다. "그런 뜻이었는지도 모르죠—하지만 나도 잘못 짚을 때가 있으니까요." 그는 짙은 눈썹 아래로 펠릭스를 바라봤다. "사람은 애초에 저주받고 또한 순수하게 태어나니, 그 두 가지를 주제 삼아—달리 수가 없지요—비참한 가운데 휘파람 불며 살아가는 겁니다."

남작이 몸을 기울였다. 낮은 목소리로 그가 물었다. "남작부인은 저주받았던 건가요?"

의사는 펠릭스가 질문에 무엇을 숨겼는지 알기에 일 초가량 생각을 가다듬었다. "기도는 저주받지 않았어요." 이 대답에 남작은 황급히 고개를 돌렸다. "기도는," 의사가 말을 이었다. "축복이지요—마음의 평안—당신이 늘 찾고자 하던 바로 그것이고요—귀족요." 의사는 미소를 지었다. "귀족이란 사람들이 뭔가 다른 것, 보다 나은 무언가를 구상하려 할 때 떠올리는 조건이에요—재밌는 일이죠." 그가 날카롭게 덧붙였다. "평생 찾아 헤매던 걸 찾고도 정작 그 사실을 알아차리는 사람이 결코 없으니."

"그럼 남작부인은, 더러 연락이 오던가요?" 펠릭스가 물었다.

"지금은 미국에 있어요, 당신도 알다시피요. 그래요, 편지가 이따금 씩 오곤 한답니다. 물론 나한테는 아니고—그럴 리가요—다른 사람들 앞으로요."

"뭐라고 하던가요?" 남작이 감정을 드러내지 않으려 애쓰며 물었다.

"한마디로 '날 기억해요'라고 합디다." 의사가 대답했다. "자기 스스로는 저 자신을 기억하기가 워낙 어렵다보니 그렇겠죠."

남작은 단안경을 손에 쥐었다. "알타몬테가 미국에 다녀와서 이른 바로는 '별거중'인 것 같다더군요." 단안경을 다시 끼워넣으며 남작은 말을 이었다. "세상만사를 다 꿰고 계신 선생님께서 잘 알다시피, 나는 한때 우리의 현재 조건이라는 이면으로, 말하자면 무대 뒤로 들어가보고자 했지요. 그렇게 시간의 비밀을 발견할 수 있으리라 기대했던 겁니다. 멀쩡한 정신으로는 불가능한 야심이었으니 오히려 다행한 일인지도 모르죠. 과거나 미래를 들여다볼 수 있으려면 조금은 미쳐야 하고, 삶을 알기 위해서는 삶이 얼마간 축약되어야 한다고 난 이제 확신해요. 여기서 삶이란 무명의 암암한 삶으로—어둡게 드러나는 이 삶이 내 아들이 살아가는 조건이자, 어쩌면 남작부인이 향하고 있는 심부름 길인지도 모르지요."

남작은 손수건을 꺼내들고 단안경을 벗어 조심스레 알을 닦았다.

주머니 가득 쟁여넣은 약과 아들의 튼 손에 바를 작은 기름을 한 병 챙겨 펠릭스는 빈으로 향했다. 마차 옆자리에는 아들이, 맞은편에는 화사하게 차려입은 쾌활한 프라우 만이 아이의 발밑에 깔 작은 깔개를 들고 앉았다. 펠릭스는 어느새 과음하는 버릇이 들었기에 붉게 상기된 뺨을 가리려고 턱에 이르러 두 갈래로 갈라지는 수염을 기르고 있었다. 음주라면 프라우 만도 크게 뒤지지 않았다. 하여 여러 카페에서 이 기묘한 삼인방은 목격되었으니 한가운데 바른 자세로 버티고 앉은 것은 두툼한 안경알 뒤로 두 눈이 헤엄쳐나올 듯 유영하는 남자아이로, 이 아이는 제 부친이 군가를 연주하라며 〈바흐트 암 라인〉을, 〈모르겐로트〉를, 바그너를 요청해가며 던진 동전이, 긴긴밤이 이어질수록 바닥 저만치 달하고 악사들 발치를 저만치 지나는 모습을 등허리만큼 곧은 목과 꼿꼿한 고개로 지켜보았다. 아이의 부친은 실내의 열기로 흐릿해진 단안경에도 아랑곳 않고 더없이 예의바르게, 더없이 취해서는, 자신이 평생 그토록 열망해온 대로 한때 명망 있던 가문의 자손을 찾으려 번뜩대는 눈을 애써 천장으로, 혹은 식탁 위로, 그렇게 나무 상판을 음악에 맞춰 두드리고 있는 제 손으로 돌렸는데, 그의 손은 한 옥타브를 구성하는 가장 중요한 두 음만을, 그러니까 팔도 음정 중 가장 낮은 음과 가장 높은 음만을 연주하는 듯 엄지와 새끼손가락만을 움직이고 있었다. 또다른 때는 제 아들에게 고갯짓과 함께 미소를 지어 보였으나 이는 젖먹이의 손길에 기계적으로 흔들리는 장난감의 움직임에 불과했으며, 그 와중에도 기도는 제 배를 손으로 지그시 눌러가며 옷감 밑에 숨은 둥근 목걸이 장식이 살에 닿는 느낌을 확인했고, 프라우 만은 맥주잔을 단단히 거머쥔 채 앉아 큰 소리로 웃고 이야기했다.

하룻밤은 도심의 링 슈트라세에서도 펠릭스가 가장 즐겨 가는 카페에 셋이 앉아 있었다. 사실 펠릭스는 카페에 발을 들이자마자 러시아의 고故 니콜라이 황제의 사촌이자 매제인 알렉산드르 대공임이 분명해 보이는 키 큰 남자가 구석자리에 앉은 것을 확인했지만 스스로에게 그 사실을 애써 부인했고, 그런 관계로 밤의 초반에는 아예 그 남자 쪽으로 고개조차 돌리지 않았다. 하지만 시곗바늘이 열두시를 가리키면서 더이상은 시선이 가는 길을 피할 수가 없었기에, 펠릭스는 카페를 뜨고자 자리에서 일어나면서(광기에 사로잡힌 자가 자기에게 주어진 유일한 희망은 스스로 미치지 않았음을 증명해 보이는 것뿐임을 알고 기꺼이 몸을 던지듯이) 어느새 핏기가 완전히 가신 뺨과 경직된 턱 위로 예리하게 굽은 두 갈래 수염을 돌려 가볍게 몸을 숙이고 인사를 해 보였다. 그러나 혼란함 속에 그의 머리가 그린 반원은 동물이 마치 인간의 감정인 수치에서인 양 인간에게서 고개를 돌리는 모습과 별반 다르지 않았다.

펠릭스는 마차에 올라타다가 발을 헛디뎠다. "이리 내거라." 아이의 손가락을 손에 쥐며 말했다. "차잖니." 그는 기름 몇 방울을 덜어 기도의 두 손에 문질러주기 시작했다.

내려가거라, 매슈

“이제 조용히 좀 지낼 수 없어요?” 의사가 말했다. 어느 날 오후 느지막이 찾아왔다가 노라가 편지를 쓰고 있는 모습을 발견한 것이다. “이제 끝난 걸로 치면 안 돼요? 그쯤에서 관두면, 이제 좀 가만히 있으면? 이제 당신도 세상을 파악했잖아요. 공연空然한 일이라는 걸 알게 됐잖아요.” 그는 노라가 권하기도 전에 모자와 외투를 벗고 구석진 자리에 우산을 내려놓았다. 그러곤 방 안쪽으로 걸어나왔다. “게다가 이제 내가 보이잖아요! 백만 년에 이르도록 누구의 눈에도 뵈질 않던, 그래서 더 희한해 뵈는 내가요! 아름다움을 빚겠다고 그렇게까지 극단적으로 괴로워할 필요 있나요? 지옥에서 그만 손놓아요, 천국의 지붕이 추락하는 당신을 살려줄 테니.” 의사는 찻쟁반을 눈여겨보았다. 찻주전자가 식은 지 오래라, 그는 포트와인을 집어 손수 넉넉히 한 잔 따랐다. 그러고는 의자에 몸을 던지듯 주저앉고서, 노라가 편지를 쓰다 말고 돌아보는 사이 한풀 꺾인 나긋한 목소리로 말했다. "지금 인도 벽지 어딘가에는 나무 아래 잠자코 앉아 있는 남자가 있지요. 당신도 그만 쉬지그래요? 펜일랑 그만 집어넣지그래요? 당신이 굳이 편지를 보내지 않아도, 로빈은 정처 없이 방황하는 제 처지만으로도 충분히 씁쓸한 심정 아니겠어요? 제니는 또 어떻고요? 그새 술에 맛을 들이고, 로빈의 마음을 도매로 얼렁뚱땅 도용하며 지내지요. 로빈에게 근사한 성모상이 있는 걸 보았다는 이유만으로 석고 성모상을 여든두 개 사들인 것처럼요. 그걸 한 줄로 늘어놓은 모습에 누군가 웃기라도 하면, 제니는 당장 벽으로 달려가 제 모친의 초상과 그 성모상들 사이를 서성이죠—저를 고문하는 그 두 지점, 자기가 영영 공유할 수 없는 과거와 모방할 수 없는 현재 사이에서요. 그뿐인가요? 제 숙소를 둘러보며 참혹하게 울부짖고, 두 극단에 제 중심을 묻질 않나, 제가 오래전 한때 그리도 갈망했던 것으로 돌아갈 길을 찾겠다고 세상을 기웃대죠! 기억은 지나갔건만 순전한 우연으로, 예컨대 한줄기 바람이나 동요하는 잎새에 어마어마한 회상의 물결이 일어 그를 관통해 지나가니, 그 아찔함에 몸을 맡기며 이제 정말 지나갔구나, 사라졌구나 깨닫는 제니예요. 동물적이라고 해서 섬세함과 닮은 구석이 없을까요? 둘 다 불안의 표현이라면 같다고도 할 수 있지 않을까요? 한 번에 두 가지를 사랑하면 대개 한 가지는 옳은 것이 되기 마련이죠. 바다를 가르는 물고기를 생각해봐요. 공기와 물을 모두 사랑해 몸이 바퀴를 닮고 말잖아요. 꼬리와 치아로 물을 깨물고 등뼈로 공기를 둥글게 감싸안으면서요. 그게 딱 제니 아닌가요? 뭐든 통으로는 품지 못해 등뼈를 곧추세운 채 치아와 꼬리로만 아우르잖아요. 아아, 은혜의 하늘이여! 그러니 이제 좀 가만히 있으면 안 되겠어요?"

"편지라도 안 쓰면 어쩌라고요? 영원히 여기 앉아만 있을 수는 없잖아요—생각만 하며!"

"*이 지옥과 저주의 땅 같으니라고!*" 의사가 주먹을 내려치며 라틴어로 외쳤다. "이첸 강변에서 제일가는 송어잡이로 알려졌던 내 옥타비우스 숙부가 가장 현명했으니, 숙부는 잡은 고기는 반드시 먹었거든요! 그런데 당신은, 운명을 도로 풀어버려야죠, 기어이 로빈을 찾으러 돌아가야죠! 이미 그러리라 마음먹었잖아요. 당신 의지에야말로 신성의 돌*을 박아넣었어야 하는 건데. 당신이 예, 하면 예, 응수하고 당신이 아니요, 하면 아니요, 응수하도록요. 한데 외려 웨스트민스터사원에 빼앗겨버렸으니, 브렉**이 그걸 아일랜드로 들고 가는 걸 내가 막을 수만 있었더라면, 막아서서 그의 귀에 속삭일 수만 있었더라면, 그랬다면 난 말했을 거예요, '아서라'라고요(그게 기원전 700년의 일이긴 하지만요). 그랬다면 이후로 손에서 손을 타고 돌았을지 모르죠. 그리고 오늘 여기서 당신을 말렸을지도 모를 일인데, 아니, 그래도 당신은 굳이 로빈에게 편지나 쓰고 앉아 있겠지만. 뭣도 당신을 저지하지 못할 테죠. 당신은 로빈을 전설로 만들었고 전설이 된 그의 머리맡에 영원의 빛을 두었으니까요. 그러니 아랑곳 않고 매달릴 테죠, 설사 로빈

* 런던 웨스트민스터사원의 대관식 왕좌 밑에 놓인 일명 '운명의 돌'. '스쿤의 돌' '대관식 돌'이라고도 불리며 1296년 스코틀랜드에서 잉글랜드로 옮겨지기 전까지는 켈트 군주들의 즉위식에 사용했다. 그전에는 아일랜드 타라에 있었던 것으로 추정되며, 원래는 구약성서에 나오는 야곱의 돌베개로 베델에서 유래했다는 설도 있다.

** 사이먼 브렉. 스쿤의 돌을 스페인에서 아일랜드로 가져온 전설 속 인물.

이 백만 개 봉투를 뜯어 여는 대가를 치러야 한대도요. 로빈이 어떤 잠을 취하는 건지, 당신이 그를 어떠한 잠에서 깨우고 있는 건지 알기나 해요? 우체부의 휘파람소리에 사나운 팔꿈치로 몸을 일으키는 여자 귓가에서 그 소리를 지우고자 그가 어떠한 말들을 동원해가며 애써야 하는지 알아요? 이만 우리를 놓아주면 안 되겠어요? 당신이 그리 붙들고 있는 것이 로빈에게는 유일한 행복이고, 고로 유일한 괴로움이라는 걸 모르나요? 당신은 편지를 쓰고 눈물을 흘리고 고민하고 꾀를 쓰지만, 당신이 그러는 동안 로빈은 무얼 하고 있지요? 장난감 나무오리를 내던지거나, 바닥에서 병정놀이를 하고 앉았잖아요. 그러니 나한테 와 우는소리 말아요, 난 편지를 써 보낼 사람은커녕, 기껏해야 '세상의 빨래'라고들 부르는 잔빨랫감이나 받아줄 뿐이니까. 구덩이를 파고 날 떨어뜨려보시지! 어림없어요. 바흐의 '마태 수난', 그래요, 성 매슈의 수난이라 날 불러요. 한평생 쓰임새를 찾지 못하는 것이란 없다는 걸 난 그간 터득했지요."

"난 편지를 써야만 하는걸요." 노라가 말했다. "어쩔 수가 없어요."

"나, 이 어둠의 신만큼 그걸 잘 아는 사람도 없지요. 알겠어요, 대신 최악의 경우만은 알아두도록 해요. 펠릭스와 그 아들 기도를 봐요. 병들어 우는, 열을 달고 사는 그 아이를요. 비바람 몰아치는 한겨울에 맞는 죽음이 그 아이에겐 되레 강장제가 될 테죠. 요즘의 여느 젊은이나 마찬가지로 그 아이도 때 이른 죽음에 희망을 거는 것밖에는 달리 노후 대비책이 없어요. 성년에 이르지 못할 그 아이에게 응답할 영혼이 몇이나 있겠어요? 산산조각난 가여운 열의여. 그렇다면 로빈은? 과연 부러 되풀린 거였을까요? 제니는? 심심풀이 삼아 표적이 되었던 걸까요? 제니를 난도질하는 칼날들이 어떠한 칼날인지 누가 알겠어요? 그러니 이만 쉬어도 되잖아요, 펜을 내려놓아도. 아, 파펠레로, 신문팔이여, 나 혼자도 이 시대를 충분히 요약하지 않았나요! 언젠가는 삭송레뱅 물가에 이 한몸 누이고 그 온천수를 싹 들이켤 때가 올 터이니, 또는 함부르크의 도박판에서 와장창 깨지거나, 그도 아니면 마담 드스탈* 꼴이 나겠지요—독일 애호가가 되어서요. 이렇듯 나는 갖가지 결말에 이를 터예요. 암, 처녀의 머리 타래 꼬아 만든 껑거리끈으로 내 영혼의 안장을 단단히 고정하고, 내 뒷바람에 맞추어 깃털 펄럭이는 비둘기를 선두에 세운 채 저 근엄한 말을 타고 결말로 나아갈 터이나, 말의 발굽마다 머잖아 내가 구덩이에 던져져 흙과 함께 봉인될 때 내 행적을 써 붙이기에 충분한 풀이 들어 있을 겁니다. 시간 안에선 뭐든 가능하고, 공간 안에선 뭐든 용서되는 법. 삶은 다만 중재하는 악덕일 따름이니까요. 얼굴 붉힐 시간이야 영원하지요. 인생을 끝에서 끝으로 이어 늘어놓았기에 성직자 사회도 유동하건만—당신도 이만 쉬면 안 되겠어요, 펜을 내려놓으면? 아, 끝끝내 오지 않는 저 딱한 구더기들이라니! 기묘한 계략으로 잉태된 천사여, 우리를 위해 기도를 올려주소서! 우리는 저 신비를 결코 아우르지 못할 터—심장 신경에 깃든 장송곡, 인간에게 주어진 그 불가피한 심잡음이 우리 개개의 걸음걸이에 깃들어 있는걸. 그러면 로빈은? 당신 마음이 어디 가 있는지 내가 모를까봐! 로빈, 저 영원한 찰나—애초부터 이인칭 단수였던 이여. 좋을 대로 해요." 그의 목소리가 격앙되었다. "칼을 쥐고 누워 눈물을 흘리려거든

* 제르멘 드스탈. 프랑스의 비평가이자 소설가로 『독일론』을 썼으며, 나폴레옹과의 불화로 추방되었다.

그러라고요! 나라고 책을 삼키지 않았겠어요? 지난 내 언행을 돌이켜 뉘우치지 않았겠어요? 천사들과 예언자들이 그랬듯? 더욱이 삼키기에 고약한 책이 아니었던가요? 내 위법행위를 기록한 책으로, 높고 중요한 보직에 있는 내 친구가 고자질에 다름 아닌 사건 기록들 틈에서 빼낸 책이었지요. 그걸 내가 한 페이지는 삼켜버리고 한 페이지는 갈가리 찢어버리고 일부는 발로 짓밟고 몇몇 페이지는 껍질을 벗겨버리고 몇몇은 속 후련하게 변기에 던져넣었답니다—그러니 더더욱 도로 삼킬 쉼표 하나 없는 제니와 고작해야 애칭뿐인 로빈을 — 당신이 준 애칭 하나로 연명해야 할 로빈을 생각해봐야지요. 애칭이란 분실을 막기 위한 방지책이에요. 원시음악과 마찬가지죠. 그런다고 애칭 하나에 그 이를 모두 담을 수 있던가요? 우리가 끝이 난들 그 결말이 우리를 온전히 담아내던가요? 아니, 대답하지 말아요. 기억만으로도 무겁다는 걸 나도 아니까요. 한번은 전쟁중에 땅에 오랜 동안 누워 있던 죽은 말을 본 적이 있어요. 시간과 새들, 그리고 최후의 순간에 닥쳐 말 스스로 발휘했던 집중력이 말의 몸체를 머리통으로부터 한참 떨어진 거리로까지 이동시켜 놓았더군요. 그 머리통을 내려다보고 있자니 유실된 몸통 생각에 내 기억이 무겁게 내리눌렀죠. 잃어버린 질량 탓에 머리통도 몇 갑절은 더 무겁게 땅에 드리워 있었고요. 그렇게 사랑은 제가 사라질 때 시간 또한 앗아가고, 그 자리에 제 무게의 기억만을 남겨요."

노라가 입을 열었다. "로빈은 곧 나인걸요. 그러니 어쩌면 좋아요?"

"그럼 차라리 이빨로 새둥우리나 짓든가요, 그편이 차라리 나을 테니." 의사가 성을 냈다. "내 영국 친구처럼요. 그 친구가 지은 둥지를 보고 새들이 얼마나 반기던지, 아예 저들은 둥지를 짓지 않게 됐죠(이러니 당신이 지어준 둥지가 연상되지 않아요? 당신이 둥지를 지어준 탓에 결국 타고난 운명과 결별해야 했던 새가요?). 봄만 되면 그 친구 침실 창밖에 줄지어 차례를 기다리고 설 정도였어요. 각자 제 알들을 있는 힘껏 보듬고는 창턱 위를 확보했죠. 깃털 중앙에 난 검은 눈동자들마다 날쌘 섬광을, 침을 쏘듯 참을성 없이 부라리지요. 변기에 앉아 『로마제국 쇠망사』를 읽기로 결심한 사람을 기다리며 화장실 문 앞을 지키고 선 이처럼요. 그럼 이번에는 로빈을 생각해봐요. 당신을 통하지 않고 혼자 힘으로는 한 번도 자립할 수 없었던 로빈을요. 아아, 어쩌겠어." 그가 들릴 듯 말 듯 중얼거렸다. "'사사롭기에 순수함을 누리는 자 복이 있나니.'"

노라가 몸을 돌리고 목소리를 가다듬으려 애쓰며 말했다. "한번은 로빈이 잠든 모습을 보며 그대로 죽어버렸으면, 하고 바랐던 적이 있어요. 이젠 그런들 아무것도 달라지지 않겠죠."

의사는 고개를 끄덕이며 두 손가락으로 타이 모양을 바로잡았다. "우리에게 주어진 날들의 수가 정해졌다곤 해도, 그런 고삐만으로 우리가 사랑하는 이의 죽은 모습을 보는 걸 막지는 못하는 법이에요. 그가 살아 있을 동안에 우리는 그를 너무도 잘 알고, 또한 결코 이해하지 못하는데, 왜냐, 그동안에는 우리의 다음 행동이 다음 오해를 허용하니까요. 하지만 죽음은 친밀함이 돌이켜 내딛는 뒷걸음이거든요. 한때 우리를 허락했던 그가 오직 회상만을 우리에게 남길 때, 우리는 상실감으로 미칠 지경에 이르지요. 그때 우리는 파산의 눈물을 흘려요. 그러니 로빈이 죽지 않아 다행이지요." 그는 한숨을 내쉬었다. "당신 여전히 단단히 휘말려 있군요—용케 빠져나왔으리라 생각했는데. 애당초 예상했어야겠죠. 모두가 원하는 대로인 것이 언제 있던가요, 온 세계가 그 법칙에 따라 돌아가는데. 개인적으로 난, 가능만 하다면, '도끼의 날'이라는 하루를 만들고 싶어요. 내 선량한 의도를 모두 담아 있는 힘껏 당신 머리를, 그리고 당신 말고도 다른 두어 사람 머리를 아예 날려버릴 수 있게요. 누구에게든 하루 동안은 손도끼가 허용돼야 마땅해요. 그렇게라도 마음의 짐을 덜 수 있게요."

"이제 나랑 로빈은 어떻게 될까요?" 노라가 물었다.

"되고 말고 할 것이 없어요." 의사가 답했다. "언제나처럼요. 우리 모두 전투에서 스러지지만, 우리 모두 고향으로 돌아오는 법이에요."

"내가 로빈을 찾을 수 있는 유일한 길은 내 잠결에서나 로빈의 죽음에서뿐이에요. 둘 중 어느 쪽이건 로빈은 나를 잊은 상태지요." 노라가 말했다.

"들어봐요." 의사가 잔을 내려놓았다. "난 내 전쟁에서 많은 걸 건졌어요. 당신도 당신의 전쟁에서 최대한 많은 걸 얻도록 해요. 삶은 이야기되고자 존재하지 않아요. 실컷 불러봐요, 아무리 큰 목소리로 부른들 삶이 저 스스로를 이야기하는 경우는 결코 없지. 다른 사람의 마음속이 아니고는 그 누구도 대단하거나 하찮거나 할 일이 없어요. 그러니 내가 누구누구의 심장과 마음속에 깃드는지 주의해 살피도록 하고, 그리고 제 심장을 손에 쥐고 다니던 맥베스 부인을 기억하도록 해요. 우리 모두 그이만큼 무사할 수는 없으니까요."

노라는 안달이 나는지 자리에서 일어나 방안을 서성이기 시작했다. "너무 힘들고 괴로워요, 매슈. 어디서부터 어떻게 말을 해야 할지 모르겠지만 그래도 이야기해야만 해요. 누구에게든 털어놓아야지 이대로는 못살아요." 두 손을 쥐어짜며 노라는 의사의 눈을 외면한 채 발을 움직였다.

"포트와인 더 있어요?" 의사가 빈병을 내려놓으며 물었다. 노라는 기계적으로 두번째 디캔터를 가져다주었다. 의사는 마개를 열고 병 주둥이에 잠시 코를 댔다가 제 잔에 술을 따랐다.

"당신은 지금," 아랫입술과 아랫니 사이에 와인을 머금어 감별하며 그가 말했다. "고통의 근친 번식을 경험하고 있어요. 우리들 대개는 엄두도 못 내는 일이죠. 우리는 낯선 이와 결혼하고, 그로써 문제를 '해결'해요. 그러나 혹여 우리 중 누군가, 그러니까 당신이 고통과 근친 번식을 하는 경우는(이는 말하자면 당신이 병이란 병은 다 걸려봤고 그런 끝에 당신의 육신을 용서했다는 뜻에 불과하지만), 그건 당신을 형성하는 구조, 그 기본 골조로 도로 헐리어 돌아가는 거나 마찬가지예요. 명화가 어떻게 그려졌는지 알아야겠다는 과학자의 칼날 아래 옛 거장의 작품이 사라져버리듯이요. 내가 상상하기로는 죽음도 그 같은 과정을 통해 사면을 받을 거예요. 우리 모두 죽음의 집채를 메고 다니지 않던가요—우리의 이 해골 말이죠. 단, 거북이와 달리 우리에게 안전은 내부에, 위험은 외부에 있어요. 시간은 우리의 마지막을 계획하는 대회의나 다름없고, 젊음은 다만 과거가 앞으로 내딛는 한 발일 뿐. 아, 고뇌와 번민에 매달리되 영혼을 손에서 놓을 수만 있다면! 헐리고 파괴되는 것 얘기가 나왔으니 말인데, 내가 부연 삼아 런던의 어두웠던 어느 밤 얘기를 해도 되겠지요. 그날 밤 난 서둘러 길을 가고 있었어요. 두 손을 앞으로 내밀고서 얼른 집으로 돌아가 침대에 들 수 있기를, 다음날 아침에 골반께 손을 올린 채 눈을 뜨지 않게 되기를 기도하면서요. 그렇게 난 런던교로 향했지요—이것도 오래전 얘기인데, 조심해야지 이러다가 조만간 내 나이를 들킬 말을 흘릴 수도 있겠네요.

여하간 런던교의 교각 아래로 내려갔는데, 거기서 글쎄 무얼 봤게요? 업라이트 터페니, 서서 하는 터페니를 만났죠! 서서 하는 터페니가 뭔지 당신이 알려나요? 터페니는 늘그막의 갈보를 말해요, 런던교가 그이들의 마지막 진영이고. 싱가폴까지 갈 주머닛돈이 넉넉하지 않은 그뤼—창부를 일컫는 프랑스인들의 속된 말을 빌리자면요—에게 마르세유가 마지막 비빌 언덕인 것처럼요. 2펜스라는 푼돈으로는 서서 하는 것 말고는 달리 기대할 수가 없어요. 예전에는 그 처자들, 주름 장식과 누더기를 두르고 머리엔 경악할 모자를 큼직하니 눌러쓴 채 그걸 눈 위에서 정수리까지 핀을 끼워 고정하고서 천천히 길을 오락가락했는데, 그러면 그림자 반절은 땅에 드리우고 반절은 뒤쪽 벽을 기어가곤 했지요. 마지막 산책에 오른 오트—즉 고급—시궁창의 숙녀들, 시큼한 냄새 풍기는 마지막 로튼 로*, 그 썩은 거리를 거닐며 어둠 깃든 곳에서 오소리에게 들쑤셔진 치맛단을 그러쥐거나, 그저 가만히 서서는 당신이 일을 마치기만을, 망자들만큼이나 말없고 무심히 기다리는 식이었지요. 좋았던 날들이라도 회상하는 듯이, 아니면 저희 소싯적에 약속받았던 그 무엇을 기다리는 듯이 말예요. 그동안 그이들 드레스는 엉망이 되어 앞은 바짝 쳐들리고 궁둥짝 위로는 겹겹 주름에 뭉텅이진 옷자락과 리본 장식이 흐드러지는데, 그 꼴이 하도 들볶여 온통 헤집어지고 옆으로 쏠린 십자군 애마의 옷이나 다를 바 없어요."

* Rotten Row. 런던의 하이드파크에 있는 길로, 한때 상류층과 사교계의 활동 무대였다.

이야기가 계속되는 와중에 어느 순간인가, 그제야 처음으로 의사의 말에 주목한 듯 노라는 하던 몸짓을 멈추었다.

"언젠가 루커스 신부님이 내게 말했죠. '마음을 단순하게 가져요, 매슈. 삶이라는 책은 단순하고, 또한 열려 있답니다. 그러니 읽고 저 들판의 짐승들처럼 단순해지세요. 불행해하는 것만으로는 부족해요—바른 요령을 알아야지.' 그 말을 듣고 난 생각에 잠겼고, 그런 끝에 스스로에게 이렇게 일렀어요. '루커스 신부님이 내게 진정 끔찍한 짐을 짊어지우셨잖아—짐승처럼 단순하되 생각하는 버릇을 들이고, 더욱이 그 누구를 해치지도 말라니.' 그러고서 걷기 시작했어요. 눈이 막 날리고 있었고 밤은 진작에 내려 있었죠. 난 일 드 시테 방향으로 발길을 돌렸어요. 우리 성모님, 저기 노트르담의 진열창마다 불이 밝혀진 것을 봤거든요. 아이들이 옹기종기 모여 긴 초 끝이 반짝이는 어둠 속에서 조곤조곤 기도를 올리고요. 자그마한 허파에서 빚어진 작은 숨결로 하찮은 것에 대해 생사가 걸린 듯 속삭이는데, 그게 어린아이들이 기도하는 방식이죠. 다음으로 난 또 이렇게 말했어요, '오늘밤에는 사람이 없는 작은 교회를 찾아야겠구나, 매슈, 사람 하나 없어 짐승처럼 혼자 있을 수 있고 생각을 하기에도 좋은 곳으로 말이야.' 골목으로 접어들어 길을 내려갔고, 그렇게 생메리성당에 다다라 앞으로 나아가니 제단이 나왔어요. 사람들이 맡겨둔 갖은 고충들로 양초들이 하나하나 끈지게 타올랐고, 그 가운데 나는 혼자였죠, 저만치 구석자리에 앉아 묵주기도를 올리는 나이 지긋한 촌부를 빼고는요.

그래 난 연옥에 갇힌 영혼들을 위한 헌금함으로 곧장 향했지요. 혹여나 프로테스탄트가 주변에 있거든 내가 진짜 죄인임을 보여주려고요. 그리고 내 두 손 중 어느 쪽 손이 더 복받을 손인지 한참 고심했어요. 라스파이에 가면 자선함이 하나 있는데, 빈민을 돕는 작은 자매회에 기부하는 손은 그날 종일 복을 받으리라는 글이 거기 써 있거든요. 난 옳은 쪽을 고른 것이길 바라며 손을 내밀었죠. 어두운 구석에 무릎을 꿇고, 고개를 깊이 수그리면서 타이니 오툴 녀석을 꺼냈어요. 이제 녀석 차례가 됐다 싶기도 했고, 다른 방법이란 방법은 죄다 시도해본 터였거든요. 남은 거라곤 녀석으로 하여금 신비와 마주하게 하는 방도뿐이었어요. 그렇게라도 신께서 나를 보시듯 녀석 또한 명명백백히 보실 수 있길 바란 거죠. 난 '이게 대체 무엇이란 말인가요, 주님?' 하고 속삭였어요. 그러고는 울음을 터뜨렸죠. 눈물이 비처럼 흘렀어요, 천국의 얼굴 한 점 적시는 법 없이 이 세상에 쏟아지는 비처럼요. 살면서 내 눈물이 그리 이상하게 느껴진 건 생전 처음이라는 생각이 문득 들었는데, 그도 그럴 것이 눈물이 눈에서 곧장 앞으로 흘렀거든요. 타이니에게 무엇이 최선일지를 생각한답시고 그렇게 녀석에게 창피를 줘야 한다는 사실에 나는 울었어요.

내가 아무리 울며 왼손으로 기도대를 내리쳐도 타이니 오툴 녀석, 내내 까무러쳐 있더군요. 나는 말했어요. '구하고자 거듭 노력했건만 어찌된 게 난 찾기만 하는걸요.' 또 말했어요. '저예요, 주님. 나 같은 영구한 실수에는 아름다움이 깃들어 있기 마련임을 아는 저요. 지금껏 그리 말해오지 않았던가요? 하지만 그런 저라도 주님의 도움 없이는 마냥 영속할 수 없지요. 오, 「은폐의 서」*여! *날 뒤엎는 것은 쾌락일지*

---

* 13세기경 편찬된 유대교 신비주의 카발라의 고전 『조하르』의 일부.

니! 포효하는 사자는 앞으로 나아가며 제 것으로 삼을 분노를 구하지요! 그렇다면 내 안의 영속성이란 과연 저의 것인가요, 이 녀석의 것인가요?' 그렇게 나 혼자 빈 성당에, 아니, 거의 빈 성당에 앉아 있었지요. 온갖 사람들의 고충과 번민이 작은 불빛을 점점이 이루어 사위에서 깜박대는 와중에요. 난 말했어요. '주님께서 인간을 모두 내쫓을 수만 있다면 이 세상도 훌륭할 텐데요.' 타이니를 손에 쥔 채 몸을 숙여 울면서, 난 그렇게 내 질문을 되풀이했어요. 질문조차 망각할 때까지요. 그렇게 마냥 눈물만 흘리다가 끝내 타이니를, 망가진 새인 양 도로 집어넣었지요. 그러곤 성당을 나와 반짝이는 별을 보며 걸으면서 물었어요. '하느님, 전 방금 짐승처럼 단순했던 건가요, 아니면 생각을 한 건가요?'"

노라는 미소 지었다. "내가 왜 선생님과 이야기를 하는지, 가끔은 나도 그 이유를 모르겠어요. 선생님은 정말이지 아이 같은데. 하기야, 그렇다면 잘 알 법도 하네요."

"당신이 아이 운운해 말인데—그 말은 칭찬으로 듣고 감사히 받도록 하고요—일례로 돈 안티콜로의 경우를 봅시다. 이이는 베이루트 출신의 젊은 테너 가수로—바그너를 부를 때는 골반 깊이서 소리를 퍼오고 베르디를 위해서는 가슴 밑바닥까지 잠수해 들어갔지요—노래 부르며 세상을 한 바퀴 반 유람한 바 있고, 또한 아들이 하나 딸린 홀아비였는데, 그 아들이 갓 열 살 되던 때 별안간 베네치아에서 수영을 하다가 쥐에 물려 열병으로 앓아눕게 됐지 뭡니까. 이에 그 아비는 십 분마다(아니, 삼십 분마다였던가?) 아이를 살피고 몸을 만져보러 방을 들락거렸지요. 열이 누그러졌는지 아니면 더 뜨거워졌는지 확인한다고요. 애통함과 두려움으로 아주 정신을 놓을 지경이었는데, 그러면 아이의 병상 곁을 잠시라도 떠나지 않았을까? 안 떠나기는, 그는 떠났어요. 아들이 앓아누운 것은 사실이다만, 마침 그때 함대가 돌아왔거든요. 그래도 아비는 아비인지라 샴페인을 들이켜면서도 기도를 올리고, 나침반을 내던지며 선수에서부터 스프리트까지 선원 전원을 집에 초대하면서도 아들이 살아 있기를 간절히 바란 것은 물론이었죠. 그런데 막상 집에 가보니 아들이 죽어 있지 뭡니까. 젊은 테너는 그 자리에서 울음을 터뜨렸고, 아들을 화장한 뒤 그 유골을 인형이 들었을 법한 궤짝만한 아연상자에 넣어 장례의식을 치렀어요. 뱃사람 열두 명이 푸른 제복 차림으로 카드 테이블 주위를 빙 둘러섰어요. 손에는 잔이 하나씩 들려 있었고, 바다를 향해 있는 눈들은 지평선을 바라보느라 얇아진 눈꺼풀 아래로 슬피 기울었지요. 그 가운데서 산란해진 아이의 아버지가 아연상자를 테이블에 던지며 외쳤어요. '여기, 여러분, 내 아기가 누웠소. 여기, 친구들, 내 아들이, 여기, 내 선원들이여, 내 사내아이가!' 떨리는 손끝으로 상자를 이리저리 밀치니 테이블 한끝에서 다른 한끝까지 상자가 열두어 번은 오르내렸지요. 아비는 내내 그 뒤를 따랐고요. 묘한 건 그이가 그리 졸졸 쫓고, 수시로 만지작대고, 울고 짜는 모습이, 움직일 기미가 없는 새를 킁킁거리며 쫓는 개와 별반 다르지 않았단 거예요."

노라가 말했다. "로빈이 아름답기는 했지요?"

의사는 자리에서 일어났다가 도로 앉았다. "암, 그럼요, 아름다웠고말고요. 난 로빈을 좋아하지 않았지만 그 사실만큼은 인정해요. 살갗 밑에 유려한 푸른빛이 맴돌았죠. 시간의 거죽이 그에게선 아예 벗겨지고, 더불어 앎과의 거래조차 일체 떨쳐진 듯요. 주의력의 첫 단계에 있는 사람이랄까요. 얼굴은 영구히 지속하는 어린 시절의 매질 아래서나 나이들 얼굴이었어요. 관자놀이는 뿔이 막 나기 시작한 앳된 짐승들의 것을 닮아, 아직 잠든 한 쌍의 눈처럼 보였지요. 얼굴에 서리던 표정은 마녀가 지핀 불인 양 우리를 마냥 호렸고요. 요술사들은 뿔이 지닌 힘을 알지요. 어디든 당신 내키는 곳에서 뿔을 만나거든, 그건 당신의 신원이 밝혀졌다는 뜻이에요. 반면에 사람의 두개골로 말하자면, 수천 개에 발부리를 채여도 그러한 전율과 공포를 느끼는 일이 없지요. 이걸 나이든 공작부인들이 꿰고 있질 않겠어요! 그이들이 종류 불문하고 규모 있다 싶은 회동에 나갈 때면, 오페라를 보러 가는 길이건 베지크 카드놀이를 하러 가는 길이건, 깃털이고 꽃이고 귀리 줄기고 그 외의 부속 장식품이고, 관자놀이에 걸치지 않고 나타나는 적이 한 번이라도 있던가 생각해봐요!"

노라는 그의 말을 듣지 못했다. "매시간이 내겐 마지막이에요." 노라가 절박하게 말했다. "이 세상의 누가 제게 주어진 마지막 한 시간에만 매달려 평생을 버티겠어요!"

의사는 두 손을 모았다. "사유하는 삶이라도 결국은 두 발이 비죽 나오지 않게 몸을 숨기려는 노력에 불과한걸요, 노라. 아아, 짐승일 수만 있다면." 그가 덧붙였다. "눈을 뜸과 동시에 태어나고, 언제나 앞으로만 나아가며, 하루 말미에는 눈꺼풀을 닫는 것만으로 기억을 일체 차단하는 짐승이었다면."

"시간이 충분히 길지가 않은걸요." 노라가 테이블을 치며 말했다. "로빈의 밤들을 씻어내기에 그 길이로는 역부족이에요. 아, 하느님."

그가 흐느꼈다. "사랑이 대체 뭔가요? 제 머리를 되찾으러 나선 사람인가요? 사람의 머리란 고통으로 찢기다못해 치아의 무게마저도 부담이 되는 것을! 로빈은 내게 진실을 말할 수가 없었어요. 한 번도 계획해서 벌인 일이 아니었으니까요. 로빈의 인생은 꼬리에 꼬리를 무는 사고의 연속이었는데, 누군들 거기에 대비할 수 있겠어요? 이 세상에서 우리가 견디지 못하는 모든 것들, 그것들을 어느 날엔가 우리는 한 사람 안에서 발견하게 되고, 그런 즉시 그 모든 걸 일순 사랑하게 돼요. 자기 정체성이 강하다보면 자기는 결코 잘못을 저지를 수 없다고 믿기 십상이죠. 그런데 정체성이 너무 약해도 결과는 마찬가지예요. 진가를 알지 못하고 오직 후회만 하는 그런 천성도 있는 거예요. 로빈은 후회밖에 못하려나요?" 노라는 돌연 입을 다물고 의자 등받이를 꽉 쥐었다. "그건 아닐지도요." 노라는 말을 이었다. "기억에조차 피로를 느끼던 사람이니까요." 그러고서 비참함에 사로잡혀 격렬하게 퍼붓기 시작했다. "내 안에는 악한 구석이 있어요, 악한 것과 타락한 것을 사랑하는 구석이—순수의 시커먼 볼기짝을요! 솔직함을 지독하게 사랑하는 성향 말예요. 그렇지 않고서야 왜 번번이 거짓말쟁이의 문전에서 사랑을 구했겠어요?"

"이것 봐요." 의사가 말했다. "내가 달의 이쪽에서 제일가는 거짓말쟁이 신세가 된 이유가 뭔지 알아요? 당신 같은 이들에게 내 이야기를 늘어놓느라 그리된 거예요. 죽을 듯이 신음하는 그네들 속앓이를 없애주려고, 단말마의 고통에 몸부림치고, 발을 붙들고, 비명을 지르는 것을 멎게 한답시고, '무슨 말이든 해봐요, 선생, 제발 하느님!' 외치며 고통을 피하겠다고 손등 너머로 눈을 부릅뜨고 날 보는 그네들 괴로움을 덜어주느라고요. 그리하여 나는 미친듯이 설을 풀어대지요. 네, 단지 그 이유 하나로 내가 지금의 거짓말쟁이가 됐답니다.

당신 심장이 말이죠, 어느 부분을 재건 무조건 가로 5피트에 이른다고 해봅시다. 그런데 고작해야 쥐똥만한 심장 때문에 당신의 심장을 망가뜨리겠어요? 혹은 지금 체격 그대로라 한들, 돋보기를 써야만 찾을 수 있는 여자를 위해 당신 몸을 어느 물에건 내던지겠어요? 또는 에펠탑만큼 장신이거나 똥파리처럼 오물을 투척하는 사내라고 한들요? 아니지요. 우리 모두 크기에 따라 사랑하지만, 그럼에도 나이가 들면 들수록 저 거대한 목소리로 말씀하시는 하느님에게 하나같이 작디작은 목소리로 울부짖기 마련이니까요. 나이듦은 인생을 뒤로 도로 내던지는 것에 불과해요. 그렇기에 아직 잊기 시작했다고도 할 수 없는 이들을 마침내 용서하게 되는 것이지요. 바로 이런 무심함에서 당신의 용기가 기인하는 것인데, 진실대로 말하자면 그건 진짜 용기가 아니에요. 진실이란 없어요. 그런데 당신은 그걸로 당신네 둘 사이를 가로막았죠. 공식을 만들 만큼 당신은 어리석었어요. 알 수 없는 것에 익히 아는 의복을 둘러놓은 것이죠."

"인간은 공포에 길들여지면서 신을 만들었어요." 노라가 눈꺼풀을 떨며 말했다. "선사시대가 희망에 길들여지면서 인간을 만들었듯이요—대지를 식히고 바다를 물러나게 해서요. 그리고 힘을 갖길 원하는 나는 사내아이를 닮은 여자를 선택했고요."

"정확해요." 의사가 대답했다. "로빈을 사랑하는 만큼 다른 누군가를 사랑한 적이 당신에게는 이전에도 없었고, 앞으로도 다시는 없을 거예요. 그래, 좋아요—그렇다면 여자고 남자고 간에, 이 도착자들에게 우리가 품는 사랑은 과연 무엇이란 말입니까? 우리가 읽어온 연애담마다 언급하던 것도 이들이었지요. 길을 잃고 헤매는 여자아이는 결국 되찾은 왕자가 아니고 누구겠어요? 우리가 그토록 찾던 백마 탄 왕자님 말예요. 또 알고 보니 여자아이인 곱상한 사내아이는 결국 손뜨개 레이스를 입은 왕자-공주가 아니고 무엇이겠어요—둘 중 어느 한쪽에 들지도 않고 절반은 제 반대 성향을 띠는, 왜, 부채에 그려진 인물 같은 존재 말예요! 우리가 이들을 사랑하는 것도 그 때문이에요. 우리는 소싯적에 이미, 우리 손에 들린 독본의 지면을 말 타고 내달리던 그이들 앞에, 거짓말 중에서도 가장 달콤한 거짓말에 무력한 상태가 되었지요. 그리고 이제 그 왕자들이 소년 혹은 소녀의 형태를 띠게 된 것 아니겠어요. 왕자를 왕자로—남자가 아니라—만드는 것은, 여자아이라면 제 내면의 왕자이며, 사내아이의 경우는 제 내면의 소녀거든요. 이들은 우리는 잃어버린 저 먼 거리를 한참 거슬러올라가지요. 우리가 한 번도 가져본 적 없는 것이 기다리고 있는 곳으로요. 우리가 이들과 맞닥뜨리게 되리라는 것은 이미 불가피했으니, 우리의 오산이 낳은 동경과 갈망이 이들을 빚어냈거든요. 우리의 할머니들에게 이야기로 전해졌던 사랑의 정의, 그러나 끝내 그 정의에 미치지 못한 사랑에 대한 우리 나름의 답이 바로 이들이에요. 그런즉 그이들은 우리의 세기들을 가로지르는 살아 있는 거짓이죠. 그러한 오랜 거짓말이 고개를 들 때, 우리는 간혹 아름다움을 발견해요. 또 그러한 거짓말이 퐁당 빠져 사라질 때면, 그것이 약에건 술에건 질병에건 죽음에건 떨어져 녹아들 때면, 그 자체로 독자적이고도 무시무시한 마력을 띠기 마련이고요. 사람은 저 개인의 차원에서야 악을 혐오하고 또한 기피하려 할 수 있으나, 악이 제가 꾸는 꿈의 엷게 퍼진 가장자리, 잠이 내뿜은 그 여린 방울의 테두리를 이룰 때에는 누구고 악을 마음속 깊이 새길 수밖에요. 유별한 마음이 낳고 또 살해하는 저 숨막히는 악몽의 암담한 고통을 마음속 깊이 새기기 마련이듯요. 그리하여 두 사람 중 하나가 천연두로 죽을 지경에 이른다면, 남은 하나도 그로 제 목숨이 끊어지기를 바라지요. 소스라칠 공포와 희열이 공존하는 이 갈망이 깊어질 때, 즉 이 두 심정이 결합하여 무정형의 바닷속으로 도로 잦아들 때, 그 물속 깊숙이 백조 한 마리가(그 백조가 우리건, 그녀 혹은 그이건, 혹은 만인의 신비건) 울며 가라앉는 거랍니다."

"사랑은 열정으로 마주한 죽음이에요. 난 알지요, 그렇기에 사랑은 지혜이기도 하다는 걸요. 난 형을 선고받은 사람처럼 로빈을 사랑해요."

"아, 과부 나사로여! 죽었다가 일어난 이여! 아, 달빛 기질이여! 저 무시무시한 나무를 봐요. 그 가지에 올라앉아 구슬프게 우는 저 애처로운 새를—투르다스 무시쿠스, 일명 유럽 노래지빠귀라는 새로, 눈물 잠긴 밤 내내 후렴구를 반복해 부르고 앉았잖아요. 라르고 템포로 시작하더니만 밤이 다할 즈음에는 〈날 부르는 네 목소리〉나 〈다시 키스해줘〉풍으로 격렬해지죠. 그러면 디아나는 어디 있느냐? 에페수스가 숭배하는 디아나, 그 여신은 저 그리스 정원에 앉아 노래하며 가슴 깊이서부터 전율하고 있지요. '패가'와 '망신'이라는 바티칸의 두 마리 개는 교황의 산책로를 오르락내리락하고, 신중함을 떨치고자 꼬리에 장미를 매단 채 람블라 거리로 달려나가고요. 내가 모르는 게 있겠어요! 벽장에 사는 노파인 내가, 모든 아이들은 그들 각각에게 주어진 날

이 언제고 간에 역사 이전에 태어난다는 사실을, 또한 심지어는 그릇된 생각에만도 인간 정신이 얼마나 초인적인 노력을 기울였어야 했는지 설마 모르겠어요? 앎의 나무를 구부려보면, 기이한 새가 둥지에서 떨어져나오게 된다죠. 고통은 어쩌면 사악함과 열등한 몸부림으로 구성됐는지도 몰라요. 부아와 부정확한 앎이 울부짖으며 뼛속까지 폭풍을 몰아치나니, 이유인즉슨, 만인의 의견과는 정반대로, 고통이라고 모두 정화하는 건 아니거든요—만인의 용서를 구하며 말하자면요. 그런데 만인의 용서를 우리는 만인의 앎이라고도 부르죠. 고통은 때로 사람들을 고역과 흰소리로 몰아붙여 위증에까지 이르게도 하며, 복막이 애끓어 흔하고 값싼 기도를 올리고 헛된 고뇌에 빠지도록 만들기도 해요."

"제니처럼요." 노라가 말했다.

"고통이 그이의 잠을 곯게 만드는 거예요—제니는 새처럼 쪼아먹고 황소처럼 배설하는 부류에 속하거든요—군색하고 궁상맞은 영혼들! 그 또한 고문이 될 수 있지요. 우리 중 아무도 제 분에 걸맞은 고통을 받지 않으며, 제 입으로 말하는 정도만큼 사랑하지도 않아요. 사랑은 최초의 거짓말이요, 지혜는 최후의 거짓말이지요. 악을 알기 위한 유일한 길은 진실을 통하는 것임을 내가 모를까요? 악도 선도 스스로에 대한 자각에 이르려면 서로가 얼굴 맞대고 비밀을 털어놓아야만 하지요. 진정한 선은 진정한 악(자비로우신 성모여, 실로 이 세상에는 그러한 것이 존재하질 않던가요!)과 대면하고서야 어떻게 양쪽 다 거부할 수 있는지를 처음으로 배우는 법이니—한 얼굴이 상대의 얼굴에게 둘이 똑같이 망각하고 있던 절반의 이야기를 알려주거든요.

전적으로 순수하다는 것은 전적으로 알려지지 않은 존재임을 의미해요, 특히 저 자신에게 미지로 남아야 하지요."

"간혹 로빈이 나에게 돌아온 게 아닐까 싶을 때가 있었어요." 의사의 이야기에 아랑곳 않고 노라가 말했다. "눈을 붙이러, 그리고 안전을 찾아서요. 어김없이 다시 집을 나갔지만요." 그가 씁쓸히 덧붙였다.

의사는 담배에 불을 붙이고 턱을 들어 연기를 높이 내뿜었다. "자기 연인들에게 저 열정적이고도 위대한 무심함을 맛보게 하기 위함이죠. 아차!" 그가 턱을 바로 하며 외쳤다. "새벽이잖아요, 새벽! 그럼 그렇지! 새벽이라고 겁을 먹고 돌아온 거예요. 그 시간대면 밤의 시민은 갈수록 희박해지는 실줄기 위에서 아슬아슬하게 균형을 맞추어야 하거든요."

"오로지 불가능만이 영속할 뿐이에요. 시간이 보태지면 불가능한 것도 접근이 가능해지고요. 로빈의 사랑도 나의 사랑도, 언제나 불가능했어요. 서로를 사랑하는 한, 우리는 더는 사랑하는 것이 아니지요. 그럼에도 우린 서로를 죽음같이 사랑하지만요."

"흐음." 의사가 중얼거렸다. "저녁식사 종을 치듯 삶을 쳐댄들, 결코 소리를 울리지 않는 시간이 하나 있지요—뒤엉켰던 것이 해체되는 시간요. 어쩌겠어요," 그는 한숨을 내쉬었다. "사람은 누구나 심장을 삼키게 만든다는 저 독극물로 결국 삶을 끝내는 것을. 당신은 심장을 손에 쥐고 살죠. 도로 집어넣어요. 그 심장을 삼킨 사람이 당신에게 맛을 들였다가는 그의 주둥이가 당신 갈비뼈 틈에서 컹컹 짖어대는 소리가 들려오게 될 테니. 나도 물론 예외는 아니라, 당연히도, 나는 내 혈통의 마지막 손이에요, 머리카락 두께에 매달려 겨우 버티는 셈이지. 참으로 참담하지요. 인간이란 제 다리 사이에 달린 것을 통해서만 배움을 얻을 수 있다니! 아, 그 짧디짧은 몽당추여! 그 몽당추의 근면 성실함으로 우리는 피할 길 없는 죽음을 타락시키죠. 자기 몸이라 한들 그 말단 부위 중 어디에 마음이 온통 쏠릴지는 좀체 예상이 안 되는 법이니까요."

"내 마음부터 되잡아줄 수는 없나요, 매슈—지금도 내 마음은 이 집에 온통 쏠려 있어요. 로빈의 마음과 내 마음이 함께 어우러질 수 있기를 바라며 장만했던 집인걸요. 놀라운 일이죠. 이제는 나도 혼자일 때 더 행복한 걸 보면요. 로빈과 같이 지낼 때는 그이가 떠나고 싶어 안달하는 걸, 한편으론 또 머물고 싶어 안달하는 걸 지켜봐야 했죠. 우리는 과연 스스로 신세를 결딴내는 데 일생의 얼마만큼을 할애하는 걸까요? 한번 비틀대며 집으로 돌아왔다 하면, 로빈은 안뜰에서 들려올 발소리에 귀기울여가며 떠나되 떠나지 않을 방도를 마련해줄 이가 나타나기를 기다렸어요. 귀를 열성껏 기울이는 것만으로, 그 집중력의 강도만으로, 내가 의심을 품을 만한 소리란 소리며 잡음이란 잡음을 자신이 모조리 흡수할 수 있기라도 하듯요. 동시에 내 심장이 찢어지더라도 안전한 거리에서, 자신에게 미치지 않을 곳에서 찢어지길 바라는 거예요. 그러한 보장이 로빈에게는 필요했어요. 매슈, 내가 로빈을 믿은 건 죄였나요?"

"그럼요, 그 탓에 로빈은 인생이 잘못됐으니."

"하지만 난 내가 로빈을 더이상 믿지 않게 된 순간, 내가 선생님을 찾아간 그날 밤 말이에요, 그 순간을 한시도 쉬지 않고 떠올리는걸요. 언제고 그 순간이 다시 들이닥칠까 무서워 생각을 안 할 수가 없어요."

"후회예요." 의사가 말했다. "후회는 수소의 엉덩이만큼이나 무겁게 내리누르지요—당신이야 '솔직함'을 자부했기에 그 엉덩이에 심장이 찌그러지는 걸 막을 수 있었다만, 로빈은요? 로빈에게는 당신이 그에게 둔 믿음밖에는 없었죠—그런데 당신이 그 믿음마저 거두어버렸잖아요! 그것만은 언제고 그대로 두었어야 하는 건데, 그것도 결국 신화임을 알아차린 이상은 더더욱요. 그 어떤 신화도 안전하게 깨지는 법은 없어요. 아, 강자의 나약함이여! 당신이 골치 아픈 건, 당신이 단순히 신화의 창조자여서만이 아니라, 또한 파괴자이기 때문이에요. 곱디고운 허구를 지어내고는 그 침대 옆자리에 볼테르를 같이 눕힌 꼴이지요. 아, 〈사울〉*의 장송행진곡이여!"

노라는 제 말이 끊긴 적이 없다는 듯 하던 이야기를 이었다—"왜냐면 그날 밤이 지나고서 나는 제니를 보러 갔거든요. 그 계단이 아직도 기억나요. 갈색 목제 계단으로, 입구의 홀은 흉하고 어두컴컴했고, 집안도 암울했어요. 돈깨나 있는 사람이라곤 전혀 상상 못할 정도였죠. 겨자색 벽지가 응접실까지 발려 있고, 홀에는 뭔가 붉고 푸르고 시커멓고 흉측한 게 있었고, 현관과 마주한 저 끝 침실에는 더블베드가 놓여 있었어요. 거기 베개에 인형이 하나 기대어 있는 거예요. 로빈이 나한테도 인형을 준 적이 있거든요. 그래서 알았죠, 이 집이 제니의 집이 맞다는 걸, '당신이 로빈의 정부 맞죠?' 하고 묻기도 전에 알았어요. 벌벌 떨던 불쌍한 여자 같으니라고. 골반뼈가 가운 밖으로 날아나올 듯이 적나라하게 드러나 있더군요. 그걸 보고 난 하마터면 몸을 굽히며

* 헨델의 오라토리오 〈사울〉은 구약성서에 등장하는 이스라엘왕국의 첫 국왕인 사울이 겪는 후계자 다윗과의 갈등과 몰락을 그린다.

공포에 질린 웃음을 터뜨릴 뻔했어요. 그도 경악하여 새우등을 하고 앉아 있었죠. 큰까마귀 부리 같은 주둥이만 용케 내밀어 '그래요'라고 대답하면서요. 그러고서 난 눈을 들었는데, 벽면에 로빈이 아기였을 때 찍은 사진이 걸려 있더군요(나한테는 잃어버렸다고 했던 사진이 말예요).

그때 제니가 무너졌어요. 내 무릎으로 고꾸라졌죠. 이어서 그가 털어놓는 말을 들으면서, 나는 내가 그에게 위협적인 존재가 아니라 오히려 그가 겪고 있는 고문을 이해할 사람이라는 사실을 깨달았지요. 굉장히 격앙된 상태로 내게 말했어요. '아까 오후에 집을 비웠는데, 로빈이 나를 찾아올 거라고는 생각도 못했으니까요. 로빈이 그랬거든요, 당신이 시골에 다녀왔다고, 그리고 오늘 저녁에 돌아오기로 해서 오늘은 당신이랑 집에 있어야 한다고, 당신은 언제나 자기에게 몹시도 잘해줬다고요. 물론 말할 필요도 없이 두 사람 사이에 이제는 아무것도 남아 있지 않고, 다만 '그저 좋은 친구 사이'라는 걸 나도 알지만요, 로빈이 내게 다 설명해줬으니까. 그런데도 내가 집에 없는 사이 로빈이 찾아왔었다는 걸 알고는 미치는 줄 알았어요. 로빈이 누누이 말했거든요. "집을 비우지 말고 있어야 해, 노라에게 상처를 줄 수 없으니 내가 정확히 언제 돌아올지는 장담 못해"라고요.'" 노라의 목소리가 갈라졌다. 그는 말을 이었다.

"그다음에 제니가 한 말은 '어떡할 생각이에요? 내가 어쩌길 원해요?'였어요. 난 내내 알고 있었어요. 제니는 하고 싶은 일밖에 못하는 사람이라는 것과, 그 질문 뒤에 숨은 꿍꿍이가 뭐건 제니는 거짓말쟁이란 걸요, 그 입에서 진실이 나온다 할지라도요. 난 죽은 것이나 다름 없었죠. 그런데 별안간 다시 힘이 솟는 기분이 들어서 '그래 좋아요, 우선 한잔해요'라고 말했어요. 제니가 잔에 병을 부딪쳐 칙칙하고 흉측한 카펫에 술을 온통 흘려가며 리큐어를 두 잔 따랐어요. 난 속으로, 날 아프게 하는 게 또 있는데 그게 뭘까, 하고 계속해서 되뇌다가 마침내 알아차렸죠—인형이었어요. 침대 위에, 거기 올라앉은 그 인형요."
노라는 의사를 바라보며 자리에 앉았다. "아이에게 인형을 줄 때, 우리는 그 아이에게 죽음을 주는 거나 같아요—이때 인형은 제웅이자 수의이지요. 반면 한 여자가 다른 여자에게 인형을 줄 때, 그 인형은 두 사람이 가질 수 없는 삶을 나타내요—두 사람의 아이, 성스럽고도 불경한 아이 말이죠. 그러니 그 집에서 인형을 본 이상 난—" 노라는 말을 잇지 못했다. 그러고는 울기 시작했다. "나부터가 얼마나 괴물스러우면 늘 그 곁에 붙따라 울고만 있는 건지!

집에 와보니 로빈이 기다리고 있었어요. 내가 늦게 돌아오자 뭔가 잘못됐다는 걸 이미 눈치챘더군요. 난 로빈에게 말했어요. '우린 이제 끝났어—더는 못하겠어. 넌 처음부터 쭉 날 속여왔고, 그 여자에게 내 존재마저 부인했지. 더는 못 견디겠어'라고요.

그랬더니 그대로 일어나 현관으로 가는 거예요. 잠자코 고리에서 외투를 잡아채는 로빈에게 '넌 나한테 아무 할말이 없어?' 하고 물었더니 그제야 고개를 돌려 날 보더군요. 한때 눈부시게 아름다웠던 것을 강물의 깊이를 사이에 둔 채 바라보는 기분이었는데—그러곤 현관 밖으로 몸을 던지듯 사라져버렸죠."

"그리고 당신은 울었을 테고요." 의사가 고개를 끄덕이며 말했다. "가벼움에 눌려 허우적대는 사람처럼 집안을 뱅뱅 돌았겠죠. 이제 결딴난 신세다 생각하며 두 손을 비벼댔을 테고요. 정신 나간 듯 웃어대다가 간간이 노래마저 흥얼거리며 얼굴을 손에 파묻었을 테고요. 무대 위의 눈속임도 결국은 다 사람살이에서 가져온 것들이건만, 당신은 어느 순간 저 스스로 그러한 동작들을 해 보이고 있음을 깨닫고는 수치심이 유발한 혼란에 빠졌을 테죠. 기왕이면 같이 이성을 잃을 동지를 찾겠다고 집밖으로 나섰을 때는 그런 당신을 보고 사람들이 '맙소사, 노라 꼴 좀 봐!'라고 했을 테고요. 이름난 폐허가 철거되는 광경만큼 훌륭하고도 소름 끼치는 장관도 없으니까요. 당신은 왜 내게 이야기를 하고 싶어할까요? 내가 신이 망각한 또다른 여자이기 때문이죠."

"푯말 하나 없어요, 매슈." 노라가 말했다. "어디로 가야 할지 통 알 수가 없어요. 남자야 나와는 아예 다른 타인이지만 — 여자는 나 자신, 당황하여 돌아서는 순간 포착되는 나 자신이거든요. 여자의 입에 입맞추는 건 곧 내 입에 입을 맞추는 거예요. 그를 빼앗기면 나 스스로를 도둑맞았다며 울부짖기 마련이고요. 하느님이 날 보고 웃으시지만, 그 웃음이 내 사랑인걸요."

"당신은 죽었다가 사랑을 위해 다시 일어난 거예요." 매슈가 말했다. "하지만 장터에 다녀오는 당나귀와 달리, 당신은 언제고 같은 양의 짐을 지고 있지요. 아 정말이지, 로빈에게 넌더리가 날 때도 한번 없었단 말인가요! 가끔 밤새 혼자라는 사실에 기쁘지 않았어요? 로빈이 집에 돌아오는 때가 영영 오지 않기를 바랄 때도 있지 않았어요?"

"영영 오지 않기를, 그리고 언제고 돌아오기를 바랐죠. 난 로빈이 다시 다정하게 굴까봐, 그게 두려웠어요. 그런 걸 두려워하다니, 끔찍하지 않나요." 노라가 말했다. "로빈이 말을 바꾸는 순간이 올까봐 두려웠던 거예요. 그리하여 우리 사이에만 존재하는 말들로 만들어버릴까 봐, 다른 사람은 결코 공유할 수 없는 말들로 만들어버릴까봐요—로빈은 이렇게 말했죠, '넌 내 곁에 있어야만 해, 그래야만 내가 살 수 있어.' 그러고도 하룻밤은 몽파르나스에서 내 뒤를 쫓아왔어요. 로빈이 상태가 안 좋아 보이고 집에 혼자 돌아가지 못할 거라는 이야기를 전해듣고 밤중에 로빈을 찾아 나선 길이었어요('내 눈의 증거'를 직접 목도하는 게 버거워 그즈음에는 아예 로빈과 외출하지를 않았거든요). 로빈은 내 뒤를 쫓아 몇 블록씩을 달려오느라 숨이 턱턱 막히는 와중에 분개하며, '너야말로 악마야! 네가 모든 걸 더럽히고 있어!' 하고 퍼부었어요(내가 로빈을 붙들고 있는 누군가의 손을 떼내려고 했거든요. 로빈이 취하기만 하면 사람들은 그이 몸에 손을 댔죠). '더럽고 지치고 늙은 기분이 드는 것도 다 너 때문이야!' 하고요.

난 벽을 등지고 돌아섰어요. 우리 주위로 경찰관과 길에 있던 사람들이 모여들었죠. 난 추웠고 더없이 창피했어요. 로빈에게 '그 말 진심이야?' 하고 물었더니 진심이라더군요. 경찰관의 어깨에 고개를 기대면서요. 취해 있었으니까요. 그 경찰관은 한 손으론 로빈의 손목을, 다른 손으로는 로빈의 엉덩이를 잡고 있었어요. 그런데도 로빈은 아무 말 하지 않았어요. 아예 알아차리지도 못한 거죠. 그저 나한테 독설을 퍼붓고만 있었어요. 결국 난 서둘러 그 자리를 벗어났어요. 머리가 아주 막대한 공간 안에 있는 기분이었어요. 로빈이 내 뒤를 쫓아 달리기 시작했어요. 난 멈추지 않고 계속 걸었죠. 여전히 춥긴 해도 비참한 기분은 들지 않더라고요. 그런데 로빈이 갑자기 내 어깨를 붙들더니 싱글거리며 내 품으로 쓰러지는 거예요. 비틀거리는 걸 내가 붙들어 추슬러주었는데, 마침 거리에 구걸하고 앉은 늙은 창부를 보고 나한테 한다는 말이, '저 여자한테 돈을 줘, 네가 가진 돈 전부!'였어요. 그러더니 아예 제 손으로 돈을 길에 던지고는 꼬질꼬질한 노파 앞에 몸을 숙여 세월의 땟국으로 허옇게 센 머리를 쓰다듬었어요. 그러면서 '저 자들 다 신에게 버림받은 딱한 처지지요. 그중에서도 당신이 제일 딱하지만, 저네가 당신에게는 행복조차 허락하지 않으니까. 술도 입에 못 대게 하잖아요. 자, 가서 마셔봐요! 내가 돈도 주고 허락도 해줄 테니! 저 여자들—저네라고 이 여자와 하나도 다를 것 없어요.' 분개하며 그렇게 말했어요. '다들 하나같이 선량하다지—하나같이 우릴 구하려 들고!' 그러고는 노파 옆에 털썩 주저앉았어요.

결국 급사와 내가 로빈을 일으켜 로비까지 데려가는 데 삼십 분은 족히 걸렸을 거예요. 그런데 거기까지 다 가서 갑자기 반항하기 시작하지 뭐예요. 그 순간 난 생각할 겨를도 없이, 다만 지칠대로 지치고 고통에 겨운 나머지 손을 들어 로빈을 치고 말았죠. 그제야 로빈은 정신이 번쩍 드는지 흠칫하고는 미소 띤 얼굴로 불평 없이 날 따라 계단을 올랐어요. 침대에 들어서는 달걀을 먹으면서 내게 연신 '천사! 천사!' 하고 외치더니, 내 달걀까지 다 먹어버린 뒤 드디어 몸을 눕히고 잠이 들었지요. 그제서야 난 로빈에게 입을 맞추었어요. 그리고 로빈의 싸늘한 손과 발을 잡으면서 이렇게 말했어요. '이제 죽어. 그러면 너도 조용해질 테니, 더러운 손들이 네 몸에 더는 닿지 않을 테니. 내 심장을 훔치고 네 몸까지 훔쳐 길거리로 나가 킁킁거리는 저 개들 코에 내어주는 일이 다시는 없도록—이만 죽어. 그러면 넌 영원히 내 것이 될 테니까.' (그럴 권리를 지닌 사람이 어디 있다고 말이에요)." 그녀는 잠시 말을 중단했다. "로빈은 취했을 때만 내 사람이었어요, 매슈. 취해서 곯아떨어졌을 때만요. 가장 끔찍한 건 그거예요. 죽은듯이 취했을 때 말고는 내 소유였던 적이 아예 없다는 사실요. 난 로빈을 알고 지내는 동안 단 한 번도 로빈의 삶이 그러하리라는 걸 믿지 않았는데, 따지고 보면 내가 그 사실을 믿지 않았다는 것부터가 내가 어딘가 잘못됐다는 증거잖아요. 나는 로빈을 항상 키 큰 어린아이처럼 여겼어요. 갓난아이에게 입히는 가운의 길이만큼 자라나 어느새 혼자 걷기 시작한 아이, 그러므로 도움과 안전을 필요로 하는 아이로요. 저만의 악몽에 빠진 사람이었으니까요. 그리고 나는, 용케 그 속에 비집고 들어가 로빈을 구하려 한들 결코 주어진 시간 내에 로빈에게 가닿지 못할, 로빈의 꿈속을 방황하는 그림자일 뿐이었고요. 잠든 이의 울음에는 메아리가 없건만, 나는 거기 답하겠다고 몸부림치는 메아리였던 셈이에요. 겉 커튼에 아슬아슬하다 싶을 정도로 바짝 붙어 서성거리는 새로운 그림자가 로빈이라면, 나는 그걸 지켜보느라 잠들지 못한 채 손을 내밀 수도, 가까이 다가갈 수도, 그렇다고 그림자에 들러붙는 사람들을 쳐낼 도리도 없어서 실성할 지경에 이르러 있었죠. 내가 그리도 필사적인 와중에도 그 그림자는 성인의 얼굴이자 백치의 얼굴을 하고는, 걷는 것조차 아닌 미묘한 동작으로 몸을 달싹였어요.

그리고 내가 평생 가도록 기억할 그날, 내가 '우린 이제 끝났어'라고 말한 날이 왔죠. 잠들어 있던 로빈을 내가 손으로 내리쳐 깨웠어요. 잠든 동안은 온전하기만 했던 로빈이 잠결에서 벗어나 내가 보는 앞에서 고약하게 변했어요. 제발 무슨 말이든 해봐요, 매슈. 혹독한 말이라도 가리지 않을 사람인 거 다 아니까, 무슨 말이든지요! 그렇게 될 줄은 정말이지 몰랐어요. 내 손으로 그 끔찍한 일을 일으키게 되리라곤 상상도 못했다고요! 그때까지는 그 어떤 변태도 로빈에게 손대지 못했건만, 그랬던 로빈이 별안간, 그리고 일시에, 내 눈앞에서 곪아 변질되고 시드는 모습을 보고 만 거예요, 내 손으로 그이 잠을 내쳤다는 이유만으로요. 그 순간이었어요, 내가 미친 건. 그리고 그뒤로 죽 미쳐 있지요. 손쓸 도리가 있어야죠. 방도가 없는걸요! 무슨 말이든 해봐요, 오 하느님, 무슨 말이라도요!"

"그만! 그만!" 의사가 외쳤다. "소리 좀 그만 질러요! 그 손 좀 가만 둬요! 그만 좀 해요! 당신은 소위 '좋은 여자', 달리 말하자면 격 있는 암캐에 다름 아니었던 거예요. 당신 자신과 로빈을 살해할 수 있는 유일한 자! 로빈은 '인간형'의 범주 밖에 있었고요—여인의 몸에 갇힌 야생의 것이기에 로빈은 괴물스럽게 혼자이고 괴물스럽게 허영이 강하죠. 코니아일랜드에 가면 볼 수 있는 반신불수의 사내처럼요—(사람에게서 세상과의 동질성을 앗아가는 것은 그의 자구책 또한 앗아가는 거나 같죠)—이 사내는 상자 안에 들어가 등을 대고 누워야 했는데, 단, 이 상자에는 우단 안감이 둘려 있고, 사내의 손가락은 보석으로 장식돼 있었으며, 그가 눈을 떼려야 뗄 수 없는 상자 바로 위에는 하늘색 거울이 장착돼 있었으니, 이 모든 게 그가 저 자신의 '다름'을 만끽하고 싶어서였답니다. 로빈은 당신 삶의 일부가 아니에요, 당신이 로빈의 꿈의 일부지. 결코 거기서 벗어날 수도 없을 테고요. 그런데 로빈은 왜 스스로 결백하다고 느끼느냐? 그건 그이가 누구에게도 마음 쓸 일 없이 가뿐히 잠자리를 떠날 때마다 자기 가슴이 평온과 행복감으로 가득차는 것을 느끼기 때문이지요. 또 한차례 '도피'에 성공한 셈이거든요. 로빈이 '다른 사람의 입장'을 헤아리지 못하는 것도 그 때문이에요. 로빈에게는 자기 자신만이 유일하게 가능한 '입장'이니까요. 그래서 자기가 한 행동을 들어 당신이 나무라면 그리도 불쾌히 여기는 거고요. 로빈은 자기 자신과 관계되는 것 이외에는 어떤 언행도 하지 못하는 사람이고, 그렇기에 스스로 순수함을 알지요. 당신이 로빈을 거의 붙잡을 뻔한 건 사실이에요. 하지만 로빈은 영리하게도 당신을 마돈나로 만들어버림으로써 저에게서 떨쳐냈죠. 당신이 그간 그리도 모질게 다져온 인내와 공포였는데 로빈을 생각해서라도 그것들을 끝까지 간직하지 못할 거였다면, 결국 다 무슨 소용이었나요? 굳이 로빈의 무릎에서 지혜를 배워야만 했어요?

오 신이시여, 그깟 교훈 안 배우고 그냥 넘어가기가 그리도 힘들던가요? 우리가 삶에서 배우는 교훈 열에 열이 우리 연인에게 죽음과 칼을 쥐여줌으로써 얻는 법인 것을. 당신이 긍지로 가득찬 단지라면, 난 어두운 곳에서 기도를 올리며 엎질러지는 빈 단지이지요. 진실로 사랑을 하는 사람이란 없다는 걸 난 알거든요. 그중에서도 가장 사랑을 하지 않는 사람이 나라는 것도, 그리고 나를 사랑해주는 사람 또한 없다는 것도요. 그런 까닭에서 대부분의 사람들이 열정적이고 환한 모습을 간직할 수가 있는 것이죠. 사랑하고 싶고 또 사랑받기를 원하니까. 더욱이 시간이 집필하는 저 역작을 망각하고자 각오한 귀에 거짓말 한줌 흘려주는 것처럼 쉽게 그 귀를 망각에 이르도록 만드는 방법도 없으니까요. 그러니 나, 오코너 의사가 이르길, 조용조용 소리 죽여 걸어나가도록 해요, 교훈이건 뭐건 배울 생각일랑 말고요. 삶의 교훈이란 언제나 다른 이의 몸을 통해 터득해야 하는 법이니. 또한 심장으로 행할 것이며, 사랑을 줄 때는 신중하도록 해요—죽음에 이르는 연인은, 설사 당신은 그이를 망각한 지 오래라 해도, 당신의 일부를 제 무덤에까지 갖고 가기 마련이니까. 하느님이 의도하신 대로 먼지처럼 겸허해지고, 살살 기어가도록 해요. 그리하여 어느 날 마침내 도랑의 끝에 가닿거든 그때는 당신을 그리워하는 사람도, 딱히 기억하는 사람도 없을 겁니다."

"가끔 로빈은 종일 집에 앉아 창밖을 내다보거나 기차니 동물이니 태엽 자동차 같은 장난감을 갖고 놀곤 했어요." 노라가 말했다. "인형과 마블 구슬, 장난감 병정을 갖고 놀기도 했고요. 그러면서도 내내 내게서 눈을 떼지 않았는데, 그건 날 찾아오는 사람은 없는지, 전화벨이 울리는 적은 없는지, 내 앞으로 온 편지며 안뜰에서 불러대는 사람은 없는지 지켜보기 위해서였죠. 그런 일이 있을 가능성이 만무하다는 걸 알면서도요. 내 삶은 로빈의 것이었으니까요.

또 어떤 때는, 저녁결에 이미 취해갖곤 인형을 들고 방 한가운데 서 있는 채로 발견되기도 했어요. 소년처럼 옷을 입고 서서는 몸을 좌우로 흔들며, 우리를 위한 선물이라면서 자기가 전에 사왔던 인형을—'우리 아이'를—머리 위로 번쩍 치켜들고 있었죠. 당장에라도 내던질 태세에, 얼굴은 분노로 가득했어요. 또 한번은 새벽 세시가 다 되어 집에 돌아와놓고는, 내가 그날만은 종일 집에 앉아 저를 기다리고 있지 않았다는 사실에 분노를 토한 적이 있어요. 인형을 바닥에 내동댕이치더니 발을 들어 밟고 뒷굽으로 짓이겼지요. 내가 뒤에서 소리치며 달려들 동안에도 인형을 마구 찼어요. 사기로 된 머리가 먼지로 변하고 뻣뻣한 인형 옷이 파르르 떨며 바닥 위를 뱅뱅 돌 때까지요."

의사가 두 손바닥을 맞대었다. “사랑으로 포악해진 당신이 만일 로빈을 가만두었더라면, 그랬다면 사정이 어땠을까요? 단테가 저와 동시대를 살던 부랑배 여인에게 눈길 한번 주었대도 그 여자가 방황하는 여자로 남았을까요? 아니, 그랬더라면 그 여자는 기억됐을 터, 기억되는 이들은 면역의 옷을 입게 되지요. 로빈이 제 하나뿐인 무기로 당신에게 맞설 권리가 없었다고 생각해요? 그이는 당신에게서 그 무시무시한 외눈을, 자기를 영원한 표적으로 만들 그 시선을 보았던 거예요. 여자아이들만 해도 인형에게 그 권력을 떨쳐오지 않던가요? 인형—그래요, 인형이란 곧 지나간 것들과 다가올 것들의 표적이지요. 인형 중의 마지막 인형, 즉 나이가 차고 나서 우리에게 주어지는 인형이 바로 소년이었어야 할 소녀고, 소녀였어야 할 소년인 겁니다! 우리가 마지막 인형에게 품게 될 사랑은 우리가 첫 인형에게 느꼈던 사랑에서 이미 전조를 보였다 할 수 있죠. 인형이라는 물건을 봐도, 그리고 미성숙한 사람들을 봐도, 어딘가 옳지 않은 데가 있어요. 인형은 생명을 닮긴 했으되 담고 있지 않아서고, 제삼의 성은 생명을 담았으되 닮기는 인형을 닮은 터지요. 복받은 얼굴이여! 대신 옆모습만 봐야지, 그러지 않거든 도끼로 정확히 가른 무성無性의 불확신, 그 서로 동일한 두 반쪽을 맞붙인 것임이 드러나거든! 이들의 왕국은 전례가 없어요. 내가 어째서 근 오십 년 세월을 술집 바에 눈물 떨구며 지냈겠어요, 나 또한 그들 중 하나가 아니었다면! 사람이 깃든 적 없는 천사! 그거야말로 당신이 노상 사냥해온 것의 이름이지요!”

“악마들이 존재하는 건 아닐까요, 매슈? 악마들이 있는 건지 누가 알아요? 그런 악령들이 사람이 깃든 적 없는 그 자리에 발을 들인 건지도요. 로빈에게 위안을 주려고 한 나는 로빈의 악마였나요? 난 내 죽은 이들 안에 깃들지만, 그런들 그들에게 아무런 위안을 주지 못해요. 심지어 꿈속에서도요. 거기, 내 잠결에, 할머니가 계셨거든요. 내가 세상 그 누구보다도 사랑했던 할머니가 무덤 잔디와 뒤엉켜 당신 주위와 그 사이사이 꽃이 날아다니는 와중에 누워 계셨어요, 무덤 속에, 숲속에, 유리 관 속에요. 이어 아버지가 나타나더니 할머니가 있는 무덤 옆자리로 나지막이 날아들었어요. 아버지는 살아 계셨고, 무덤 속에서 할머니를 앗아간 죽음과 씨름을 벌이는 것 같았어요. 고개를 뒤로 젖혀 고수머리를 산발로 펼친 채 혼신을 다해 겨루고, 그동안에 나는 무덤 가두리를 맴돌았죠. 소리 없이 통곡하며 빙빙 그 둘레를 돌면서 할머니와 아버지가 죽음과 분투하는 모습을, 마치 두 분이 바다와, 그리고 내 인생 자체와 씨름하는 양 바라보았어요. 나는 울고 있었는데 달리 할 수 있는 것도, 그렇다고 거기서부터 벗어날 수도 없었어요. 두 분이 거기, 무덤 유리 안에, 무덤 물과 무덤 꽃과 무덤 시간 속에, 하나는 산 채로, 하나는 죽은 채로, 그리고 하나는 잠든 채로 있었으니까요. 그 일은 영영 끝나지 않을 듯 계속되었지요. 정작 모든 것이 동작을 멈춘 채 멎어 있었는데도요. 아버지는 주먹을 내리치길 그만두고 할머니 곁에 떠 있듯 잠잠히 누워, 도저히 움직일 것 같지 않은 모습으로 그 비좁은 공간을 부유했어요. 그러고서 난 잠에서 깼는데, 그래도 여전히 계속되는 거예요. 내 각성의 어두운 흙에까지 그 꿈이 잦아들었던 거죠. 달아난 잠의 흙으로 내가 그 두 사람을 묻고 있기라도 한 듯했으니, 아버지의 어머니를 내가 그리 묻은 거예요. 내 아버지를 통해 꿈을 꾸어 그리했고, 또 두 사람을 내 눈물과 내 꿈들로 괴롭혔어요. 우리 모두는 다른 이의 잠결에서 제 죽음을 반복하게 되니— 로빈에게도 난 마찬가지 짓을 했어요. 그러니 오직 나를 통해서만이 로빈은 거듭해 죽고 또 죽을 테고, 내 온 식구를 통틀어 오직 나를 통해서만이 내 할머니는 거듭해 숨을 거두시고 또 거두시죠. 나는 잠에서 깨어 침대에서 일어났어요. 무릎 사이로 두 손을 집어넣으며 스스로 물었죠. '대체 이 꿈이 말하려는 게 뭐지, 맙소사, 이게 대체 무슨 꿈이야?' 왜냐, 그건 나를 위한 꿈이기도 했으니까요."

별안간 매슈 오코너 의사가 외쳤다. "내가 원하는 건 논의의 여지 없이 내 어머니인걸!" 그러더니 자신이 낼 수 있는 가장 큰 목소리로 고함을 쳤다. "성모여! 나는 당신 아들이 되고 싶었건만—아무도 모르게 사랑받는 둘째라도 좋았다고요!"

"오, 매슈. 어떻게 나아가야 할지 도무지 모르겠어요. 어느 길로 들어야 좋을지 모르겠어요! 로빈을 보게 되거든, 내 이 두 팔이 언제고 그이를 보듬고 있다고 말해줘요—우리 두 사람이 죽는 날까지 영원히 그러할 거라고요. 그이 해야 하는 대로 하며 살라고, 하지만 잊지는 말라고 얘기해줘요."

"당신이 직접 얘기해요." 의사가 말했다. "아니면 말을 말고 그저 괴로운 대로 앉아 있든가, 그편을 선호한다면 말이죠. 북방족제비도 똑같아요—여자들이 그 모피를 갖겠다고 거액을 지불하기를 마다않는 그 근사한 노란빛 털복숭이들 말입니다—그 녀석들은 어쩌다가 그렇게나 값진 색을 띠게 됐을까요? 그야 필생을 침대에 들어앉아 오줌 지리거나 제각기 방식대로 통곡하다가죠. 사람도 똑같아요. 사람이 값어치를 띠게 되는 유일한 경우가 자기를 '골칫거리'라는 가능성에 열어

두었을 때죠—자기 자신의, 그리고 세상의 골칫거리에요. 의례는 그 자체로 가르침이 되나니. 그리하여 우리, 내가 당초 출발점으로 삼았던 곳으로 되돌아왔군요. 선하신 하느님께 기도 올리도록 해요. 그녀가 당신을 돌볼 거예요. 난 개인적으로 하느님을 '그녀'라고 부르는데, 그건 신이 날 이런 모습으로 빚어낸 때문이죠. '그녀'라 호칭하면 어쩐지 그 실수가 만회되는 것 같아요." 그는 자리에서 일어나 창가로 걸어갔다. "마음이라 일컬어지는 그릇된 정보가 넘쳐나는 저 귀중한 은하계를, 영혼이라 일컬어지는 저 경탄할 낡고 닳은 응집체인 충동에 말에 마구 채우듯 연결하고, 그리하여 '무탈'과 '탈'이라는, 우발적으로 계획되었으며 이제 그조차 흔적이 거의 남지 않은 승마로를 한갓지게 걸어내려가는 것—이것이 저 신성한 인신보호법이지요, 어느 몸이고 판사 앞으로 데려가는 방식 말예요—그렇긴 하지만—로빈도 끝에 가서는 당신이 수녀원에 들어가기를 바랄 거예요. 자기가 사랑했던 것이 주변 환경 덕에 안전한 거리를 유지하는 곳이니까요. 그렇지 않으면 당신이 자꾸 그이를 '불러일으켜' 수면 밖으로 올리니까, 포탄이 심해에서 죽은 이들을 올리듯이요."

"결국에는 다들 나를 찾아오더군요." 노라가 말했다. "로빈 때문에 이성을 잃고 쩔쩔매게 된 여자들이 하나같이 나를 찾았어요—위안을 얻겠다고, 내게서!" 그는 소리 내어 웃기 시작했다. "오 하느님, 내 무릎에 앉히고 도닥거려야 했던 그 여자들을 생각하면!"

"여자들은 애시당초 태어나기를 무릎을 꿇고 태어난걸요. 내가 여자들에 관한 한 어떻게도 손을 못 썼던 것이 그 때문이지요. 나만 해도 태반의 시간을 무릎 꿇고 지내거늘."

"그제야 난 내 삶이 다 무엇을 위했던 건지, 그리고 내가 로빈에게서 바랐던 것이 뭐였는지 알아차릴 수 있었어요—이른바 보장된 고뇌였죠. 우리로서 그보다 더 위대한 것은 바랄 수도 없어요, 희망 자체를 제외하고는요. 내가 아무리 울며 애원했대도 로빈은 어김없이 날 버리고 집을 나갔을 테고, 오히려 내가 제 심금을 울렸기에 그만큼 가슴이 더 부유해진 기분으로 계단을 내려갔을 테죠."

"바로 그러한 걸 양식 삼아 사자들은 갈기를 기르고 여우들은 이빨을 가는걸요." 의사가 끼어들어 한마디했다.

"초기에 내가 로빈에게 술을 끊으라고 타이르고 밤새 나다니는 습관과 방탕한 몸가짐을 관두도록 권유할 때만 해도 로빈은 말했어요—'아, 이리도 홀가분하고 즐거울 수가!' 자기 혹사를 중단하여 유일한 낙이자 마음의 위안을 찾았다는 듯요. 그러니 난 매번 그런 식으로 로빈과 씨름해야 했지요. 속이 그리도 뻔할 수 없는 내 가슴의 똬리를 놓고 씨름하듯이 머리채를 붙잡아 내 무릎에 엎어놓고 때려가면서요. 곤란한 일이 생겼을 때 자기 손을 슬쩍슬쩍 치는 사람들처럼요. 그러면 그 모든 게 게임에 불과하다는 듯 로빈은 내 무릎에 놓인 고개를 쳐들었다가 다시 푹 수그렸어요. 저도 흥분을 느끼겠다고 아기 침대 위에서 방방 뛰는 어린애처럼 말이죠. 설사 그것이 비수에 찔린 사람을 보며 느끼는 흥분이라 한들요. 난 내가 로빈을 로빈 자체로 사랑한다고 생각했는데, 실은 나 자신을 위한 사랑이었다는 걸 알게 되었어요."

"알아요." 의사가 말했다. "당신이 그 높은 자리에 어찌나 기세등등하게 앉아 있던지, 실은 장미 덤불로 뒤꽁무니를 가득 메우고 있었으면서."

노라가 의사에게 눈길을 돌리더니 미소를 지었다. "선생님이 그걸 어떻게 아는데요?"

"괜한 숙녀 모욕하지 말아요." 의사가 말했다. "알아요, 난."

"그래요." 노라가 응수했다. "우리는 죽을 때까지도 모를 것들을 선생님은 알죠. 선생님은 태초에 죽어 있었으니까요."

석양이 지고 있었다. 가로등 둘레마다 안개가 자욱했다. "이제 그만 쉬지그래요?" 의사가 물었다. "어차피 당신 몸도 슬슬 그리로 치닫고 있잖아요. 이제 마흔이겠다, 게다가 몸에도 저 나름의 슬기가 있고, 저 나름의 삶 또한 있지요(당신은 그 삶이 당신 소유라고 생각하려 들지만요). 나도 예전에 영혼이 야옹 하고 우는 소리를 들은 적이 있긴 한데, 그때도 난 그게 내 소유가 아니라 영원토록 밖으로 그리고 다음으로 이동해가는 신비라는 걸 알았어요."

"나도 알아요." 노라가 말했다. "이제는요." 두 손을 꼭 쥔 채 그는 불현듯 울음을 터뜨렸다. "매슈, 선생님은 누군가를 사랑했는데 그 누군가가 선생님 자신이 되는 일을 겪어봤어요?"

의사는 잠시 아무 대답도 하지 않았다. 디캔터를 들어 불빛에 비추어볼 뿐이었다.

"로빈은 어디든 갈 수 있고 뭐든 할 수 있죠." 노라가 말을 이었다. "그러고서 다 잊어버리니까요. 하지만 난 기억을 하기에 아무데도 가지 못해요." 노라는 의사가 앉은 곳으로 다가왔다. "매슈." 그가 말했다. "선생님은 내가 늘 이랬다고 하겠죠. 한때는 나도 후회를 모르는 사람이었어요. 하지만 이건 아예 다른 종류의 사랑인걸요—도처로 향하고, 멈추려야 멈출 자리가 없는 사랑이고—이 사랑이 나를 썩어 없어지게 하고 있어요. 로빈은 나한테 말을 할 수가 없었던 거예요. 저 자신에게 불리한 증거가 될 것 말고는 할 이야기가 없는데 어떻게 말했겠어요?"

의사가 말했다. "당신도 나만큼 잘 아는 얘기지만 우리는 열두 명으로 태어나 열세 명으로 키워졌고, 그중 몇몇만이 살아남았지요. 내 형 하나는, 얼굴을 사 년은 못 보았어도 내가 가장 사랑하는 형이었는데, 죽고 말았어요. 그러니 어머니가 형 이야기를 할 상대로 지목한 게 나지 누구였겠어요? 형을 마지막으로 본 사람들이 아니라 형을 가장 좋게 보던 나를요, 내가 기억하는 형의 모습이, 형에 대한 내 기억이 곧 형인 듯이 말예요. 마찬가지로 로빈이 당신을 찾는 건 당신이 로빈을 가장 잘 망각하기 때문이에요. 반항적이고 적대적이긴 해도, 몸을 떨며 어김없이 찾아오지요—자기 자신을 돌려받기 위해서, 당신이 잊은 로빈을 로빈 저 자신이 돌려받기 위해서—원고측 주장, 즉 당신 삶의 주장을 들을 수 있을 만큼 굳센 사람은 당신뿐이고, 그 기발한 변호, 즉 당신 심장을 다시 만들어낼 정도로 강한 사람 또한 당신뿐이니까요!

내가 이미 알고 있던 바 이외의 몇 안 되는 사실들을 나는 수술용 메스와 성서를 통해 배웠어요. 그러고도 잘만 지내고 있었는걸." 그가 매섭게 쏘아댔다. "당신이 내 돌문을 걷어차버리지만 않았어도 내가 이끼 뒤집어쓰고 눈을 희번득이며 밖으로 나올 일은 없었을 거라고요. 여기 이렇게 앉아 있을 이유도 없었을 테고요. 그것도 홀딱 벗은 채로, 휴일을 만든답시고 제집에서 강제로 분리된 것들만이 겪어본 벌거숭이 알몸으로—난 애당초 피부가 이것뿐이니—이리 앉아 당신을 위로 한다고 노동중이잖아요. 나보고 내 천당을—그 황홀한 순응의 낙원을—내주라는 말입니까? 우는 여자들과 울부짖는 사내아이들을 위로해준답시고요? 펠릭스를 봐요, 그런 유대인이 세상에 어디 있습니까? 저만치 높은 곳에서 마을을 내려다보며 유리창에 대고 비명을 지르는 박쥐처럼 전통에 대고 소리를 쳐대질 않나, 그 아들이라는 아이는 '사그라진 희망과 희락의 묘 위로' 눈물을 떨구고 있잖아요.

암요—난 내 이웃을 사랑하고말고요. 썩은 사과의 가슴에 접붙은 썩은 사과인 양 우리는 같이 저 아래로 내려가지요. 그러한 퇴락에 일말의 머뭇거림 또한 없고요. 외려 내 이웃이 주춤대는 기미를 감지하면 나는 당장에 내 가슴을 더 굳세게 그 부위로 밀착하지요, 그이가 나만큼 빨리 썩도록 하려고요. 그이도 실은 부패의 끝을 보려 안달하고 있고, 곪아터지는 절정에 이르러야 할 그 극심한 필요를 알고 있거든요, 내가 그이의 부르짖음을 잘못 계산한 게 아닌 이상은요. 어느 과일보다도 빨리 물크러지는 내가요! 그이에게서 흘러나오는 고름의 열기가 그이의 알맹이를 내 알맹이에 혼입했고, 내 알속을 때가 오기도 전에 미리 그 절정으로 이끌어냈으니. 나라는 거추장스러운 장애물은 이미 오래전에 내 손으로 버렸지요, 쇠잔해가는 내 친구들과 가슴에 가슴 맞대고 함께 가려고요. 그렇다고 그 친구들이 날 사랑해주느냐? 아니요. 내게 손 내밀기 전에 하고많은 데이지 들판에 널린 하고많은 곱상한 사내아이에게 먼저 손을 뻗지요. 그게 내가 나 자신과 이혼한 이유예요. 단순히 내가 하느님이 상상할 엄두를 낼 수 있었던 가장 추한 모습으로 태어나서만이 아니라, 내가 내 근접함으로, 그리고 온 골칫거리에 대한 해박함으로 스스로의 가치를 손상시킨 까닭에요. 그럼 죽음은—죽음에 대해선 생각해봤어요? 어느 정도 위험을 감수하겠어요? 당신과 로빈 중에 누가 먼저 죽는지 아나요? 그리고 어느 쪽이 더 아쉬울까요, 머리가 아님 발이? 나는 돈 경Sir Don과 의견을 같이해 발이라고 대답하겠어요. 죽은 머리는 누구나 굽어볼 수 있어도 죽은 발을 굽어볼 수 있는 사람은 없거든요. 현기증이 날 각도로 흙에서 한참 기울어 있으니. 그에 대해서조차 난 생각해보았죠. 아니 그럼 설마, 내가 그리도 행복한 줄 알았단 말예요?" 그가 별안간 소리쳤다. "내 목을 당신 눈물로 적셔도 될 정도로? 이 세상에 당신의 한탄 말고는 한탄이 없다고 생각해요? 어딘가 참을성 좋은 성인 하나쯤 없을라고요? 씁쓸한 버터가 발린 빵 말고는 건넬 빵이 없답디까? 나는 누구에게도 뒤지지 않는 착한 가톨릭 신자로 길러진 만큼 달콤한 희망의 당과라면 모두 받아들였지만, 내가 또한 잘 알다시피, 우리의 온 절규와 분투에도 불구하고 다음 세대의 눈에 비친 우리 모습은 공룡이 흘린 거대한 똥이 아니라 벌새가 남긴 작은 점에 불과할 겁니다. 어차피 그러하다면 우리 〈집시 여자를 원하는 이 누구냐?〉나(여자들이 이 노래를 어찌나 좋아하는지!) 흥얼거리는 게 낫지 않겠어요, 내가 저 〈황혼 소나타〉를 지저귈 동안, 그러다 덤으로 〈마왕〉도 던져넣고, 〈실비아가 누구요?〉는 두말할 것 없고요.* 우리인들 누구요!

아!" 의사가 외쳤다. "억장이 무너졌다고요, 당신은? 나는 발의 장

* 〈황혼 소나타〉는 이탈리아 작곡가 조반니 파이시엘로의 1789년도 오페라 〈장터의 집시들〉의 아리아, 〈마왕〉은 괴테의 시를 바탕으로 슈베르트가 작곡한 가곡이며, 〈실비아가 누구요?〉는 슈베르트를 비롯하여 여러 작곡가들이 곡을 붙인 셰익스피어의 『베로나의 두 신사』에 나오는 시다.

심이 주저앉고, 억장이 무너져 심장이 산산조각난 건 물론이요 비듬은 폴폴 날리고, 콩팥은 떠돌고, 신경은 갈갈이 찢겼는걸! 그렇다고 독수리가 내 불알을 물었다거나 제 부리에 물고 있던 석화를 내 머리에 떨어뜨렸다며 내가 소리치고 다니나요? 내 마음이 기어이 뒤로 돌아가 내게 상처를 준다고 울부짖고, 칼날의 똬리인 양 내 배알을 움켜쥐던가요? 그런데도 당신은 소란을 피우고 입술을 찡그리고 손을 내밀고 제자리를 빙글빙글 돌죠! 골짜기에서 골칫거리를 겪었다고 내가 산에 가 넋두리를 늘어놓거나, 내 뼈를 박살냈다고 길가의 모든 돌멩이에 구구절절 호소하거나, 혹은 이러저러한 거짓말이 날 속이고 내 뱃속까지 비집고 들어가 날 죽음으로 이끌려고, 죽음으로 부화시키려고 둥지를 틀고 앉았다고 우는소리를 합디까? 이 세상 모두가 저만의 특색대로 굽질 않던가요? 그리고 나는 개중에서도 제일 정도를 벗어나고요—그래 도살장에 끌려가는 암송아지처럼 깩깩대며 사정하지 않던가요, 죽기 싫다고 그리 항의한들 반 몽둥이 안에 끝이 날 걸 알면서도요—그이의 죽음이 그 소란에 항의하기까지 한 몽둥이면 충분하듯요. 당신은 천국 저 높은 곳을 신발 없이 걷나요? 당신 혼자만 맨발바닥이 갈퀴에 찔리도록 떠밀리고 있어요? 오, 처량하게 눈먼 암소 같으니! 내 깃털 좀 곤두세우지 말아요. 당신 탓에 깃털이 말이 아니야, 사람을 가만두질 않고 뒤흔들지를 않나, 아픈 데를 들쑤셔놓으니! 끝치고 달콤한 경우가 어디 있던가요? 머리카락 끝만 해도 그 개수를 헤아리려 들면 달콤하던가요?"

"내 말 들어봐요." 노라가 입을 열었다. "들어보라니까요! 로빈은 밤새 도시를 누비고 다니다 돌아와서는 내 옆자리에 누워 '난 모두를 행복하게 만들어주고 싶어'라면서 입꼬리를 내렸어요. '모두들 명랑하고 기뻤으면 좋겠는걸. 너만 빼고.' 날 안으면서 그랬죠. '너만은, 너만은 행복해서도 기뻐서도 안 돼, 그렇게는 안 돼, 그건 네게 맞질 않으니까, 이 세상 다른 모든 사람들에게 어울려도 너에겐 아니지.' 자기도 알고 있었던 거예요, 자기가 날 고통으로 두려움으로 미칠 지경에 밀어넣었다는 걸요." 노라가 말했다. "알면서도 어쩔 수가 없었던 거예요. 로빈은 여전히 아주 멀리 있었고, 여전히 시작하고자 대기중이었으니까요. 그런 이유로 자기 가까이 있는 사람이라면 누구라도 증오하는 거예요. 그런 이유로 만사에 빠져드는 거고요, 꿈결에 젖은 사람처럼요. 그리고 그런 이유로 사랑받길 원하는 동시에 혼자 있길 원하는 거죠. 로빈은 자기 자신에게 다다를 수 있다면 세상을 살해하고도 남을 사람이에요, 세상이 자기를 가로막고 있다 싶으면요. 그런데 세상이 그이를 가로막고 있는 게 맞거든요. 자기에게 그림자가 드리워지기 시작한 걸 알아차린 거죠—내 그림자가요—그리고 그것 때문에 제정신을 잃을 지경이었던 거예요."

노라는 다시 방을 서성이기 시작했다. "나는 기이한 것으로부터 사랑을 받았고, 이제 그게 나를 잊었어요." 시선이 한곳에 고정돼 있어 혼잣말을 하는 것처럼 보였다. "로빈의 머리를 쭈뼛 서게 만든 건 다름 아닌 나였어요. 내가 자기를 사랑했기 때문이었지요. 내가 자기 운명을 거상만큼 거대한 것으로 만들었다는 이유로 로빈은 씁쓸하게 변한 거예요. 로빈은 자기 마음이 어둠에 잠겨 있기를 원했거든요—자기가 바꿀 능력이 없는 것이라면 그 위로 그늘을 드리우고 싶었던 거죠—제 무절제한 생활, 밤중의 제 생활에요. 그리고 내가, 내가 그걸 박살냈어요. 우리는 이제 가망이 없어요." 노라가 말했다. "이제 너무 늦었어요. 너무 오랜 시간 사랑을 해온 사람들에게는 마지막 심판이란 게 없기 마련이니, 내게 끝이란 있을 수 없어요. 하지만 못하겠는걸요, 영원히 기다리고만 있진 못하겠다고요!" 노라는 필사적이었다. "내 심장 없이는 살 수가 없다고요!

처음에는, 로빈이 제니와 미국으로 가고 난 뒤로 한동안은 말이죠, 항구에서 로빈을 찾았어요. 항구마다 뒤지고 다녔다는 뜻은 아니고, 다른 방식으로요. 고통이란 심장의 부패예요. 우리가 사랑해온 모든 것들은, 우리가 그걸 속속들이 이해하지 않은 한 '금지된' 것이 돼버리고 말죠. 도시에 대해 어느 정도 아는 빈민이 그 도시의 기초이고, 이에 도시가 저의 운명을 생각해 빈민을 망각하려 하듯이요. 그렇기에 연인은 자연에 맞서 사랑을 찾아야 하죠. 나는 로빈을 마르세유에서, 탕헤르에서, 나폴리에서 찾았어요. 그렇게 로빈을 납득하고자, 내 공포심을 떨쳐버리고자 한 거예요. 로빈이 한 대로 나도 하겠다고, 로빈이 사랑한 것을 나 또한 사랑하고, 그렇게 로빈을 다시 찾겠다고 혼자 다짐했지요. 맨처음에는 단순히 '방탕한' 여자가 되는 것으로 충분할 줄 알았어요. 로빈이 사랑했던 여자들을 찾기만 하면 될 것 같았죠. 하지만 이들은 로빈이 다만 잊어버렸을 뿐인 어린 여자애들에 불과하다는 걸 곧 알게 되었지요. 난 또 로빈이 제 밤의 삶을 살았던 카페들을 맴돌았어요. 남자들과는 술을 마시고 여자들과는 춤을 추었지만, 정작 내가 알게 된 거라곤 내 연인이자 내 아이인 로빈과 잠자리에 들었던 이들이 여럿 있다는 것뿐이었어요. 로빈은 또한 근친상간이기도 하거든요. 그것이 로빈이 지닌 힘 중 하나죠. 로빈 안에서 지나간 시간은 기록을 남기는데, 지나간 시간은 우리 모두의 친척이니까요. 가족이 아님에도 로빈은 가족보다도 존재감이 커요. 친척이란 그가 태어날 때, 고통받을 때, 그리고 숨을 거둘 때에나 전경으로 떠오르잖아요, 내 연인이 되는 경우가 아니라면요—그런 경우라면 친척이라도 내 전부가 되어버리죠, 로빈이 그랬듯이요. 물론 그럼에도 로빈에 비할 정도는 못 되지만요, 로빈은 잃어버린 세대 중에서 찾아낸 친척과도 같았으니까요. 나는 다짐했어요. 로빈이 절대 용서하지 못할 일을 하겠다고, 그러면 로빈과 내가 서로 낯선 이들로서 다시 시작할 수 있으리라고요. 하지만 그 뱃사람은 현관 홀에서 더이상 발을 들이려 하질 않았어요. 프랑스어로 '*맙소사, 침실에 목마가 두 개나 있잖아*' 하면서요."

"기막히군!" 의사가 중얼거렸다.

"그래서 난 파리를 떠났어요." 노라가 말을 이었다. "마르세유의 거리들을 거닐고, 탕헤르의 부둣가와 나폴리의 바소 포르토를 걸었어요. 나지막한 집들이 즐비한 나폴리의 그 비좁은 골목골목에는 무너져내리는 담벼락들 위로 담쟁이덩굴이며 꽃들이 자라요. 밖으로 훤히 드러난 계단들이 골목과 골목을 잇는데 엄청난 높이로 뻗은 그 발치마다 거지들이 산제나로 성상을 옆에 두고 잠을 취했고, 기도하러 교회에 들어서던 여자아이들은 광장의 남자아이들을 불렀지요. 열린 문간들에서는 야한 성모 그림 앞에 놓인 밤불이 종일 탔고요. 골목을 향해 열린 어느 방안에는 어린 여자아이가 싸구려 공단 이불이 무겁게 덮인 침대 앞에 앉아 있었어요. 반쯤 그늘에 잠긴 의자에 몸을 파묻은 채 한쪽 팔을 의자 등에 걸치고, 다른 팔은 옆구리에 힘없이 늘어뜨리고 있었죠. 몸의 절반은 통째로 잠들어 있고, 절반은 그저 고통을 감내하고 있는 것만 같았어요. 그 여자아이가 날 보고 소리 내어 웃었어요, 어린 아이들이 쑥스러움을 느낄 때 그러듯이요. 나는 그 아이와 양초 뒤의 마돈나를 번갈아 보면서, 저 그림이 저애에게는 로빈의 눈에 비치던 나와 등가라는 사실을 깨달았어요—성인은커녕 고착된 실망의 상이라는 걸, 인간의 머리와 거룩한 머리의 거리를 나타내는 그림이자 공간, 곧 '망측한' 영원의 장임을요. 바로 그 찰나에 난 에로티시즘과 죽음의 정중앙에 서 있었어요. 막 잊히기 시작한 연인이 점점 작아지며 야위어가듯 죽은 자를 더 작게 만드는 죽음 속에요. 사랑도 삶도 체적을 갖는지라, 우리 육신과 우리 심장에서 그를 비우는 것이 가능하거든요. 로빈이 진작 나를 그런 침대에 눕혀야 했어요. 그 침대에서라면 우리는 기억의 극단에서 우리의 삶을 모두 잊고, 우리의 모든 부위들을 털갈이하여, 밀랍 인형관의 그 형체들이 저희 이야기만 남긴 채 탈피되었듯, 로빈과 나 또한 우리의 사랑만 남긴 채 와해됐겠죠."

의사는 비틀대며 모자와 외투를 둔 곳으로 가 팔을 뻗었다. 혼란에 붙들린 그는 잠시 불행한 침묵을 지키다가—현관으로 향했다. 문고리를 손에 쥔 채 그는 노라를 향해 돌아섰다. 그러고는 현관문을 나섰다.

의사가 외투깃을 세운 채 카페 드 라 메리 뒤 시지엠에 들어섰다. 바에 서서 주문을 한 뒤, 그는 연기가 푸르게 깃든 빽빽한 실내에 모인 사람들을 바라보며 저 자신에게 일렀다. "들어보라고!" 노라가 그의 심기를 불편하게 했다. 노라의 삶이, 또한 그 자신의 삶을 구성하는 이들의 삶이. "안갯속을 걷는 이의 길이여!" 그가 말했다. 그는 바의 턱에 우산을 걸었다. "생각한다는 건 탈을 부르는 일이죠." 그가 바텐더에게 말했다. 바텐더는 고개를 끄덕였다.

카페에 모인 사람들은 의사가 취했으며 곧 이야기를 늘어놓으리라는 것을 알았기에 그가 무슨 말을 하려나 기다려보았다. 의사는 현란하게 몰아붙이는 비방의 문장들로 자신을 폭로하기 마련이었는데, 그중 무엇이 진실이고 무엇이 거짓인지 분간할 수 있는 사람은 아무도 없었다. "권투선수의 주먹이 실제로 얼마나 센지 알고 싶다면 말이죠," 그가 주위를 둘러보며 말했다. "그가 품은 분노의 원 안으로 걸어 들어갔다가 뒤꿈치를 붙들린 채 실려나와야지요. 심판의 카운트로 실려나올 게 아니라."

누군가 웃음을 터뜨렸다. 의사는 천천히 돌아섰다. "당신은 그렇게나 안전해요?" 그가 이죽거렸다. "그리도 안전할 것 같아요? 그렇다면 언젠가 감옥에 처박힐 날을, 괴로움에 겨워 제 손으로 발바닥을 철썩철썩 때려댈 날을 기다려보시지." 그러고는 잔으로 손을 뻗으며 혼잣말을 중얼거렸다. "매슈, 너는 다른 어느 사람과도 삶을 보조 맞춘 적 없으며 결코 기억되지도 않을 테니, 신께서 그 빈자리를 보우하소서! 아무리 훌륭한 악기도 시간을 보태면 어긋나기 마련이지—그뿐이야, 악기가 고장난 것뿐이라고. 다들 치졸하고 이상하게 굴 때면 그걸 기억해야지. 음이 나가 그런 거라고. 보석 세공사여, 매슈가 생을 다해 어느 들판엔가 흩어져 없어지거든 내 묘비에 그리 새기도록 해요." 그는 고개를 좌우로 돌렸다. "악기 탓이에요, 신사 여러분, 악기가 G현을 잃었거든. 그만 아니면 아주 근사한 곡을 뽑아내고 있었을 텐데. 그만 아니었으면 저 북풍에 제 궁둥이 바람을 실어보내고— 제 중절모를 만지작대고 있었을 거라고요!

멸시받는 이들과 가소로운 자들만이 재미있는 이야기를 지어낼 줄 아는 법." 단골들이 웃는 것을 보고 그가 성을 내며 덧붙였다. "그러니 당신들이 그런 이야기를 듣게 될 때가 언제인지 상상할 수 있겠죠! 인생은 한 가지 업에나 겨우 종사할 길이밖에는 되질 않으니 그쪽으로들 알아보지그래요!"

성직을 박탈당한 한 신부, 살집 좋고 안색이 창백하고 여자 같은 손에 반지 여러 개를 낀 이 남자는 의사와는 친구지간이었는데, 그가 의사를 부르며 같이 한잔하자고 권했다. 의사는 이에 응하며 조심스레 우산과 모자를 들고 다가왔다. 신부가 말했다. "늘 알고 싶었던 게 있는데, 선생은 실제로 결혼한 적이 있던가요?"

"나라고 그걸 알겠어요?" 의사가 되물었다. "결혼한 적이 있다고 말한 적이야 있지요. 그 처자에게 이름도 붙여주고 같이 자식들도 두었는데, 그러다 어느날 휘리릭! 백조의 죽음만큼이나 가벼이 그 인물을 죽여버렸다고요. 그런 이야기를 하고서 비난받지 않았냐고요? 그랬지요. 왜냐, 심지어는 그쪽 당신네 사람들도 신화로 드러나고 마는 이야기에 한때 믿음 두고 눈물 흘렸던 제 과거를 뉘우치는 때를 겪기 마련이니까요. 세상 모든 눈물이 그러한 운명을 맞기 마련이건만 그 사실은 애써 부인하며 말이죠! 그 여자가 설사 내 형의 처였던들 어떻고, 그 자식들이 내 형의 자녀들이었다 한들 어때요? 잠자리에 누여보니 다리가 꺾꽂이모에서 골라낸 5월의 가지 한 쌍만큼이나 잘생기고 고분고분하던걸요—내 형이라고 그 정도 대접을 해줬을 것 같아요? 나는 복제판 프랑스 그림만큼이나 순수한 마음으로 그이를 꿈꾸었어요. 봉긋한 가슴에 새장 치마를 두른 처녀의 모습으로, 바다를 배경으로 편안히 드러누워 장미로 만든 밧줄에 몸을 맡긴 모습으로요. 어느 남자의 아내가 그보다 더 좋은 대우를 받았겠어요? 그 여자가 내 아내였을 리 없다고, 그 아이들도 내 식솔이었을 리 없다고 누가 말하겠어요? 아니, 기왕 따지는 거, 내 가족이 아니었다고 감히 누가 그러는데요?" 그가 격하게 말했다. "내 형제라면 저에게도 형제 아닌가요, 세로로 잘린 하나의 혈통인데? 하나는 마이클, 하나는 매슈라 이름 붙었을 뿐 아닌가요? 다만 그 둘이 서로 다른 방향으로 걸어가는 걸 보고 사람들이 혼란에 사로잡히니 문제지. 내가 내 형제의 처의 남편이 아니라고, 내 형의 자식들이 내게서 나오지 않았다고 누가 말하겠어요? 형이 나의 연장처럼 느껴진다면 그건 형의 영예 아니겠어요? 그 여자가 죽었을 때 내가 흘린 눈물이 형의 눈물을 덜하게 만들었던가요?"

"그래요, 일리가 없지만은 않네요. 하지만 난 명확한 걸 선호해서요." 한때 신부였던 남자가 말했다.

"아, 그러세요?" 의사가 대꾸했다. "그래, 그러니 당신이 지금 그 처지에 있는 게죠. 깃털 하나 없이 진흙탕 한가운데 빠져가지곤, 사육 공원치고는 가장 규모가 큰 저 골든게이트공원의 오리들처럼요—공원을 찾는 사람마다 그놈의 선량한 마음씨로 녀석들에게 일 년 내내 먹이를 줘 결국에는 애들을 다 버려놓고 말죠. 남쪽으로 날아갈 때가 됐는데 그새 몸이 너무 비대해져 수면을 벗어날 수가 없으니 그 철새들이 얼마나 쓰라리게 놀라는지, 그리하여 가으내 공원 여기저기서 어찌나 파닥거리며 주저앉고 발버둥치는지, 맙소사, 빵 때문에 저희 천성이 짓눌리고 부스러기로 철마다의 이동이 중단되었음에 어찌나 통곡하며 울고 털을 뽑아대는지. 그 광경을 보게 되면 누구나 속절없이 손만 쥐어짜기 마련이죠. 그리고 이것이 사랑을 설명하는 또하나의 삽화 아니겠어요? 뱃속에 찬 탐욕과 탐식으로 결국은 날지도 못하게 무거워지는 것 말예요. 그렇죠, 그리고 나라고 하등 다를 게 없었겠죠, 내가 그 지경에 이르지 않도록 경계하지 않았다면요. 한끝으론 바람이 불고 다른 한끝으론 사이클론이 불어오는 통에 경계를 늦출 수가 있어야죠. 벽돌을 백 장 누이고도 벽돌공이라 불리지 않더만, 사내아이 하나 누였다고 그때부터 남색자라는 꼬리가 붙다니! 그런 나도 내 영혼의 안위를 생각해 등한시한 이들이 몇몇 있기는 해요—콩팥이 싸늘하고 머리는 하얗게 센 저 옛날의 국왕 근위병들이며 런던탑의 경비병들, 그리고 존재라곤 단둘밖에 모르는 사내아이—거울에 비친 저 자신의 앞모습과 뒷모습밖에는 모르는 애송이가 그 경우죠." 의사는 이제 몹시 취해 있었다. 그는 카페 안을 둘러보았다. 누군가 옆 사람을 팔꿈치로 찌르는 모습이 그의 눈에 띄었다. 의사는 신부였던 이를 올려다보며 욕설을 퍼부었다. "이따위 인간군이라니! 다들 지독한 의미에서 괴짜고 변종들이에요. 한때는 세상에서 괴짜이고도 선한 사람 한둘쯤은 찾아볼 수 있었건만—하지만 당신들 중 어느 누구도 그런 사람을 알 일은 없을 테지." 그가 방을 향해 말을 이었다. "당신들 다 자기가 다이아몬드 수두룩하게 박힌 보물이라고 생각하죠? 그 다이아 틈을 갈라봐요, 민달팽이 고기밖에 안 나오지. 아 하느님 맙소사." 의사는 돌아앉았다. "내 이 머리로 생각을 시작했다 하면!" 그가 유리잔으로 식탁을 내리치기 시작했다. "다들 저주받아라! 내 인생을 암울하기 짝이 없게 만들어버린 내 인생의 모든 이들, 타락과 밤에 대해 배우겠다고 날 찾아오는 그이들 모두. 곱은 등을 하고 제 심장에 머리를 들이받는 노라,

그 머리와 그 속에 든 생각들로 제 인생이 접부채의 손잡이처럼 닫히고 있건만 로빈을 사랑하니 뼛속까지 썩겠다고 자진하고 앉은 노라를 봐. 아 하늘이여, 무슨 생각만 떠올랐다 하면 좀체 놓을 줄을 모르는 여자 같으니라고! 저 도요새 제니는 또 어떻고! 아아, 위대하고도 악한 이야기일진대, 내가 그 이야기를 내놓는다고 누가 날 배신자라 부르리? 내 보아하니, 세상에는 세상 이야기를 들려줘야 마땅한걸!"

"슬프고 타락한 시대지요." 한때의 신부가 말했다.

매슈 오코너는 술을 주문했다. "뭐하러들 나를 찾아오는 건데요? 나한테 미주알고주알 털어놓지 못해 안달할 때는 언제고, 그러고선 그 이야기들이 내 안에 숨죽이고만 있으리라고 생각하는 거예요? 죽으러 집에 간 토끼처럼? 펠릭스 남작을 봐요. 살아평생 몇 마디 하는 법이 없었잖아요. 그런데도 그 침묵이 호수의 녹조류처럼 순식간에 번식하지 않던가요. 그리고 그 아들, 로빈과 같이 둔 기도라는 아이는 눈물이 장막을 이루는 눈으로 다뉴브강 건너를 보려 하지요. 펠릭스는 제 아들 손을 붙들고 있고, 기도는 얼룩진 붉은 리본에 매달린 성모상을 손에 쥐고는 그 금속덩이에서 성스러운 기운이 피어오른다 믿으며 어머니라 부르지요. 그럼 나는? 나는 내 끝이 어느 쪽에서 오는지도 모르며 살아요. 그런고로 펠릭스가 '내 아이가 병약한 건가요?' 하고 내게 물었을 때 '바이에른의 미치광이 왕이 병약했던가요?' 하고 받아쳤던 거죠. 나는 어디에 고인 어느 물에고, 심지어 말발굽이 남긴 웅덩이에라도, 비가 아무리 많이 내렸다 한들, 스스로 얼굴 박아 손수 매듭을 끊어버릴 사람이 아니거든."

사람들이 수군거리기 시작하고 웨이터들이 경계하며 다가왔다. 한

때의 신부가 혼자 웃음을 지어 보였지만, 오코너는 제 심장밖에는 아무것도 보지 못하고 듣지 못하는 듯했다. "어떤 사람들은 아무 물에고 머리부터 박고 말고, 그러면 여섯 잔 건너 할렘에 앉은 누군가 그자의 번민을 들이켰다가 장티푸스로 눕고 말지요. 하느님, 제 손을 잡아주세요, 이 끝없는 언쟁에서 저를 벗어나게 해주세요—자연에 맞서려 할수록 더 뚜렷이 드러나는 것이 천성인 것을—아, 내 목소리를 들으소서! 나는 내가 하고 싶지 않았던 것, 되고 싶지 않았던 모든 것을 해보고 되어보지 않았던가—주님, 부디 불을 꺼주세요—그리하여 여기 이렇게, 얻어터지고 상처 입고 통곡하며 서 있지 않나요, 내가 스스로 생각했던 모습과는 다른 사람이라는 걸 이제는 깨달은 채로요. 한때는 내가 잘못을 저지르고 다니긴 해도 근본은 선한 사람이라 생각했는데, 실은 딱히 하는 것도 없이 근본이 그릇된 사람이었던 거지요. 이 이야기만 해도 나 스스로에게 하는 말이 아니었으면 당신에게 털어놓지도 않았을 거고요. 내가 말을 지나치게 많이 하는 건 당신이 비밀에 붙이는 것들 때문에 내가 고달프기 때문이에요. 나는 지칠 대로 지친 암사자, 내 코너에 숨은 겁쟁이예요. 용기를 지키느라고 내 모습 중 하나는 되어보지도 않았으니, 내가 무엇인지 알려고 한 적이 없지요! 여기에 천국의 육신이 누웠노라. 흉내지빠귀가 천국의 기둥들 사이에서 울부짖네요, 오 주여! 그리고 천국에서는 죽음, 저 사신이 고등어 빛깔 하늘에 제 몸을 눕히고 가슴에는 투구를, 발치에는 침묵하는 대리석 갈기를 지닌 망아지를 두었네요. 밤잠이 그녀의 눈에 무겁게 드리웠고요."

"하여간 희한한 사람이야." 누군가 말했다. "한시도 잠자코 있을 때가 없으니—수시로 다른 사람들을 위해 변명을 늘어놓고 그렇게 모두를 곤경에 빠뜨리지, 정작 자기 자신은 변명할 수 없단 이유로—밤중에 기어나오는 '점거자 짐승'이라니까—" 남자의 목소리가 끊기는 사이 의사의 목소리가 들려왔다. "그럼 나는 뭐지요? 나는 저주받았고, 고로 신중한 공생활인이죠!"

그는 담배를 찾아 손을 더듬다가 한 개비 찾아 불을 붙였다. "한번 이리 가정해보지그래요? 그런 짓거리에 대해서라면 누구 하나 들어도 본 적 없는 워배시*에 당신이 살았더라면 어땠을지 말이에요. 하지만 그곳에도 그런 일이 일어나는 적이 아예 없지만은 않지요. 그래 판사가 어찌했겠어요? 교황 대사를 불러 이리 물었어요. '존, 이런 부류에게는 얼마나 줘야 할까요?' 그러자 법원 서기가 재빨리 나서 속이 훤히 보이게 대답한 거죠. '1달러, 1달러 50센트, 2달러요!'" 매슈는 이를 악물며 웃음을 지어 보이더니 홱 돌아앉았다. "한밤중에 참호에 들어가 있던 그 소위처럼 말입니다. 그리도 사랑스러울 수가 없는 아이였는데 어찌나 겁을 먹었는지 엄두를 못 내더군요. 당장이라도 제 조물주를 만나게 될 것 같아 두렵다면서요—그게 프로테스탄트 아니겠어요! 그래도 행위하라고 만들어진 부위인데 조금이라도 해보지 않겠냐고 부추겼건만 끝내 안 하겠다고 버티더군요. 그래서 전투가 한창인 와중에, 총탄들이 제 임자를 찾아 휘파람 불며 날아가는 한복판에서 내가 그 소란 너머에까지 들릴 쩌렁쩌렁한 목소리로 '낸시**' 하고 외쳤지요. 동지들이 하나씩 내 품에 스러져 무로 돌아가는 와중에도 쉬지

* 미국 인디애나주에 위치한 카운티와 도시.

** 여자 같은 남자를 뜻하며, 남자 동성애자를 비하해 부르던 말.

않고 외쳐댔어요—카우보이들 틈바구니에서 '죄인들이 죄를 저지른다는데 뭐들 그리 놀라요?' 하고 말했다던 사제를 생각하면서요.

옛날 옛날에, 병을 고친다는 돌팔이 사기꾼이 설을 푸는 걸 옆에서 들은 적이 있어요. '자자, 신사 숙녀 여러분, 이 남자아이의 목을 치기에 앞서 제가 심심풀이로 재미난 묘기 몇 수 보여드립지요.' 머리에 터번을 삐딱하게 두른 이 작자의 왼쪽 심실에서는 도벳*에 울려퍼지던 신음이랍시고 끙끙 앓는 소리가 나고, 아랫도리에 걸친 천조각은 크기가 천막만하니 그 밑으로 그만큼 많은 걸 보호하고 있었더랬지요. 그래, 그이가 묘술을 선보이기 시작했어요. 왼쪽 어깨에서 나무가 자라나게 하고, 소맷부리에서 토끼 두 마리를 끄집어내고, 달걀 세 알을 코끝에 올리기도 했지요. 인파 중에 있던 사제 하나가 그걸 보고 웃기 시작했어요. 그런데 난 신부가 내는 웃음소리만 들었다 하면 급작스러운 회의감에 손을 쥐어짜는 버릇이 있거든요. 예카테리나 2세가 사혈 치료를 받겠다고 날 불렀을 때도 그런 일이 있었어요. 여황께서는 색슨족다운 방종으로 거머리에 몸을 맡겼지요. '실컷 마시게 해, 동시에 두 장소에 있어보았으면 하는 게 내 평생소원이었으니까!' 하면서요."

"맙소사." 한때의 신부가 말했다. "적어도 지금이 어느 세기인지는 기억해야 할 것 아닙니까!"

의사의 표정에 잠시 노기가 스쳤다. "이것 봐요." 그가 말했다. "내 말 끊지 말아요. 내가 이리도 대단한 것은 이 세상에서 더는 찾아볼 수 없는 이들까지도 기억하는 까닭이에요. 원래 말썽은 접시 밑바닥처럼

* 몰록 신에게 사람을 산 제물로 바치던 예루살렘 부근의 신전.

결백해 보이는 놈들이나 일으키는 법이죠. 유사 이전까지 거슬러가는 기억력을 지닌 남자가 아니라."

"말썽을 일으키기야 여자들도 마찬가지죠." 한때의 신부는 자신 없게 대꾸했다.

"그건 또다른 이야기고요." 의사가 말했다. "제니가 달리 한 일이 뭐가 있으며 로빈이 한 일이라고는 또 뭐가 있겠어요? 노라는? 그 모든 말썽의 원인을 제공한 것 외에 한 게 뭐가 있냐고요. 새둥우리처럼 한밤중에 받아들여준 게 원인이었죠. 나만 해도 내 몸 한가운데 이 단추가 애초 없었으면 하고 바라는걸요—내가 무얼 했으며 무얼 하지 않았느냐를 따지기 시작하면 결국에는 그리로 귀결되니 말이죠—보석이 보석으로 분간되려면 너르고 활짝 열린 들판에 뒹굴고 있어야 하련만, 나는 덤불 속에서 빛을 번쩍이고 있다고요! 고통받고 싶지 않거든 스스로 몸을 찢어발겨야 해요. 합스부르크왕가의 카롤린만 해도 몸의 여러 부위가 너무나도 빤한 세 개의 더미로 나뉘지 않았던가요?—심장은 아우구스티너성당에, 창자는 슈테판대성당에, 그리고 나머지는 카푸친교회의 지하 납골당에 말예요. 분리로 말미암아 구원받은 거지요. 한데 나는 한덩어리잖습니까! 아, 신월이여!" 그가 말했다. "언제고 그녀가 납시려나?"

"취해갖곤 온 세상에 떠벌리기는." 누군가 말했다. 의사도 그 말을 듣기는 했지만 마음을 쓰기에는 이미 인사불성에 가타부타하자니 머릿속이 쑥밭인데다 그새 벌써 눈물을 흘리고 있던 터였다.

"갑시다." 한때의 신부가 말했다. "내가 집까지 데려다주지요."

의사는 팔을 휘저었다. "복수는 사랑을 많이 안 해본 이들의 몫이에요. 웬만큼 사랑을 해본 사람에게는 정의로도 턱없이 부족하니까요. 언젠가 내 기필코 루르드에 순례하러 가서는 맨 앞줄까지 비집고 들어가 당신네들 이야기를 다 털어놓을 테요." 의사의 눈은 어느새 거의 감겨 있었다. 잠시 후, 그는 별안간 눈을 뜨고 두리번거리더니 다시금 부아가 치미는지 큰 소리로 외쳤다. "그리스도여, 도대체! 왜들 날 가만두지 않는 거죠, 하나같이 다들?"

한때의 신부가 반복해 말했다. "갑시다. 내가 집에 데려다줄게요."

의사는 자리에서 일어날 듯 몸을 바로 했다. 이제는 여지없이 만취한 상태로 그는 벼락같이 화를 냈다. 도와주겠다고 내민 손을 내치려 휘저은 팔에 우산이 유리잔 깨지는 소리와 함께 요란하게 바닥으로 떨어졌다. "꺼져! 꺼져버려!" 그가 외쳤다. "저주받을 해年여, 같잖은 시대 같으니라고! 어떻게 이 지경이 되었단 말이야, 어디서 온 거란 말이야?" 그가 웃는 듯 흐느끼며 울부짖었다. "내게 와 얘길 하지—하나같이 다—짐수레 말처럼 무겁게 내 위에 앉아서는—떠들어대지! 사랑은 버터 바른 쪽으로 바닥에 엎어지고 운명은 뒤꽁무니를 내밀며 고꾸라지니! 어째 나 말고는 끝을 끝으로 알지 못한단 말이야? 저 바보 같은 노라는 이를 악물고 죽어라 매달리질 않나, 로빈을 찾겠다고 뒤로 돌아가면서 말이야! 그리고 펠릭스는—영원으로도 만족을 모르는 게 유대인이지! 그런데 잠깐, 또하나 있었는데—누구였더라, 옌장—누구였냐고? 난 전부 다 만나봤는걸." 그가 외쳤다. "전부 다!" 온 체중이 실린 채 그의 몸이 탁자 위로 엎어졌고, 그렇게 의사는 벌어진 두 팔 사이로 고개를 박은 채 크게 뜬 두 눈으로 눈물 흘리며, 탁자 저편을, 헐떡이는 제 숨결에 흩어지고 날리는 재를 물끄러미 바라봤다.

"오, 사랑스러운 그리스도께 비나니!" 그의 목소리는 속삭임에 가까웠다. "듣고 싶었던 건 이제 다들 들었을 테니 이만 날 풀어주면 안 되겠어요, 이제 그만 놓아주면? 난 인생을 허투루 살았을 뿐만 아니라, 인생을 허투루 이야기했어—추잡한 무리의 와중에서, 가증스럽게—알아, 다 끝났다는 거, 모두 끝났어, 한데 날 빼고는 아무도 그걸 모르지—코가 비뚤어져 개가 됐대도—너무 오래 버텼어—" 그는 몇 번 몸을 일으켜보려다가 포기했다. "이로써—끝이야." 그가 말했다. "내 말 명심해—이제 분노와 오열 말고는 아무것도 남지 않으리!"

홀리다

제니 페더브리지와 동반하여 뉴욕에 도착한 뒤로, 로빈은 심사가 산란한 눈치였다. 제니가 시골에 저희 보금자리를 마련하자 제안해도 이야기를 귀담아듣지 않았다. 호텔이면 "충분하다"고 대답할 따름이었다. 제니로서는 손을 쓸 도리가 없었다. 로빈의 삶을 이끌던 원동력, 그의 밤과 더불어 낮까지도 움직이던 동력이, 별안간 불구가 되어버린 듯했다. 처음 한두 주 동안 로빈은 외출조차 하지 않았고, 그뒤로는 뒤따라오는 이 없이 혼자라고 믿으며 기차역들을 기웃거리기 시작했다. 그곳에서 그 나라의 여러 지역으로 향하는 기차에 올라타서는 계획이랄 것 없이 방황하며 외딴 교회들을 찾아 들어가 제일 어두운 구석자리에 앉거나, 발부리와 엄지발을 맞댄 채 벽에 기대서서 두 손을 길게 맞잡고 고개를 숙였다. 오래전에 가톨릭에 서약했던 때와 같이, 이제 그는 무엇인가 단념하려는 사람처럼 교회에 들어섰다. 손을 면전에 두고 무릎 꿇은 채, 손바닥에 제 이를 대고서, 예기치 못한 부고를, 혀가 충격에서 헤어나와 허락을 내리기 전에는 아직 형태를 띨 수 없는 죽음의 소식을 들은 사람처럼, 생각을 비운 머리로 한자리에 못박혀 있었다. 낯선 집에 무질서를 바로잡으러 온 가정주부 모양으로 그는 불 밝힌 양초를 들고 앞으로 나아가 촛대에 초를 꽂고는, 두터운 흰 장갑을 손에 끼며 돌아서 머리를 앞세운 특유의 느린 걸음으로 교회를 나섰다. 그러면 잠시 후, 그 뒤를 밟은 제니가 두리번거리며 주위를 거듭 확인한 뒤 촛대로 달려가 로빈이 가져온 초를 낚아채 입김을 불어 끄고는 새롭게 불을 붙여 올렸다.

로빈은 한결같은 걸음으로 넓게 트인 시골 풍경 속을 거닐며 꽃을 뽑거나 낮은 목소리로 동물들에게 말을 걸었다. 가까이 오는 동물이 있거든 손을 뻗어 붙들고서 털이 뒤로 밀리어 짐승의 두 눈이 옆으로 길게 찢어지고 이빨이 드러날 때까지 놓지 않았는데, 그러는 그의 얼굴에서도, 마치 그가 부여잡은 목덜미가 제 목덜미인 양, 입이 벌어져 치아가 하얗게 드러났다.

로빈이 맺는 관계들이란 눈에 보이지 않는 것과의 교유요, 그가 보이는 말짓과 몸짓 모두에 절박한 익명이 깃들어 있었기에 제니는 히스테리에 빠졌다. 제니는 로빈이 "깨끗하지 못한 영혼들과 관능적인 교감을 나눈다"고 비난했다. 그리고 로빈의 악덕한 행실을 말로 옮김으로써, 결과적으로 저 자신을 내리치고 말았다. 제니는 로빈이 느끼고 행하는 것 중 무엇 하나 이해하지 못했고, 이 사실이 로빈의 부재보다도 더 견디기 힘들었다. 어두워진 호텔방에서 발을 동동 구르며, 제니는 울고 비틀거렸다.

로빈은 이제 노라네 동네에 속하는 지역으로 향했다. 둥글게 원을 그려가며 점점 거리를 좁혔다. 때로 숲에서 잠을 취할 때도 있었는데, 그럴 때면 숲은 그의 등장으로 침묵했지만 이내 곤충과 새 들이 침입자 위로 날아 지나치며 고요를 깼고, 로빈의 미동하지 않는 정적인 몸가짐 속에 이러한 침입도 곧 잊혔기에, 호수로 떨어진 물방울이 그 호수로 인해 익명을 띠게 되듯 그의 흔적을 지웠다. 어떤 때는 쇠락한 예배당의 장의자에서 잠을 자기도 했는데(아예 소지품 몇 점을 이곳에 가져다두었다), 다만 그 이상은 다가가지 않았다. 하룻밤은 멀리서 들려오는 개 짖는 소리, 노라의 개가 우는 소리에 잠을 깼다. 로빈이 제 숨결만으로 온 숲을 두려운 침묵에 빠뜨린 것처럼 이번에는 개 짖는 소리가 로빈을 자리에서 일으키고 붙박인 자세로 가만히 숨죽이게 만들었다.

그로부터 반 에이커 떨어진 곳에서, 등유 불 옆에 앉아 있던 노라가 고개를 들었다. 개가 집안을 이리저리 뛰어다니는 소리가 먼저 이쪽에서, 이어 저쪽에서 들려왔다. 개는 끙끙 신음하며 날뛰었다. 곧 개가 짖고 신음하는 소리가 점차 멀어지더니, 이내 잦아들었다. 노라는 몸을 앞으로 바짝 숙이고 귀를 기울였다. 몸이 떨리기 시작했다. 잠시 뒤에는 자리에서 일어나 문과 창문을 모두 걸어 잠갔다. 다시 자리를 잡고 앉아 허벅지에 가지런히 손을 모았지만, 마냥 기다리고 있을 수가 없었다. 그는 밖으로 나갔다. 밤이 이미 이슥했다. 앞이 캄캄했다. 노라는 언덕을 향해 걷기 시작했다. 더는 개 우는 소리가 들리지 않았지만 계속 앞으로 나아갔다. 머리 부근에서는 온갖 것들이 언덕 푸새 틈에서 부스럭거리고 발부리는 찔레나무 덤불에 차였으나, 그는 소리 내어 부르지 않았다.

언덕 정상에 오르자 하늘에 희미한 윤곽을 그리며 솟은, 풍상에 찌든 하얀 예배당이 눈에 들어왔다. 예배당 문틈으로 길게 불빛이 새어 나왔다. 노라는 달리기 시작했다. 욕하고 울먹이며 달리다가 어느 순간 예배당 문설주에 머리를 박고 고꾸라졌다.

대강 갖춘 제단이 성모상 앞에 놓이고, 그 위로 초 두 개가 타고 있었다. 촛불은 바닥을 가로질러 먼지 덮인 장의자들에 불빛을 떨쳤다. 성모의 그림 앞에는 꽃과 장난감이 있었다. 그리고 그 앞에 사내 바지를 입은 로빈이 서 있었다. 어깨로 향하던 손이 미처 가닿지 못한 채로 정지해 있는 것이, 놀란 통에 갑자기 멈춰선 와중에 포착된 모습이었는데, 그러다가 노라의 몸이 나무에 내리꽂히는 찰나, 로빈도 덩달아 아래로 아래로, 머리채가 좌우로 흩어지고 두 팔이 밖으로 뻗치는 가운데, 무너졌다. 그리고 거기 개가 기다리고 있었다. 뒤로 바짝 몸을 물리고, 앞다리를 비슷이 내뻗고, 경련이 이는 엉덩이 아래로 발을 떨며 목털을 곧추세운 채로, 벌린 입 사이로 날카로이 번쩍이는 이빨과 가로누운 혀를 드러내며 신음하고 있었다. 로빈은 아래로 아래로 내려갔고, 그렇게 개와 고개가 맞닿을 높이까지 내려왔을 때에는 어느새 네발로 기는 자세로 맨바닥에 무릎을 꿇고 있었다. 핏줄이 목에도 귀밑에도 팔뚝에도 뚜렷이 일어섰고, 무릎걸음하여 앞으로 나아가자 두 손등 위로도 고동치며 넓게 퍼졌다.

개가 경기를 일으키며 펄쩍 뒤로 물러섰다. 입안의 혀가 공포로 경직된 곡선을 그었다. 다가오는 로빈으로부터 뒷걸음치며 개는 뒤로 뒤로 물러났고, 로빈은, 마찬가지로 흐느끼며, 고개를 옆으로 완전히 돌리고 이가 드러나게 웃으며, 앞으로 나아갔다. 그리하여 먼 구석까지 밀려난 개는 뒷발을 딛고 섰다. 쉴새없이 괴롭히고 드는 대상을 피하려는 양 바닥에서 그대로 떠오를 듯이 솟아올랐다. 그러곤 별안간 멈추어 미끄러지는 앞발로 벽을 가로로 할퀴어댔다. 이어 앞머리가 흙먼지에 질질 끌리도록 고개를 수그린 로빈이 개의 옆구리를 들이받았다. 개는 비참한 외마디를 내지르더니 로빈을 물 듯이 덤벼들었고, 컹컹 짖어대며 이리 뛰고 저리 뛰었다. 사방으로 튀어오르면서도 고개는 언제나 로빈을 향해 있어서, 뒤꽁무니만 벽을 이리저리 박아댈 뿐이었다.

그러자 이제 로빈이 덩달아 짖기 시작했다. 개를 좇아 기며—망측하고도 애처로운 웃음을 우짖었다. 개가 잔뜩 웅크린 몸으로, 로빈을 피하려는 듯이, 그와 머리를 맞대고 달리기 시작했다. 네발이 다박다박 느리고 나직이 울렸다. 개는 이쪽으로 저쪽으로 달리며 목구멍 깊은 곳에서부터 울먹였고, 로빈은 이를 드러낸 채 웃으며 개와 함께 울먹였다. 점차 짧아지는 간격으로 울먹이고 우짖다가, 고개와 고개를 맞대어 움직이다가, 급기야는 로빈이 포기하고 그대로 몸을 누였고, 두 손을 옆에 내려놓으며 얼굴을 돌려 통곡했다. 그제서야 개도 마침내 포기하고는, 바닥에 누우며 핏발 선 눈으로 고개를 로빈의 무릎에 납작 내렸다.

주나 반스와 『나이트우드』

이름 이야기를 하자. 한국어 사용자 대부분은 'Djuna'라는 이름을 엘러리 퀸의 추리소설에서 처음 접했으리라. 퀸 집안의 하인이자 비서인 집시 고아의 이름이 'Djuna'였던 것이다. 일본어 중역이던 동서추리문고에서는 이 이름을 '쥬너'로 표기했다. 실제 표기는 아마 몰랐을 것이다. 엘러리 퀸은 이 이름을 『나이트우드』를 쓴 주나 반스에게서 따왔다. 다른 답이 있을 리가 없는 것이, 이 캐릭터가 창조된 1928년에는 '주나'라는 이름을 가진 사람은 지구상에 단 한 명밖에 없었고 그 사람은 그해에 막 첫 장편소설 『라이더』를 출간한 터였다. 왜 집시 남자아이에게 이 이름을 붙였는지는 모를 일이다.

주나는 발명된 이름이다. 주나의 아버지는 외젠 쉬의 소설 『방황하는 유대인』에 나오는 인도 왕자 'Djalma'와, 주나의 오빠가 어렸을 때

달을 가리키는 단어로 썼던 'nuna'를 결합해 이 이름을 만들었다. 주나 반스 자신은 이 이름의 뜻을 'the light of the moon'으로 해석했다.

이후 다른 주나들이 하나씩 등장한다. 아나이스 닌은 자신의 알터에고에 주나라는 이름을 붙여 여러 작품에 등장시켰다(주나 반스는 아나이스 닌의 작품을 좋아하지 않았지만 상관없는 일이다). 잰 카사베티스의 영화 〈키스 오브 더 댐드〉의 주인공 뱀파이어가 이 이름을 갖고 있다. 주나 반스의 소설은 6,70년대에 다시 인기를 끌었으니 1980년대 초반 뉴욕 지식인 가정에서 태어난, 우디 앨런의 〈에브리원 세즈 아이 러브 유〉의 내레이터가 주나인 것도 이상하지는 않다(앨런은 나중에 시간여행 판타지인 〈미드나잇 인 파리〉에서 주나 반스를 엑스트라로 등장시킨다). 얼마 전에는 퀴어 영화제 상영작에서 이 이름을 가진 레즈비언 캐릭터와 마주쳤다. 이들에게는 주나 반스의 흔적이 엿보인다. 파리, 퀴어, 섹스, 자유, 방탕함.

주나 반스는 1892년 뉴욕주의 시골 오두막에서 태어났다. 할머니는 여성참정권 운동가, 시인, 저널리스트였던 자델 반스였고 아버지 윌드는 세상으로부터 부당하게 인정받지 못한다고 믿던 실패한 화가이자 음악가였다. 윌드 반스가 세상에 남긴 유일하게 가치 있는 작품은 딸에게 붙여준 다섯 글자 이름이 전부였다.

어린 주나는 폴리가미 신봉자였던 아버지와 어머니, 아버지의 애인, 그리고 양쪽에서 태어난 아이들, 할머니 사이에서 자랐다. 공교육을 믿지 않았던 아버지 때문에 정규교육은 거의 받지 못하고, 할머니와 아버지에게서 배웠다. 덕택에 작가이자 화가로 성장했지만 철자는 죽을 때까지 엉망이었고 상식은 들쑥날쑥했다. 정상적인 가족이 아니었지만 좋은 가족도 아니었다. 주나 반스는 가족 내 성폭행 희생자였음이 확실하고 당연히 아버지와 형제와의 관계도 원만할 수 없었다. 부녀 관계는 아버지가 주나를 애인의 오빠에게 넘겨주었을 때 바닥을 쳤다. 이 일은 가족 내에서 결혼으로 포장되어 몇 개월간 이어졌다. 할머니 자델과의 관계는 친밀했지만 이 역시 정상적인 조손 관계와 거리가 멀었다. 자델이 손녀에게 보낸 편지의 내용은 오히려 근친상간적 관계에 가깝다.

1912년, 집을 탈출해 그리니치빌리지로 옮긴 주나 반스는 프랫인스티튜트에 입학하지만, 아버지와 결별한 어머니와 형제들을 부양하기 위해 이듬해 학업을 중단하고 신문기자로 일했다. 저널리즘을 진지하게 생각하지는 않았지만 그 활동 자체를 즐겼음이 확실하다. 소방수 훈련 학교에서 훈련용 모형 대신 벽에 매달렸다가 구출되고, 인터뷰를 한다며 암컷 고릴라가 있는 울안에 들어가고, 영국의 여성참정권 운동가들이 겪은 음식물 강제 투여 사건을 직접 경험하며 글을 쓰는 사람에게 어떤 열정도 없었다고 생각하는 것 자체가 이상한 게 아닌가. 그동안 코트니 레먼이라는 작가와 잠시 결혼했다 헤어졌는데 미성년 때의 '결혼'과 마찬가지로 법적 기록은 존재하지 않으며, 그뒤로 수많은 여자들과 남자들을 애인으로 만들었다.

주나 반스의 이름을 처음 듣는 사람에게도 이런 이야기는 친근하게 들릴 것이다. 전에 어디선가 들었음직한 이야기라서가 아니라 20세기 초반 미국의 역동적인 사회 분위기 속에서 스스로를 증명해 보이려 했던 여러 여성 작가들의 삶을 훨씬 극적으로 그려낸 것처럼 보이기 때문에.

이런 경향은 주나가 파리로 활동 무대를 옮기면서 더 두드러졌다. 주나 반스는 제2차세계대전 전 파리 센강 좌안에 살면서 활동했던 미국 여성 예술가들의 전형성을 확대 과장한 듯한 존재이다. 주나 반스의 이야기만 읊어도 이들이 어떤 세계를 산 어떤 사람들이었는지가 그려진다. 삶과 예술의 자유, 프랑스와 파리에 대한 환상을 좇아 영어권 세계를 떠나온 여성 예술가들. 주나는 이들을 대표할 만했다. 괴팍하고 난폭하고 재능이 넘치고 사교적이고 매력적이었고 아름다웠으며 무엇보다 모두의 눈앞에서 죽을 때까지 상흔을 지울 수 없었던 격렬한 사랑을 했다.

*

『나이트우드』 이야기를 하자. 1936년에 나온 주나 반스의 이 장편소설을 집어든 독자들에겐 선택의 여지가 별로 없다. 제2차세계대전 이전 퀴어 여성 예술가들에게 파리는 욕망과 사랑의 해방구였을지 몰라도, 정작 당시에 솔직하게 쓰인 퀴어 소재 문학을 찾기란 힘들다. 작품들은 상당수 은폐되었고 검열되었고 암호화되었다. 파리를 떠나도 사정은 크게 달라지지 않는다. 거트루드 스타인의 『Q.E.D.』와 H.D.의 『허마이오니』는 사후에 출판되었고, 비타 색빌웨스트는 자신과 바이얼릿 트레퍼시스의 이야기를 『챌린지』에 쏟아부으면서 주인공들을 이성애화시켰다. 버지니아 울프의 『올랜도』는 말할 것도 없고. 이 주제를 숨기지 않고 정직하게 다룬 이 시기 여성작가의 작품을 골라내면 정말 한줌 정도만 남는다. 래드클리프 홀의 『고독의 우물』, 르네 비비앵의 몇몇 시들, 콜레트의 몇몇 소설들…… 그리고 주나 반스의 『숙녀 연감』과 『나이트우드』. 이러한 이유로 이 주제에 관심이 있는 독자들이 반스의 작품과 마주치지 않기란 실상 불가능하다.

2,30년대 파리에 살던 퀴어 여성들에 대해 알고 싶고, 당시 선입견에서 벗어난 퀴어 욕망에 대한 즐거운 예찬을 보고 싶다면 여러분이 골라야 할 책은 『숙녀 연감』이다. 정보량이 풍부해 긴 주석이 필요하지만 짧고 신나고 유쾌하다. 아, 2017년에 영화화가 되었으니 여러분도 볼 기회가 있을지도 모르겠다. 이 영화에서 주나 반스는 요세핀 그란드크비스트가 연기했다. 충실한 각색이라 보기는 어려워도, 책과 모델이 된 사람들의 실제 삶 중간 어딘가에 위치하지 않을까 싶다.

『나이트우드』는 다른 책이다. 로맨스로 보기에는 연애의 비중이 적고 중심인물인 로빈 보트의 묘사는 당시 당연시되었던 '사악한 레즈비언'에 가깝다. 당시 건성으로 이 책을 읽었던 많은 독자들은 이 이야기를 동성애의 방탕함에 말려들었다가 파멸하는 사람들을 다룬 교훈담으로 이해했다. 그들을 탓할 수는 없다. 하지만 『나이트우드』에는 동성애에 대한 후회나 공격을 포함한 어떤 가치판단도 들어 있지 않다. 동성애는 연민을 불러일으키는 장황한 호소나 비난 없이 당연하게 그냥 존재한다. 악덕도 아니며 남자에 의해 치유되는 병도 아니다. 로빈 보트에 대한 작가의 감정은 철저하게 개인적이며 이는 도덕적 경고와는 아무 상관이 없다.

당연히 이 소설은 작가 자신의 삶에서 뜯겨져 나왔다. 여기서 주나 반스의 연인이었던 셀마 우드를 이야기할 필요가 있다. 변변치 않은 조각가였지만 강렬한 성적 매력으로 주변 모든 사람을 사로잡았던 사람. 둘은 사랑에 빠졌고 동거에 들어갔고 몇 년 동안 행복하게 살았지만 이런 두 사람이 평온한 관계를 지속하는 건 가능한 일이 아니었다. 이 뒤로 두 사람의 이야기는 익숙한 방향으로 흐른다. 너무 익숙해서 이들에게 필연적으로 닥친 폭력적인 파국을 굳이 설명할 필요가 없을 정도다. 소설가가 자신의 옛 연인을 주변 모든 사람을 파멸시키는 팜 파탈로 그렸다면, 그리고 그 캐릭터에게 (평생의 후원자였던) 페기 구겐하임의 암캐 이름을 붙였다면 다 이유가 있는 것이다. 이 정도면 소설가와 연애하지 말라는 옛 경고가 떠오르지 않을 수 없다.

그들의 이야기를 그대로 옮겼어도 책은 재미있었을 것이다. 하지만 『나이트우드』는 그런 식으로 쓰이지 않았다. 긴 집필 기간 동안 고통스러운 연애의 기억은 무언가 다른 것이 되었다. 『나이트우드』의 이야기는 더이상 주나 반스와 셀마 우드의 이야기가 아니며 삶의 재료 역시 다른 식으로 뒤섞였다. 로빈은 셀마이기도 하지만 어느 정도 주나 자신이기도 하다. 대부분 사람들은 로빈의 연인 노라 플러드를 주나 반스 자신으로 보았지만, 작가 자신은 노라의 모델이 나중에 자신에게서 셀마를 빼앗아간 헨리에타 멧캐프라고 주장했는데, 왜 사람들이 이를 믿지 않는지 모를 일이다. 그건 나중에 노라로부터 로빈을 빼앗은 괴물 같은 제니 페더브리지의 모델이 멧캐프라는 것만큼이나 그럴싸한 설명인데.

무엇보다 센강 좌안의 유명한 괴짜였던 친구 대니얼 A. 머호니를 모델로 매슈 오코너라는 수상쩍은 의사를 만들어 코러스 역을 맡기면서 『나이트우드』는 주나 반스의 삶을 재구성하는 단계를 넘어 자기만의 존재감을 찾게 된다. 리어왕의 어릿광대처럼 끊임없이 세상 모든 것에 대한 장광설을 떠들어대는 오코너와 함께 『나이트우드』는 단순한 멜로드라마를 떠나 더 거대해지고 기괴해지고 이상해지고 완벽하게 해독 불가능한 무언가가 되었다. 『나이트우드』의 세계는 여전히 지옥, 심지어 종교적 지옥일지도 모르나 여전히 당시 비판자들이 보았던 교훈적인 세계는 아니었다. 아마 이는 의도치 않은 종말론적 예언이었을지도 모른다. 이 소설에 등장하는 유대인, 동성애자, 트랜스섹슈얼 캐릭터들이 몇 년 뒤 견뎌야 했을 미래를 생각해본다면. 어차피 주나 반스가 살았던, 그리고 앞으로도 추억 속에 품고 살아갈 파리는 곧 사라질 운명이었다.

*

셀마 우드와의 결별, 『나이트우드』의 출간 이후, 주나 반스의 삶은 내리막을 걷는다. 앞의 이야기와 마찬가지로 주나의 나머지 반생은 전형적으로 비극적이다. 뉴욕에 돌아온 뒤로 새 소설을 쓰려 했지만 대부분 실패했다. 전시회를 한 번 열었고 희곡을 하나 출판했고 시를 썼다. 하지만 예술가로서 주나는 급속도로 시들어갔다. 페기 구겐하임이 주는 생활비로 근근이 살아가며 아파트에 은둔했다. 오래전에 인연을 끊은 셀마 우드를 포함해 지인들은 사라져갔다. 파리를 떠나 다시 뉴욕에 도착한 뒤로 주나 반스의 전기는 갑자기 걸음이 빨라진다. 아흔 살로 죽을 때까지 남은 이야기가 별로 없다.

60년대 이후, 작가 주나 반스는 재발견된다. 앞에서도 말했지만 이는 필연이었다. 딱할 정도로 짧은 리스트의 맨 위에 있는 작가였기 때문에. 2,30년대 파리 센강 좌안에 살았던 여자들의 삶은 검열을 벗어나 다시 이야기된다. 새 시대의 독자들은 반스를 포함한 당시 여자들의 책을 다른 식으로 읽는다. 그리고 1964년에 태어난 백여 명의 영어권 여자아이들이 갑자기 주나라는 이름을 갖는다.

앞에서 언급한 리스트는 몇 십 년의 세월이 흐르면서 이제 제법 길어졌다. 지넷 윈터슨과 세라 워터스가 베스트셀러 작가인 21세기를 사는 독자와 작가 들에게 퀴어문학은 더이상 드문 괴물이 아니며, 이건 심지어 한국어 문화권에서도 마찬가지다. 지금 주나 반스를 읽는 것은 1930년대나 20세기 말에 주나 반스를 읽는 것과 또 다르다. 더이상 독서를 방해할 편견도, 갈증도, 의무감도 없다. 『나이트우드』를 읽을 완벽한 때이다.

듀나(작가)

『나이트우드』: 도착倒錯의 윤리, 비루함의 미학*

1936년 출간된 주나 반스의 『나이트우드』에 대한 서문에서 T. S. 엘리엇은 이 작품이 "너무나 좋은 소설이기 때문에 시詩로 훈련된 감수성만이 그것을 온전히 감상할 수 있다"고 단언하면서, "훌륭하게 발휘된 스타일, 아름다운 문구, 번뜩이는 재치와 인물구현"을 칭송해 마지않았다. 『나이트우드』는 1920~30년대 꽃을 피운 서구 모더니즘 문학에서 몇 안 되는 여성작가의 소설로 당대에 이처럼 찬사를 받았지만, 대다수의 문학 독자에게는 여전히 낯설다. 아마도 익숙한 서사

* 이 글은 필자가 영어로 발표한 논문 "The Aesthetics of Perversion: Between Dreaming and Waking in Djuna Barnes's *Nightwood*" (『미국학논집』 49권 1호 [2017], pp. 243-269)를 바탕으로, 필요한 내용을 우리말로 바꾸어 요약하고 수정, 보완하여 쓴 글임을 밝혀둔다.

형식에서 벗어나 일반 독자의 독서 습관에 여러모로 도전하는 이 작품의 실험적 성격, 그리고 해독이 어려울 정도로 난해하고 화려한 문체 때문일 것이다. 영어권 독자에게도 큰 도전일 수밖에 없는 이 작품이 이제 번역되어 국내 독자에게 소개된다는 것은 정말 반가운 일이다.

이 작품의 시적 언어에 특히 주목했던 모더니스트 시인 엘리엇은 "엘리자베스여왕 시대의 비극을 연상시키는 공포와 비운"의 느낌, "기괴한 인물들"이 펼치는 끔찍한 서커스 여흥극과도 같은 작품의 기조를 『나이트우드』의 특성으로 언급하면서도, 그러한 시적 언어가 형상화하는 탈규범적 플롯과 그에 수반하는 도착적倒錯的 정서의 의미를 구체적으로 논의하지 않았다. 실제로 『나이트우드』를 처음 접하는 독자라면 느닷없이 등장하거나 사라지고 난데없는 장광설을 늘어놓는 인물들을 이해하기 쉽지 않고 그 가운데서 전개되는 파편화된 플롯을 추적하기도 쉽지 않을 것이다. 하지만 등장인물들 다수가 주류사회의 주변부를 맴돌며 때로 '비정상성'의 낙인을 뒤집어쓰곤 하는 소수자들이라는 점을 파악한다면 이 작품의 배경이 대부분 밤이며 작품의 제목이 '나이트우드'라는 사실에 비추어 나름의 해석을 시작해볼 수 있을 것이다. 이 작품이 국내에서 처음 번역된다는 점을 염두에 두고, 이 글에서는 우선 『나이트우드』의 탈중심적, 탈규범적 플롯을 따라가면서 서사의 시적 언어가 가리키는 의미 너머의 의미를 살펴보고자 한다.

*

『나이트우드』는 여성의 동성애를 다루는 레즈비언 소설로 여겨지기도 한다. 1920년대 초 파리에서 주나 반스가 뜨겁게 사랑했던 조각가 셀마 우드와 이 작품의 제목이 상징하는 바를 연결해 분석을 시도해보려는 비평가들도 있었다. 하지만 이 작품을 작가의 자전적 고백으로 보아야 할 이유는 별로 없다. 그리고 이 작품은 여성 인물들 사이의 사랑을 다루면서도 그것을 다른 양태의 관계들보다 더 특별한 가치나 의미를 지니는 관계로 그리지는 않는다는 점에서, 일반적으로 레즈비언 소설에 대해 독자가 가질 법한 기대와는 어긋날 수도 있다. 그러나 젠더 유동성과 다형적 섹슈얼리티로 특징지어지는 현실, 이른바 정상적으로 젠더화된 주체들의 이성애 규범적 사회와 공존하지만 그로부터 배제되는 밤의 세계에 대한 이야기인 『나이트우드』는 분명 퀴어한 작품이다. 그리고 퀴어이론이 등장하기 오래전에 등장한 퀴어 소설이라는 점에서 독보적인 가치를 지닌다.

작품 속 인물의 표현을 빌어 요약하자면, 이 소설은 "여자고 남자고 간에, 이 도착자들에게 우리가 품는 사랑"에 대한 이야기이다. 동성간의 사랑뿐 아니라 20세기 중반까지도 병리적 현상, 즉 '도착perversion'이라 여겨졌던 다양한 섹슈얼리티와 '제3의 성third sex'을 보편화하는 이야기로서 성性에 대한 이원론적 인식에 도전하는 것이다. 작품에서 다양한 방식으로 언급되는 '도착'과 '제3의 성'은 생물학적 성별과 일치하지 않는 젠더, 전통적 이성애의 틀로 담아낼 수 없는 욕망을 풍성하게 주제화하고, 플롯의 통일성을 방해하듯 주조하는 반스의 역설적 언어는 존재의 재현 불가능한 차원을 가리키는 효율적인 기제가 된다. 욕망은 성적 애착심으로 한정되지 않고, 간주체적 관계를 조직하고 포괄하는 힘, 주체를 와해하고 재구성하는 힘으로 묘사된다. 이 낯선 바로크적 텍스트를 읽는 일은, 비정상, 비규범으로 치부되곤 하는 비루한 존재들이 미학적으로 형상화하는 이 지극히 퀴어한 세계에 열린 마음과 인내심을 가지고 진입하는 일과 다름이 없다.

여러 목소리들의 두서없는 독백이 뒤엉킨 듯한 서사는 특정한 목적론적 지점을 향해 가지도, 손쉽게 파악할 수 있는 서사적 중심을 드러내지도 않는다. 재생산을 목적으로 삼는 이성애적 섹슈얼리티의 경로에서 이탈하거나 중간에 중단되는 섹슈얼리티를 도착으로 정의하는 프로이트식 관점에서 본다면 『나이트우드』의 서사 형식 자체가 일종의 도착인 셈이다. 실제로 서사는 특정한 대상에 대한 애착으로 표상되는 욕망을 특권화하지 않는다. 서사는 도리어 그러한 애착 관계가 지속 가능한 쾌락이나 만족을 가져다주지 않음을 부각하고, 그러한 애착 관계를 이상화하는 사랑의 관념과 감각적, 정서적 쾌락의 가치에 의문을 제기한다. 그렇다면 『나이트우드』의 도착적 서사 형식은, 탈규범적 인물들의 일탈적 행위들, 즉 이성애 규범성의 질서로 수렴되지 않는 도착적 현실을 담아내기 위한 최적의 그릇이기도 하다.

제목이 시사하듯이 『나이트우드』는 '밤'의 이야기이다. 하지만 밤이 그저 시간적 차원을 가리키지만은 않는다. 밤은 낮의 시각장에서 밀려나 있던 모든 것들이 살아나 움직이는 존재론적 장이다. 밤은 또한 인식론적 한계와 대면하는 시공간이기도 하며, 그 자체가 작품 속에서 탐구의 대상이 되기도 한다. 〈파수꾼이여, 밤을 일러다오〉라는 제목이 붙은 장에서, 어느 날 밤 매슈 오코너 의사를 찾아온 노라는 "밤에 관하여 선생님이 아는 바대로 전부 얘기해달라"고 청한다. 이에 응하는 오코너의 선문답 같은 대답 혹은 넋두리는 서사에 일종의 유사철학적 배경을 제공한다.

밤은 헤게모니적 권력으로 구조화된 시각과 지식의 장과 언제나 나란히 존재해왔고, '정상성'의 규제적 명령으로 말끔하게 정리되지 않는 잉여가 거주하는 장소다. 실제로 '음란obscene'을 뜻하는 영어 표현은 '무대에서 밀려남off-scene'을 뜻한다. 작품 속에서 "지하 세계 속 인들"로 지칭되는 다수의 국외자들은 잉여적 기이함을 과시하기라도 하듯 파리와 빈의 밤거리, 음습한 미국의 숲속을 떠돌아다닌다. 이 작품 속에서 밤은 초현실적인 장소처럼 보이지만 그저 환상의 공간에 불과한 것은 아니다. 밤은 규범의 억압적 장력을 뚫고 나오는 실재의 공간으로, 낮이 주변화하고 배제하는 음란함과 비루함을 비롯해 온갖 탈규범적 존재의 양태를 전면에 드러냄으로써 도리어 '정상성'이 곧 보편이라는 일상화된 관념이 환상임을 보여준다. 그래서 이 밤의 시공간은 해방적인 동시에 위협적이다. 길들여지지 않는 욕망이 지배하는 이곳은 쾌락보다는 고통과 상실의 시공간이며, 상처 입은 인물들은 이곳에서 영원한 멜랑콜리의 정서를 공유한다.

19세기 말에서 20세기 초에 이르는 '세기 전환기'는 서구에서 섹슈얼리티에 대한 의과학적 접근이 '성과학sexology'이라는 분과 학문으로 정립되어 활발히 수행되던 시기이다. 이 시기에 다양한 종류의 성적 도착이 병리적 상태로 정의되어 분류, 범주화되었으며, 이러한 연구는 인간의 존재를 성적 정체성의 틀로써 규정하는 경향으로 이어지게 되었다. 젠더 역전과 동성애에 대한 혼동과 혐오를 내포하는 당시의 용어 '성도착inversion'은 20세기 중반 이후까지도 일탈적 젠더 역전을 전제로 동성애를 가리키는 멸칭으로 사용되었다. 시대를 앞서간 반스의 대담함은 주변화된 성적 주체들을 전경으로 끌어내는 데 그치지 않고, '도착'이라는 개념을 텍스트를 구성하는 원리로 활용해서 밤과 낮, 아름다움과 추함, 정상과 비정상 등으로 분류하는 이원론의 가치체계를 적극적으로 심문한다는 데 있다. 『나이트우드』가 전개하는 이 도착의 서사는 급진적인 퀴어의 정치를 선구적으로 수행한다고 할 수 있을 것이다.

『나이트우드』의 도입부는 출산의 장면이다. 작품의 3인칭 화자는, 빈에 사는 헤트비히 폴크바인이라는 45세 여성이 아들을 "펠릭스라 명명하더니 저에게서 떼밀고는 숨을 거두었다"고 무미건조하게 진술한다. 펠릭스라는 인물의 탄생을 기록하는 이 첫 장면은 여성의 몸, 섹슈얼리티, 욕망, 모성, 재생산, 죽음 등의 모티프로 복잡하게 직조된 『나이트우드』라는 서사 전체를 탄생시키는 일종의 상징적 자궁이지만, 모성을 감상적으로 묘사하거나 낭만화하지 않는다. 헤트비히는 전형적인 여성성과 모성보다는 물리적인 힘과 마치 군인 같은 태도를 지닌 인물로 묘사되어 있다. 이처럼 작품은 첫 장면에서부터 전통적인 젠더 구분의 경계가 유동적이고 불확정적이라는 암시로 충만하다. 그러나 헤트비히의 남성적 여성성은 이원론적 젠더 체계에 대한 질문과 도전이면서도 바로 그 때문에 일종의 불안감과 두려움을 내포하며, 새로운 가능성과 더불어 죽음을 형상화한다. 이 어둡고 간결한 출산 장면으로 시작하는 『나이트우드』는, 펠릭스와 함께 헤트비히의 몸에서 밀려나오는 생명의 "비루한" 덩어리들로 이루어진 서사이다.

이처럼 어머니로부터 전복과 불안과 죽음의 그림자를 상속받고 태어난 펠릭스는 이 그림자를 벗어버리려는 듯, 오스트리아 귀족 행세를 한다. 유대인 혈통을 지닌 그가 바로 그 혈통을 짓밟아버리려던 권력을 내면화하여 자신의 정체성을 형성한다는 이 고통스러운 모순은 실패가 예견된 자기부정의 비극이다. 펠릭스가 빈 귀족 행세를 하는 것은 그를 내치는 주류사회로 진입하려는 시도이지만, 그는 바로 그러한 가장假裝을 통해 그가 만나는 서커스 단원들의 "눈부시고 비릿한 허위"에 동참하며 의도하지 않았던 그들과의 동일시를 실천하는 셈이다. 어쩌면 펠릭스는, 주체란 사실 주권적 온전함의 신기루에 기대고 있는 자기모순적 존재일 뿐이라는 점을 예시하는 인물이기도 하다.

작품 초반에는 사회에서 소외되고 주변화되면서도 특이하게 그 주변성을 시각적으로 전시하는, 서커스와 극단의 일원들이 등장한다. 이들은 단지 경제적으로 소외될 뿐 아니라, '비정상적' 젠더 정체성, 성적 지향, 성적 실천 때문에 주변화된다. 펠릭스의 주류지향적 관점에서 그들은 무엇보다도 "펠릭스와는 전혀 다른 맥락의 욕망"으로 특징지어지는 사람들이다. 이 인물들은 특이한 성별, 다양한 성적 가능성을 체현하는 몸들이 공존하는 현실을 극적으로 가시화한다. 가령 '여자Frau'와 '남자Mann'를 함께 아우르는 이름을 사용하는 공중곡예사 프라우 만Frau Mann은 생물학적 성별을 지워버리는 의상을 입고 있으며 그녀의 몸은 그 의상과 분리할 수 없다. "타이츠의 재질은 이제 단순한 피복을 넘어서 그와 하나가 되었다. 야무지게 기운 사타구니 부분이 어느새 살의 일부를 이루어, 그는 인형만큼이나 성적 특질이 전무한 몸이 되었다." 이런 의상을 입고 "어느 남성의 소유도 아니게" 된 프라우 만이지만, "근육질이 부리는 특정 부위에 집중"된 그녀의 성애적 유희는 여성적인지 남성적인지 분간하기 어려운 그녀 나름의 섹슈얼리티를 암시한다. 남성적 신체 특성으로 간주되는 넓은 등을 상기시키는 별칭 "브로드백 공작부인Duchess of Broadback"으로도 지칭되는 프라우 만은 그야말로 양성적 주체이다.

주인공이라 할 수 있을 법한 로빈 보트 역시 아직도 자라고 있는 것이 아닌지 걱정을 할 만큼 여느 남자들보다 훌쩍 키가 큰, "소년의 몸을 지닌" 소녀로 "제3의 성"을 환기하는 인물이다. 호텔에서 누군가 기절했다는 소식에 호텔로 불려가는 의사 매슈 오코너를 따라 들어간 펠릭스가 로빈을 만나는 광경은 운명적인 우연의 순간이다. 거실 속 정글로 비유되는 방, 안과 밖, 자연과 인위성의 경계를 허무는 기이한 공간에서 로빈은 춤을 추는 듯한 자세로 침대 위에 누워 있다가, 오코너가 그녀를 깨우려 애를 쓰자 "난 멀쩡했다고요"라고 말한다. 로빈은 이처럼 움직임과 정지 상태 사이, 잠과 깸 사이의 인물로 서사에 등장한다. 그녀는 바로 2장의 제목이 가리키는 "밤 짐승," 두 세계에서 사는 사람이다. "그녀의 완멸完滅의 자세"는 어쩌면 세기말 영원한 여성의 증상으로 일컬어졌던 히스테리의 발작이지만, 그러한 진단을 유발하는 동시에 반박하는 모순으로서의 여성성을 수행적으로 예시한다. 펠릭스의 불운은 이러한 로빈의 모순적 여성성을 이해하지 못한다는 사실이다. 펠릭스는 프라우 만에게 이질감을 느끼면서 그런 양성적 인물이 누군가와 사귄다거나 하는 상상을 할 수 없었지만, 로빈은 "인종적 기억에 드리운 저 영원한 혼례의 신기루"를 불러일으키고 펠릭스는 그녀를 갈망하게 된다. 욕망은 통념이나 관습의 궤도에서 주체를 이탈시키기 때문이다. 하지만 같은 이유로, 이성애적 결혼이라는 역사적 시나리오는 펠릭스가 기획하는 대로 욕망을 길들일 수 없다. 남근적 권위를 강조하는 그의 남편 행세는 그의 정체성의 핵심이라 할 수 있는 그의 귀족 행세와 불가분의 짝을 이룬다. 로빈을 마차에 태우고 다니면서 자기 정체의 허구성을 숨기기 위해 역사와 권위에 대한 공허한 지식을 늘어놓는 그는 자신의 무능, 주권적 주체이기에 실패하는 자기기만적 남성성을 드러낼 따름이다. 로빈은 펠릭스와 결혼하여 아이를 낳고 그에게 가부장의 권위를 부여하는 역할을 잠시 하지만, 결혼이든 모성이든 그녀의 욕망을 통제하고 존재를 제한하는 틀을 거부하고 집을 나간다. 돌아오지 않는 로빈을 기다리면서 상류사회의 변두리를 떠도는 펠릭스에게 병약한 아들 기도는 그의 거짓 가계의 영속성을 보장해주지 않는다.

펠릭스와 아들 기도를 두고 집을 떠난 로빈은 서커스에서 노라 플러드를 만난다. 펠릭스에게 그랬듯이 노라에게도 로빈은 우리에 갇힌 암사자의 맹렬함을 지닌 야수 같은 신부이다. 게다가 그녀는 노라에게 "여기 있고 싶지 않아요"라고 말하면서도 단지 "그 말뿐, 달리 어디에 있고 싶은지는 설명하지 않았다". 이 불확정성은 수면과 비수면, 이동과 정지 사이의 경계에서 두 세계에 거주하는 로빈을 잘 설명해준다. "정착할 집"을 향한 바람과 집을 나가버리는 충동 사이 어딘가를 떠도는 로빈과는 달리, 노라는 둘만의 가정을 이상적 사랑의 공간으로 생각한다. 이는 노라의 청교도적 배경, 그리고 욕망의 대상에 대한 독점적 소유를 사랑의 조건으로 이상화하는 전통과 무관하지 않다. 노라는 두 사람이 함께 거주하는 공간이 로빈에게 영구적 가정이 되기를 바라지만 그런 노라의 노력은 도리어 로빈을 그곳에서도 떠나게 만든다.

로빈이 제니 페더브리지와 함께 떠나버린 뒤, 노라는 집이라는 공간이 자신과 로빈의 유사혼인 관계를 떠받쳐줄 수 없었음을 깨닫는다. 집은 이제 견딜 수 없는 상실의 공간이 되고, 그곳에서 노라는 그 상실을 "단념할 수 없는 잘린 손"처럼 끌어안은 채로 누워 잠들고 깨기를 반복한다. 노라는 상실을 내면화한 우울증적 주체가 되는 것이다. 노라는 밤거리를 방황하면서도, 마치 상실 그 자체가 사랑의 대상이 되기라도 하듯 로빈과 마주치지 않으려 한다. 그러나 노라가 상실의 트라우마를 통해 우울증적 주체가 되고 밤의 세계 속 방랑자가 된다면, 결국 『나이트우드』가 제시하는 밤의 세계는 욕망에 대해 무엇을 말해주는가? 사랑으로 소진된 사람이 밤의 세계를 살아갈 수 있는 방법은 무엇인가? 로빈이 초래한 상처는 사랑에 대한 통념, 가정이라는 공간과 얽혀 있던 노라의 욕망을 변하게 하는 계기가 될 수 있을 것으로 보이지만 노라는 답을 찾지 못한다. 이런 질문들을 가지고 노라가 찾아가는 사람이 바로 매슈 오코너이다. 작품의 후반부를 차지하는 매슈 오코너와의 대화는 밤에 대한 그 둘의 탐구이자, 그들이 로빈을 또 그들 자신을 이해하려는 시도이다. 물론 이러한 시도가 성공에 이른다는 보장은 없다. 하지만 쉽게 그 의미를 드러내지 않는 이 두 사람의 대화는, 우리를 인간으로 만들어주는 두 가지, 즉 욕망과 앎 자체가 얼마나 불확실하고 불투명할 수밖에 없는지를 보여주는 이 작품의 백미라고 할 수 있다.

자기 자신에 대해서든 사랑에 대해서든 아무 말이 없는 로빈을 대신해서 노라와 사랑을—"도착자들에게 우리가 품는 사랑"을—이야기하는 사람이 무면허 산부인과 의사로 밤거리를 떠돌면서 남의 술을 얻어먹고 훔친 화장품으로 남몰래 여장을 즐기는 동성애 남성 매슈 오코너라는 사실에 대해서는 다양한 해석이 가능할 것이다. 어쨌거나 역시 제3의 성이라 할 수 있는 오코너는 "나야말로 이에 대해 이야기할 처자 아니겠어요?" 하고 반문하며, 스스로 도착적 사랑을 말할 자격이 있다고 강변한다. 자신을 "소년/남자"boy로도 "소녀/여자"girl로도 칭하는 그는 스스로를 "이 세상에 남은 마지막 여자," "수염난 여자"라고 부른다. 로빈이 침묵으로 다형적 욕망의 현실을 매개한다면, 오코너는 그 현실을 자기 나름의 다형적 젠더 정체성과 탈관습적 언어 사용으로써 대변한다.

낡고 때묻은 여자 속옷이 녹슨 산부인과 의료기구와 함께 널려 있는 오코너의 어둡고 더러운 처소는, 도착과 비루함의 가장 극적인 배경이 된다. 누군가 다른 사람을 기다리고 있었던 듯 여장을 하고 침대에 들어앉아 있던 그는 노라의 방문을 썩 달가워하지 않지만, 밤이 무엇인지를 묻는 노라의 절박한 질문에 기꺼이 말문을 연다. "은밀한 침소와 권투선수의 합숙훈련소를 교배해 얻은" 것 같은 그의 처소에서 이어지는 두 사람의 대화가 가톨릭교회의 고해성사나 정신분석학적 상담의 패러디라는 것은 명백하다. 그러나 여기서 봇물처럼 쏟아져나오는 그의 말은 죄나 질병이 아닌 욕망과 사랑을 다루고 있다.

욕망의 중심에 있으되 부재하는 존재이며 침묵하는 대상인 로빈 대신 오코너가 이야기를 한다는 사실에 대해, 여성의 목소리를 지우는 남성의 발화라고 비판할 수도 있을 것이다. 하지만 흔히 여자 환자를 다루는 전문가로서의 남자 의사나 여자 고해자를 다루는 남자 성직자가 내세울 법한 권위가 그에게 없다는 점에 주목할 필요가 있다. 그는 여성의 성과 재생산 기능을 전문적으로 관리하도록 훈련받은 부인과 의사이지만, "무면허" 의사이기에 젠더화된 의료 행위의 전문성과 권위를 훼손하는 인물이기도 하다. 그의 방에 있는 녹슨 의료기구들은 그가 불법 임신중단시술을 포함하는 의료 행위로 여성의 성 및 재생산에 반헤게모니적인 방식으로 개입하고 있을 가능성을 시사한다.

젠더퀴어인 오코너는 사랑하는 남자를 위해 아이들을 낳고 요리를 하는 '평범한' 여자의 삶을 누구보다 바라며, 여자가 될 수 없는 자신이 사랑을 할 수 있는 유일한 공간은 안락한 가정을 상징하는 "화롯가"가 아니라 "한뎃뒷간"일 뿐임을 한탄한다. 여자가 아님을 일종의 트라우마로 여기는 그의 자아 역시 채울 수 없는 결핍으로 구조화되어 있다. 프로이트의 성차 이론에서는 여성이 거세로 인한 상실을 영원히 애도하는 결핍의 존재인 반면, 오코너는 여성의 몸을 타고나지 못했음을 영원한 상실로 애도하는 것이다. 팔루스적 충일이라는 환상에 기대는 일반적인 남성 자아와는 대조적으로, 그에게 남근은 그가 열망하는 주이상스를 영원히 가로막는 결핍의 기호에 불과하다. 반스가 이 작품에서 보여주는 가치의 전복은 이런 세부 사항에서도 두드러진다.

그러나 반스가 오코너를 저항적 일탈의 아이콘으로 그리는 것은 아니며, 그저 기존의 이원론적 가치체계에서 주변화된 존재들의 의미를 긍정하여 주변을 중심으로 끌어들이거나 주변과 중심의 위상을 맞바꾸는 손쉬운 구도를 펼치는 것도 아니다. 오코너는 교회의 어두운 구석에서 자위했던 일을 이야기하면서 지배적 제도와 담론이 지니는 권위를 다시 한번 모독하지만, 그의 신성모독, 고독한 쾌락의 추구는 결국 실패로 돌아간다. 그는 (아일랜드식 이름 오코너에 짝이 되도록) "타이니 오툴Tiny O'Tool"이라는 — "작디작은 물건" 정도의 뜻이라 할 수 있는 — 자조적 별명을 붙인 자신의 성기를 부여잡고 눈물을 흘린다. 자신처럼 신의 "영구한 실수"로 생겨난 사람에게도 아름다움이 있다고 신을 향해 외치는 오코너의 기도는, 자신과 같은 소수자를 배제하고 혐오하는 낮의 세계, 주류사회를 규탄하면서도 사랑을 갈구하며 그 세계에 속하고 싶은 주변적 인물의 이중성을 잘 보여준다. 이뿐만 아니라 그는 "쾌락"이야말로 그를 "뒤엎는 것"이라고 말한다. 욕망이 주체를 구성하는 것인 동시에 파괴한다는 점, 쾌락이란 바로 주체의 경계를 와해하여 주체를 일관된 하나의 통일체로서 존재할 수 없게 만드는 힘이라는 점을 그는 이렇게 일견 불가해한 혼잣말로 웅변하는지도 모른다. 교회에서 뛰쳐나오는 오코너는 혼자서 오르가슴에도 이르지 못하는 자신의 섹슈얼리티를 비관하는 것으로 보인다. 하지만 다른 한편으로 그가 쏟아내는 눈물은 일반적으로 정액의 사출로 귀결되는 이성애적 남성의 남근중심적 쾌락과는 전혀 다른 쾌락의 양태, 성적 욕망의 마조히즘적 본질을 체현함으로써, 남성의 몸과 결부된 섹슈얼리티의 고정관념을 깨뜨리는 동시에 성적 주체로서 인간이 피할 수 없는 존재의 비루함을 드러내는 것이다.

로빈이 여성성에 대한 통념을 벗어나는 여성이라면, 오코너는 이처럼 헤게모니적 남성성에 부여되었던 가치를 부인하는 남성이다. 『나이트우드』에서 발견할 수 있는 작가 반스의 탁월한 서사적 구성은, 앞서 언급했듯 바로 이 두 인물을 짝지어 서사의 두 축으로 삼고 있다는 점이다. 이 두 인물은 차이와 동일성에 대한 상투적인 이해를 빗나간

다. "결코 사랑의 대상이기를 그칠 수 없었"던 로빈은 여러 인물들의 욕망을 불러일으키는 서사의 중심이면서도 자신의 존재를 스스로 언어화하지 않고 서사에서 사라지기도 한다. 그녀는 일종의 부재하는 핵과 같다. 반면 오코너는 플롯의 주변부에 있는 인물이면서도 로빈이 비워두는 서사의 중심을 언어화하는 역할을 한다. 그러나 오코너가 로빈을 대신해서 로빈의 내면을 이야기하는 것은 아니다. 도리어 그는 로빈이 말하지 않는 욕망을 상투적 의미화에 저항하는 일탈과 역전과 도착의 언어로 말함으로써, 일반적으로 유통되는 언어가 가리키지 못하는 사랑과 욕망의 차원을 향하는 의미의 가능성을 생산해내는 것이다. 노라를 향해 길게 이어지는 그의 이야기는 듣는 이를 당혹케 하는 난해한 장광설처럼 보이지만, 그는 말한다. "나한테도 서사는 있어요. 다만 당신이 그 타래를 찾기까지 애 좀 먹기는 할 테지요." 이러한 서사는 주나 반스의 서사이기도 하며, 그의 이야기 속에 숨은 이야기를 찾아내는 노력은 독자의 몫이기도 하다. 그는 욕망을 담아내지 못하는 언어의 필연적 한계와 실패를, 그리고 바로 그래서 초래되는 언어적 의미의 과잉을 노라에게, 또 독자에게 상기시킨다. 그러나 그 한계와 실패에도 불구하고 우리는 언어에 기댈 수밖에 없다. 바로 그래서 우리는 오코너의 이야기에서, 그리고 반스의 서사에서 이야기 너머의 의미를 읽어야 한다.

작품의 마지막 장면은 미국이다. 어느 날 밤 노라는 개 짖는 소리를 따라나갔다가, 숲 깊은 곳에 자리한 노라의 집 근처까지 온 로빈을 발견한다. 예배당에서 짖어대는 한 마리 개와 대결하듯 마주하고 있는 로빈을 발견한 노라는 이제까지 그녀가 생각해온 낭만적 사랑과 상실의 언어가 사실상 무의미할 수 있다는 사실에 직면한다. 흥분한 개와 로빈의 수간獸姦을 연상시키는 기이한 소통은 욕망의 궁극적인 불가해함을 극명하게 보여준다. 이 장면은 그야말로 쾌락과 고통, 인간과 비인간, 주체와 객체 사이의 경계 자체를 뒤흔듦으로써 노라뿐 아니라 독자 역시 혼란시키면서, 이 이야기가 앞으로 어떻게 나아갈 것인지에 대한 예측도 차단한 채 끝난다. 이 두 여성의 관계가 이 장면을 매개로 다시 전개될 가능성이 있다면, 그것은 "지구 반대편 끝에 가 묻힌들 한 마리 개가 저 둘을 찾아내고 말리라"던 오코너의 예언 속에서 모호하게 언급되었을 뿐이다. 이 둘의 관계에 대한 우리의 이해 또한 이 장면을 포함하여 이 작품이 형상화하는 도착적 욕망의 함의들을 어떻게 소화하는가에 달렸을 것이다.

주체가 그 존재의 결핍을 중심으로 구조화된다는 정신분석학적 관점에서 본다면 사랑은 그 결핍을 채우려는 욕망을 이상화하는 무모하고 불가능한 환상적 기획이다. 사랑은 대상과의 상상적 동일시에 기반을 두며 그 대상을 정복하고 통제하고 소유하려는 (폭력적인) 바람과 분리 불가능한 정서라 할 수 있다. 낭만적 사랑의 이상과는 거리가 먼, 주체를 파괴하고 교란하는 힘으로서의 욕망을 그리는 반스의 텍스트는 그래서 섹슈얼리티와 사랑의 윤리학에 대한 비판의 가능성을 논하게 된 오늘의 시점에서 더욱 흥미로운 선구적 위상을 갖는다. 『나이트우드』에서 주변화된 존재들은 주권적 주체의 위상으로 복권되거나 역사의 중심으로 진입하지 않는다. 서사가 수행하는 것은 기존의 위계질서를 그저 역전하는 시도가 아니다. 힘없는 자들에게 권력이 생기지도, 갖지 못한 자들이 특권을 누리지도 않지만, 『나이트우드』

는 중심을 가능하게 하는 위계질서는 반드시 시야에서 밀려나는 주변적 존재들을 필요로 한다는 사실을 강조하는 동시에 식별 가능한 세계의 이면에 삶의 중핵과도 같은 불가해함이 도사리고 있음을 보여준다. 상투적 해석에 저항하는 언어 사용은 지배적 담론에 포섭되지 않으면서 그것을 비판적으로 바라보게 하는 한 가지 방식이다. "밤이란 나무"에 대한 오코너의 아래 이야기는 마치 『나이트우드』라는 텍스트에 대한 자기지시적 언술인 듯하다.

> 밤이란 나무는 나무 중에서도 타기가 가장 어려울뿐더러, 오르기가 제일 삼엄하고, 나뭇가지 중에서도 으뜸으로 까다로우며, 손대자니 그리 열떨 수 없는데다, 그것이 분비하는 진과 손바닥에 떨구는 수액과 나무즙은 어떤 계산으로도 예측하지 못할 정도거든요.

바로 그렇기 때문에, 『나이트우드』와의 조우, 주나 반스가 가꾸어 꽃피운 '밤의 나무'를 어루만지는 경험은 그 난해함만큼, 감히 계산하지 않았던 의외의 결과로 독자의 감각과 인식을 안내할 것이다. "잠들어 있는 순간"에조차 "밤이란 것이 사람의 정체부터 바꿔놓는다는 걸" 알겠다던 노라의 말처럼.

윤조원(고려대학교 영어영문학과 교수)

옮긴이의 말

'밤의 숲' '밤이 내리면' '밤의 해부' 등 여러 제목을 고려했으나 결국 원 제목 그대로 출간되는 『나이트우드』의 한국어 번역판은 1936년에 처음 출간된 페이버 앤드 페이버 판본 대신 1995년에 출간된 덜키 아카이브 프레스 판본을 저본으로 삼았다. T. S. 엘리엇이 편집한 페이버 앤드 페이버 판본은 검열—래드클리프 홀의 『고독의 우물』이 발행됐다가 "그날 밤, 그들은 분리되지 않았다"라는 한 문장 때문에 출간 금지된 것이 1928년이었다—을 우려한 엘리엇이 자체 검열한 결과, 적게는 몇 단어에서 많게는 몇 페이지에 걸친 대목이 일괄 삭제되는 등 주나 반스와 에밀리 콜먼이 몇 해에 걸쳐 작업해온 결실이 많이 훼손되었다. 셰릴 플럼이 편집한 덜키 아카이브 프레스 판본은 반스와 콜먼, 엘리엇과 프랭크 몰리 외 페이버 앤드 페이버 내부 교정자들의 손을 거친 교정지를 (분실된 원고 이외에는) 모두 참고해 삭제된 대목들을 되살리고, 반스가 집필 당시는 물론 그 이전에도 읽고 밑줄을 긋거나 여백에 메모를 남긴 책까지 참고해가며 찬찬히 자료 조사와 연구를 진행해 반스가 원한(원했을) 원고에 가장 가까운 형태로 복구하는 것을 목표로 삼았다.

주나 반스는 1927년부터 1934년 사이에 『나이트우드』를 집필했고, 출판사를 찾으려다 난항을 겪고는 1935년 여름까지 원고를 일부 다시 썼다. 한때 670페이지에 달했던 대작이 212페이지 정도로 추려져 완고 형태로 영국 출판사 페이버 앤드 페이버의 편집자 엘리엇의 손에 들어간 것이 1935년, 책이 출간된 것은 1936년이었다. 1929년에 파리에서 페기 구겐하임을 통해 반스를 처음 만난 에밀리 콜먼도 동료 작가로서, 첫 독자로서, 편집자이자 조언가로서, 그리고 실질적 에이전트로서 이 모든 과정에 누구보다 크게 기여했다. 엘리엇에게 『나이트우드』 원고를 보내고 엘리엇이 원고를 거절하려 하자 재독과 재고를 권하는 편지를 보낸 것도 콜먼이었다. 다만 T. S. 엘리엇에게 가려 그 역할과 이름이 묻혔다 뿐이지. 이는 대부분의 독자가 덜키 아카이브 판본이 출간되기 전까지는, 그리고 실은 그후로도 페이버 앤드 페이버 판본만을 접할 수밖에 없었다는 사실과도 무관하지 않은 듯하다(『나이트우드』의 번역본 중에 덜키 판본을 저본으로 삼은 번역본이 또 있는지는 확인하지 못했다. 피에르 레리스가 번역한 프랑스어 번역본 *Le Bois de la nuit* [Seuil, 1957, 1986; 1957년 처음 번역 출간됐을 때의 제목은 L'Arbre de la nuit였다.]는 페이버 판본을 저본으로 삼고 있다).

반스는 이 소설의 제목을 놓고도 오래 고민했는데, '고개 숙여라' '밤의 해부' '밤 사이' '잠이 오지 않는 밤' 등이 안으로 제시됐다가 마침내 '나이트우드'를 떠올리기에 이르렀다. 에밀리 콜먼은 '밤의 해부'를 선호했으나 T. S. 엘리엇은 '나이트우드'에 표를 던졌다. 이 제목은 1980년대에 반스에 관한 책을 쓴 앤드루 필드 등 일부 작가들이 주장한 것과는 달리 엘리엇이 생각해낸 제목이 아니라 반스 본인의 제목이었음이 반스가 콜먼에게 보낸 편지에서 드러난다(1935년 6월 23일. "'나이트우드', 이렇게 한 단어로 말이야. 나이트셰이드(까마종) 같기도 하고, 독기와 밤과 숲을 다 품으면서 고기처럼 질긴 느낌을 주는, 간결하고 하나뿐인 단어").

이 작품을 번역하며 'race'를 '인종'으로 굳이 옮긴 것은 20세기 초반 유럽 사회의 맥락과 나날이 긴박해지는 그 맥락 안에서 반스가 이 작품을 통해 이루고자 한 바를 고려해서이다. 실제로 20세기 초중반까지도 'race'의 쓰임새는 지금의 쓰임새와는 달랐고, 이 단어의 번역어 중 하나가 '민족'인 점에서도 드러나듯, 인류 갈래를 크게 나누는 구분으로 여겨졌다. 그러나 반스가 글을 쓴 시점이 이러한 쓰임새의 문제점이 대대적으로 드러나기 시작한 때이기도 한 만큼 (반스 본인은 '인종' 이외에도 여러 낱말의 통상적인—습관적인—쓰임과 관행에 따른 분류, 특히 이분법의 폐단을 극명하게 인식하고 있기도 했지마는) 'race'는 어느 때보다도 더 입체적인 독해가 필요한 단어가 됐다. 반스는 이 작품에서 여러 가지 다른 방향성이 부과된 단어(특히 정체성 혹은 자격 혹은 범주 혹은 이름을 정의하거나 나누거나 붙이는 단어)의 뜻과 그를 답습하는 단어의 쓰임에 대해 고민을 하고 있다. 그 고민이 의미와 어원의 자취를 짚는 작가의 단어 선택과 조합에서 엿보일뿐더러, 크게는 이 소설의 각 장과 인물과 이야기를 아울러 밤을 배경으로 서서히 드러나는 나뭇결처럼 드러나보이는 모티브를 이루고도 있다. 마찬가지로 'beast' 'girl' 'nature' 'queer' 'night' 같이 의미가 넓어지거나 좁아지거나 그 틈새가 벌어지거나 지층이 드러나기 시작한 단어를 그 다의성을 살려 사용한다. 이러한 단어와 그 사용, 분류와 그 의도의 역사를 곱씹는 것은 지금 이곳에서도 시급하다고 생각해 옮긴이로서도 저자의 선택을 따르는 길을 택한다.

장 제목에 대해서도 부연한다.

2장 '밤 짐승'의 원문은 'La Somnambule'이다. 프랑스어로 '몽유병자'를 뜻한다. 편집자 주에 의하면 『나이트우드』의 편집과 출간에 깊이 관여한 동료 작가 에밀리 콜먼에게 보낸 편지(1935년 5월 5일)에 반스는 이렇게 적었다. "난 여전히 '몽유병자'가 완벽한 제목이라 생각하지 않아 '밤 짐승Night Beast'이 훨씬 나을 텐데, 짐승이라는 그 좋은 단어가 언젠가부터 이리도 천대받는 풍토만 아녔대도." 이와 더불어 'la somnambule'은 문자 그대로 '잠든 중에 걷는 이'를 의미하나 번역어 '몽유병자'는 '병'이라는 단어 때문에 뉘앙스가 달라 이를 '밤 짐승'으로 옮겼다.

5장과 6장 제목인 '파수꾼이여, 밤을 일러다오'와 '나무가 쓰러진 자리에'는 성경 구절을 인용하고 있다. 「이사야」 21:11~12, "파수꾼아, 밤을 일러다오. 얼마나 있으면 밤이 새겠느냐?" 파수꾼이 대답한다. "아침이 오면 무엇하랴! 밤이 또 오는데." 「전도서」 11:3, "비를 싣고 오는 구름은 비를 땅에 내리붓지 않고는 지나가지 않는다. 나무는 남쪽으로 넘어지든 북쪽으로 넘어지든 다른 데로 옮겨가지는 않는다."

7장 '내려가거라, 매슈'는 미국 흑인 영가 〈Go Down Moses〉에서 빌려온 제목이다.

8장 '홀리다'의 원문은 'The Possessed'로, 이는 사로잡힌 자, 즉 뭔가에 들리거나 씐 사람을 의미한다. 이는 도스토옙스키 소설 〈Бесы, Besy〉의 영어 판본 중 콘스턴스 가넷이 1914년에 번역한 판본의 제목이기도 하다. 이 소설의 다른 영어판 제목으로는 'The Devils' 'Demons'가 있으며 한국에서는 '악령'으로 번역됐다.

1934년 4월 20일에 콜먼에게 보낸 편지에서 반스는 출판사에서 이 책에 관심을 갖지 않는 이유에 대해 이렇게 썼다. "다들 이건 소설이 아니래. 삶의 연속성은 담기지 않고 주요 대목들과 시詩로만 구성됐다고—인물들이 뭘 입고 먹었으며 문은 어떻게 여닫았고 생계는 어떻게 꾸렸는지, 신발은 어떻게 벗고 모자는 어떻게 썼는지 파악할 방도를 전혀 주지 않는다고 말이야. 당연히 안 주고말고."

출간 이후에는 이렇게 말했다. "우리는 바른correct 예술가와는 삶을 관조하고 시적인 예술가와는 삶을 새로 짠다…… 〔사실적인 가치들과 달리〕 영적 삶을 다룸에 있어서는 평론가(혹은 소설가)는 기록만 하는 데 그쳐선 안 돼, 평가가 아니라 결탁에 가까운 제육감sixth sense으로 이해해야지. 전자가 안전이라면 후자는 위험이야."(1939년 1월 5일)

1936년 10월에, 반스는 이 책의 제목이 셀마 우드Thelma Wood의 이름과 같다는 사실을 발견했다고 에밀리 콜먼에게 썼다. "Nigh T. Wood — 맙소사, 며칠 전에야 깨달았어. 묘하기도 하지."

이예원

1892년 6월 12일 뉴욕에서 출생. 화가인 월드 반스와 바이올리니스트 엘리자베스 셔펠이 둘째 주나 반스와 사내아이 넷을 낳음. 일부다처 가정에서 공교육 대신 작가이자 여성참정권 운동가였던 조모 자델 터너 반스와 아버지로부터 주로 교육을 받으며 성장함.

1912년 프랫인스티튜트에 입학하나 아버지와 결별한 어머니와 형제들을 부양하기 위해 이듬해 학업을 중단하고, 비전속 저널리스트이자 일러스트레이터로 활동하며 〈브루클린 데일리 이글〉 〈뉴욕 모닝 텔레그래프〉 〈뉴욕 프레스〉 〈뉴욕 선〉 등에 기사를 씀. 그리니치빌리지에 거주하며 보헤미안 성향의 예술가들과 교류함.

1914년 에른스트 한프스탱글과 약혼하나 1916년 파혼. 그는 후에 히틀러에 동조해 나치의 해외공보실장을 지냄.

1915년 시 여덟 편과 그림 다섯 점을 담은 소책자 『거북스러운 여자들의 책*The Book of Repulsive Women*』 출간.

1917년 연극평론가이자 작가인 코트니 레먼과 짧게 준혼 관계를 맺음.

1919년 일막극 세 편이 유진 오닐이 이끈 프로빈스타운 극단에서 상연됨.

1920년 파리로 이주.

1921년 조각가 셀마 우드(Thelma Wood, 1901~1970)를 만남.

1922년 『율리시스』를 출간한 제임스 조이스와의 인터뷰가 〈배너티

페어〉에 실림.

1923년 이야기, 시, 초상화 등을 한데 담아 『한 권의 책*A Book*』을 출간. 이후 두 차례 개정하며, 1929년에는 '말들과 보낸 하룻밤(A Night Among the Horses)', 1962년에는 '방수로(Spillway)'로 제목을 변경함.

1928년 반자전적 장편소설 『라이더*Ryder*』 출간. 반스는 이 작품을 '톰 존스의 여성형 이야기'라 정의, 일부 구절과 수록된 그림들 탓에 검열을 당함. 레즈비언의 삶을 다룬 실화소설 『숙녀 연감 *Ladies Almanack*』을 프랑스 디종에서 익명으로 자비출판함.

1929년 셀마 우드와 결별.

1932~1933년 페기 구겐하임의 여름별장 헤이포드에서 존 페러 홈스, 에밀리 콜먼 등과 머물며 두번째 소설 『나이트우드*Nightwood*』 집필과 개고에 집중함. 작품의 제목이 계속 변경되었는데, 1935년 6월, 반스가 콜먼에게 보낸 편지에 'Nightwood'라 명명함.

1936년 T. S. 엘리엇의 편집으로 영국의 페이버 앤드 페이버 출판사에서 『나이트우드』 출간. 이듬해 미국 하코트 출판사에서 엘리엇의 서문과 함께 출간.

1940년 페기 구겐하임의 도움을 받아 미국으로 돌아와 그리니치빌리지에 정착해 여생을 보냄.

1958년 시극 『교송*The Antiphon*』을 발표함. 이후 시작에 집중해 500여 편의 원고를 남김.

1982년 건강이 악화된 상태에서 집필한 시집 『알파벳에 따른 동물들*Creatures in an Alphabet*』을 출간. 6월 18일, 90세의 일기로 그리니치빌리지에서 타계함.

문학동네 세계문학전집 발간에 부쳐

세계문학은 국민문학 혹은 지역문학을 떠나 존재하는 문학이 아니지만 그것들의 총합도 아니다. 세계문학이라는 용어에는 그 나름의 언어와 전통을 갖고 있는 국민문학이나 지역문학의 존재를 인정하면서 그것을 넘어서는 문학의 보편적 질서에 대한 관념이 새겨져 있다. 그 용어를 처음 고안한 19세기 유럽인들은 유럽 문학을 중심으로 그 질서를 구축했지만 풍부한 국민문학의 전통을 가지고 있는 현대의 문학 강국들은 나름의 방식으로 세계문학을 이해하면서 정전(正典)의 목록을 작성하고 또 수정한다.

한국에서도 세계문학 관념은 우리 사회와 문화의 변화 속에서 거듭 수정돼왔다. 어느 시기에는 제국 일본의 교양주의를 반영한 세계문학 관념이, 어느 시기에는 제3세계 민족주의에 동조한 세계문학 관념이 출현했고, 그러한 관념을 실천한 전집물이 출판됐다. 21세기 한국에 새로운 세계문학전집이 필요하다는 것은 명백하다. 우리의 지성과 감성의 기준에 부합하는 세계문학을 다시 구상할 때가 되었다.

문학동네 세계문학전집은 범세계적으로 통용되는 고전에 대한 상식을 존중하면서도 지난 반세기 동안 해외 주요 언어권에서 창작과 연구의 진전에 따라 일어난 정전의 변동을 고려하여 편성되었다. 그래서 불멸의 명작은 물론 동시대 세계의 중요한 정치·문화적 실천에 영감을 준 새로운 작품들을 두루 포함시켰다.

창립 이후 지금까지 한국문학 및 번역문학 출판에서 가장 전문적이고 생산적인 그룹을 대표해온 문학동네가 그간 축적한 문학 출판 경험을 바탕으로 새로운 세계문학전집을 펴낸다. 인류가 무지와 몽매의 어둠 속을 방황하면서도 끝내 길을 잃지 않은 것은 세계문학사의 하늘에 떠 있는 빛나는 별들이 길잡이가 되어주었기 때문이다. 우리가 자부심과 사명감 속에서 그리게 될 이 새로운 별자리가 독자들의 관심과 애정에 힘입어 우리 모두의 뿌듯한 자산이 되기를 소망한다.

문학동네 세계문학전집 편집위원

민은경, 박유하, 변현태, 송병선, 이재룡, 홍길표, 남진우, 황종연

지은이 **주나 반스**

1892년 미국 뉴욕에서 태어났다. 일부다처 가정에서 공교육 대신 부친과 조모로부터 교육을 받았다. 1912년 프랫인스티튜트에 입학하나 이듬해 학업을 중단하고, 저널리스트이자 일러스트레이터로 활동했다. 1920년 파리로 이주해 제임스 조이스, 거트루드 스타인, 케이 보일 등과 교류하며 『한 권의 책』 『라이더』 『숙녀 연감』 『나이트우드』 등을 썼다. 1940년 미국으로 돌아와 그리니치빌리지에 정착했고 1982년 90세를 일기로 타계했다.

옮긴이 **이예원**

문학 번역가. 앨리 스미스의 『호텔 월드』, 제니 페이건의 『파놉티콘』, 조애나 월시의 『호텔』, 이언 뱅크스의 『다리』 외 다수의 작품을 옮겼으며 대산문화재단의 번역지원을 받아 황정은 장편소설 『계속해보겠습니다』를 영어로 옮겼다(*I'll Go On*, Tilted Axis Press).

세계문학전집 167

나이트우드

1판 1쇄 2018년 10월 5일
1판 2쇄 2018년 10월 31일

지은이 주나 반스 | 옮긴이 이예원 | 펴낸이 염현숙

책임편집 김경은 | 편집 홍상희 김수현 | 모니터링 이희연
디자인 김마리 이주영 | 저작권 한문숙 김지영
마케팅 정민호 정진아 함유지 김혜연 박지영 김수현 | 홍보 김희숙 김상만 이천희
제작 강신은 김동욱 임현식 | 제작처 영신사

펴낸곳 (주)문학동네
출판등록 1993년 10월 22일 제406-2003-000045호
주소 10881 경기도 파주시 회동길 210
전자우편 editor@munhak.com | 대표전화 031) 955-8888 | 팩스 031) 955-8855
문의전화 031) 955-1930(마케팅), 031) 955-3560(편집)
문학동네카페 http://cafe.naver.com/mhdn
문학동네트위터 http://twitter.com/munhakdongne
북클럽문학동네 http://bookclubmunhak.com

ISBN 978-89-546-5308-4 04840
978-89-546-0901-2 (세트)

www.munhak.com

1, 2, 3 안나 카레니나 레프 톨스토이 | 박형규 옮김
4 판탈레온과 특별봉사대 마리오 바르가스 요사 | 송병선 옮김
5 황금 물고기 르 클레지오 | 최수철 옮김
6 템페스트 윌리엄 셰익스피어 | 이경식 옮김
7 위대한 개츠비 F. 스콧 피츠제럴드 | 김영하 옮김
8 아름다운 애너벨 리 싸늘하게 죽다 오에 겐자부로 | 박유하 옮김
9, 10 파우스트 요한 볼프강 폰 괴테 | 이인웅 옮김
11 가면의 고백 미시마 유키오 | 양윤옥 옮김
12 킴 러디어드 키플링 | 하창수 옮김
13 나귀 가죽 오노레 드 발자크 | 이철의 옮김
14 피아노 치는 여자 엘프리데 옐리네크 | 이병애 옮김
15 1984 조지 오웰 | 김기혁 옮김
16 벤야멘타 하인학교 – 야콥 폰 군텐 이야기 로베르트 발저 | 홍길표 옮김
17, 18 적과 흑 스탕달 | 이규식 옮김
19, 20 휴먼 스테인 필립 로스 | 박범수 옮김
21 체스 이야기·낯선 여인의 편지 슈테판 츠바이크 | 김연수 옮김
22 왼손잡이 니콜라이 레스코프 | 이상훈 옮김
23 소송 프란츠 카프카 | 권혁준 옮김
24 마크롤 가비에로의 모험 알바로 무티스 | 송병선 옮김
25 파계 시마자키 도손 | 노영희 옮김
26 내 생명 앗아가주오 앙헬레스 마스트레타 | 강성식 옮김
27 여명 시도니가브리엘 콜레트 | 송기정 옮김
28 한때 흑인이었던 남자의 자서전 제임스 웰든 존슨 | 천승걸 옮김
29 슬픈 짐승 모니카 마론 | 김미선 옮김
30 피로 물든 방 앤절라 카터 | 이귀우 옮김
31 숨그네 헤르타 뮐러 | 박경희 옮김
32 우리 시대의 영웅 미하일 레르몬토프 | 김연경 옮김
33, 34 실낙원 존 밀턴 | 조신권 옮김
35 복낙원 존 밀턴 | 조신권 옮김
36 포로기 오오카 쇼헤이 | 허호 옮김
37 동물농장·파리와 런던의 따라지 인생 조지 오웰 | 김기혁 옮김
38 루이 랑베르 오노레 드 발자크 | 송기정 옮김
39 코틀로반 안드레이 플라토노프 | 김철균 옮김
40 어두운 상점들의 거리 파트릭 모디아노 | 김화영 옮김
41 순교자 김은국 | 도정일 옮김
42 젊은 베르테르의 슬픔 요한 볼프강 폰 괴테 | 안장혁 옮김
43 더블린 사람들 제임스 조이스 | 진선주 옮김
44 설득 제인 오스틴 | 원영선, 전신화 옮김
45 인공호흡 리카르도 피글리아 | 엄지영 옮김

46 정글북 러디어드 키플링 | 손향숙 옮김

47 외로운 남자 외젠 이오네스코 | 이재룡 옮김

48 에피 브리스트 테오도어 폰타네 | 한미희 옮김

49 둔황 이노우에 야스시 | 임용택 옮김

50 미크로메가스·캉디드 혹은 낙관주의 볼테르 | 이병애 옮김

51, 52 염소의 축제 마리오 바르가스 요사 | 송병선 옮김

53 고야산 스님·초롱불 노래 이즈미 교카 | 임태균 옮김

54 다니엘서 E. L. 닥터로 | 정상준 옮김

55 이날을 위한 우산 빌헬름 게나치노 | 박교진 옮김

56 톰 소여의 모험 마크 트웨인 | 강미경 옮김

57 카사노바의 귀향·꿈의 노벨레 아르투어 슈니츨러 | 모명숙 옮김

58 바보들을 위한 학교 사샤 소콜로프 | 권정임 옮김

59 어느 어릿광대의 견해 하인리히 뵐 | 신동도 옮김

60 웃는 늑대 쓰시마 유코 | 김훈아 옮김

61 팔코너 존 치버 | 박영원 옮김

62 한눈팔기 나쓰메 소세키 | 조영석 옮김

63, 64 톰 아저씨의 오두막 해리엇 비처 스토 | 이종인 옮김

65 아버지와 아들 이반 투르게네프 | 이항재 옮김

66 베니스의 상인 윌리엄 셰익스피어 | 이경식 옮김

67 해부학자 페데리코 안다아시 | 조구호 옮김

68 긴 이별을 위한 짧은 편지 페터 한트케 | 안장혁 옮김

69 호텔 뒤락 애니타 브루크너 | 김정 옮김

70 잔해 쥘리앵 그린 | 김종우 옮김

71 절망 블라디미르 나보코프 | 최종술 옮김

72 더버빌가의 테스 토머스 하디 | 유명숙 옮김

73 감상소설 미하일 조셴코 | 백용식 옮김

74 빙하와 어둠의 공포 크리스토프 란스마이어 | 진일상 옮김

75 쓰가루·석별·옛날이야기 다자이 오사무 | 서재곤 옮김

76 이인 알베르 카뮈 | 이기언 옮김

77 달려라, 토끼 존 업다이크 | 정영목 옮김

78 몰락하는 자 토마스 베른하르트 | 박인원 옮김

79, 80 한밤의 아이들 살만 루슈디 | 김진준 옮김

81 죽은 군대의 장군 이스마일 카다레 | 이창실 옮김

82 페레이라가 주장하다 안토니오 타부키 | 이승수 옮김

83, 84 목로주점 에밀 졸라 | 박명숙 옮김

85 아베 일족 모리 오가이 | 권태민 옮김

86 폭풍의 언덕 에밀리 브론테 | 김정아 옮김

87, 88 늦여름 아달베르트 슈티프터 | 박종대 옮김

89 클레브 공작부인 라파예트 부인 | 류재화 옮김

90 P세대 빅토르 펠레빈 | 박혜경 옮김
91 노인과 바다 어니스트 헤밍웨이 | 이인규 옮김
92 물방울 메도루마 슌 | 유은경 옮김
93 도깨비불 피에르 드리외라로셸 | 이재룡 옮김
94 프랑켄슈타인 메리 셸리 | 김선형 옮김
95 래그타임 E. L. 닥터로 | 최용준 옮김
96 캔터빌의 유령 오스카 와일드 | 김미나 옮김
97 만(卍)·시게모토 소장의 어머니 다니자키 준이치로 | 김춘미, 이호철 옮김
98 맨해튼 트랜스퍼 존 더스패서스 | 박경희 옮김
99 단순한 열정 아니 에르노 | 최정수 옮김
100 열세 걸음 모옌 | 임홍빈 옮김
101 데미안 헤르만 헤세 | 안인희 옮김
102 수레바퀴 아래서 헤르만 헤세 | 한미희 옮김
103 소리와 분노 윌리엄 포크너 | 공진호 옮김
104 곰 윌리엄 포크너 | 민은영 옮김
105 롤리타 블라디미르 나보코프 | 김진준 옮김
106, 107 부활 레프 톨스토이 | 백승무 옮김
108, 109 모래그릇 마쓰모토 세이초 | 이병진 옮김
110 은둔자 막심 고리키 | 이강은 옮김
111 불타버린 지도 아베 고보 | 이영미 옮김
112 말라볼리아가의 사람들 조반니 베르가 | 김운찬 옮김
113 디어 라이프 앨리스 먼로 | 정연희 옮김
114 돈 카를로스 프리드리히 실러 | 안인희 옮김
115 인간 짐승 에밀 졸라 | 이철의 옮김
116 빌러비드 토니 모리슨 | 최인자 옮김
117, 118 미국의 목가 필립 로스 | 정영목 옮김
119 대성당 레이먼드 카버 | 김연수 옮김
120 나나 에밀 졸라 | 김치수 옮김
121, 122 제르미날 에밀 졸라 | 박명숙 옮김
123 현기증. 감정들 W. G. 제발트 | 배수아 옮김
124 강 동쪽의 기담 나가이 가후 | 정병호 옮김
125 붉은 밤의 도시들 윌리엄 버로스 | 박인찬 옮김
126 수고양이 무어의 인생관 E. T. A. 호프만 | 박은경 옮김
127 맘브루 R. H. 모레노 두란 | 송병선 옮김
128 익사 오에 겐자부로 | 박유하 옮김
129 땅의 혜택 크누트 함순 | 안미란 옮김
130 불안의 책 페르난두 페소아 | 오진영 옮김
131, 132 사랑과 어둠의 이야기 아모스 오즈 | 최창모 옮김
133 페스트 알베르 카뮈 | 유호식 옮김

134 다마세누 몬테이루의 잃어버린 머리 안토니오 타부키 | 이현경 옮김
135 작은 것들의 신 아룬다티 로이 | 박찬원 옮김
136 시스터 캐리 시어도어 드라이저 | 송은주 옮김
137 고독한 산책자의 몽상 장자크 루소 | 문경자 옮김
138 용의자의 야간열차 다와다 요코 | 이영미 옮김
139 세기아의 고백 알프레드 드 뮈세 | 김미성 옮김
140 햄릿 윌리엄 셰익스피어 | 이경식 옮김
141 카산드라 크리스타 볼프 | 한미희 옮김
142 이 글을 읽는 사람에게 영원한 저주를 마누엘 푸익 | 송병선 옮김
143 마음 나쓰메 소세키 | 유은경 옮김
144 바다 존 밴빌 | 정영목 옮김
145, 146, 147, 148 전쟁과 평화 레프 톨스토이 | 박형규 옮김
149 세 가지 이야기 귀스타브 플로베르 | 고봉만 옮김
150 제5도살장 커트 보니것 | 정영목 옮김
151 알렉시·은총의 일격 마르그리트 유르스나르 | 윤진 옮김
152 말라 온다 알베르토 푸겟 | 엄지영 옮김
153 아르세니예프의 인생 이반 부닌 | 이항재 옮김
154 오만과 편견 제인 오스틴 | 류경희 옮김
155 돈 에밀 졸라 | 유기환 옮김
156 젊은 예술가의 초상 제임스 조이스 | 진선주 옮김
157, 158, 159 카라마조프가의 형제들 표도르 도스토옙스키 | 김희숙 옮김
160 진 브로디 선생의 전성기 뮤리얼 스파크 | 서정은 옮김
161 13인당 이야기 오노레 드 발자크 | 송기정 옮김
162 하지 무라트 레프 톨스토이 | 박형규 옮김
163 희망 앙드레 말로 | 김웅권 옮김
164 임멘 호수·백마의 기사·프시케 테오도어 슈토름 | 배정희 옮김
165 밤은 부드러워라 F. 스콧 피츠제럴드 | 정영목 옮김
166 야간비행 앙투안 드 생텍쥐페리 | 용경식 옮김
167 나이트우드 주나 반스 | 이예원 옮김
168 소년들 앙리 드 몽테를랑 | 유정애 옮김 (근간)
169, 170 독립기념일 리처드 포드 | 박영원 옮김

● 문학동네 세계문학전집은 계속 출간됩니다